范月台 著

原谅她

下册

江苏凤凰文艺出版社
JIANGSU PHOENIX LITERATURE AND ART PUBLISHING

大鱼

有爱的青春陪伴者

/第十四章/
今晚我就要去远航

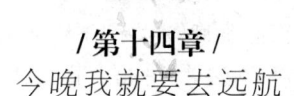

竹响这艘淘金船,算得上一艘小型干货船,总长45米,宽8.5米,有1800吨的载重。

这样的小型干货船只需要一名二类驾驶员和一名二类轮机长,两个人就能开。这种船型在国内通常为夫妻档货船,夫妻俩一个担任驾驶员,一个担任轮机长,就可以下水运货。

"我这艘船取了个名字,叫应龙号,好听不?"竹响得意扬扬地炫耀。

"好听!"连煜使劲儿夸赞,"为什么要叫应龙?"

"文盲。"竹响敲了下她的脑袋,"应龙是《山海经》中的异兽。《山海经》中有言:'应龙出河岳之间,其状如江,赤青黄白黑相杂,角目鳞文皆同兼,全身赤而近墨黑,有翼,其状如鸟。'它是云雨雷霆之神,水系中的神怪都归它掌管。"

连煜敬佩地点头:"原来如此,你懂得可真多。"

连煜看向应龙号,原本货舱的位置被拆除了,安装上了一套大型吸沙机,配有挖沙斗、水下机械臂、吸沙伸缩管等,以及组合型的金沙自动筛洗装置。

她看得热血沸腾,恨不得现在就和竹响出海淘金。

竹响和琳达一路上舟车劳顿,连煜开着保时捷,带她们回城休息:"竹响,你们走的哪条航线?这一路上有遇到风浪吗?"

"走北太平洋航线。船是在旧金山买的,我们开着船北上,到达阿拉斯加补给了一次,才向东往日本开,在日本停留一个晚上,第二天就继续开了。很累,但很好玩,这还是我第一次开船走太平洋航线呢。"

"以后我也要当船长。"连煜兴奋地道。

连煜自己出钱订了五星级酒店,用的是连烬给她的卡。

三人进了房间,竹响和琳达先后去洗澡,连煜坐在房间里给她们点外卖,打算先让她们吃点东西,再睡一觉缓一下精神,晚上再带她们出去吃。

竹响洗澡很快,冲两下就裹着浴巾出来了,然后琳达去洗。

连煜在手机上翻开外卖软件,问道:"你想吃什么?琳达呢,她是不是要吃西餐?"

"全部点中餐,她也爱吃中餐,就点江州市比较有名的招牌菜色就行了。"

连煜自己都不知道江州市的招牌菜系是什么,她先百度了一下,才切换到外卖软件上,点了三个人的量,她自己也没吃午饭呢。

三人就在房间里吃饭。吃完之后,琳达拿起纸巾擦嘴,用十分流利的中文道:"味道不错,很好吃。"

连煜抬起头来,这还是她第一次听到琳达说话,她还以为琳达不会说中文呢。

竹响还在扒拉餐盒里的菜:"琳达就那样,特别高冷,很少说话,但人很好。我们认识好多年了,我小学时刚搬到旧金山,就已经认识她了。"

"哦。"

今天连烬在家,连煜懒得回去,给姥姥打了个电话,就和竹响她们一块儿在酒店睡觉。一觉醒来,天都要黑了,她又带她们出去逛,在外面解决晚饭。

竹响精力很足,吃完饭还要去酒吧逛。

连煜对江州市也不熟悉,按着导航走。七百万的保时捷911让她去哪儿都赚足了面子,竹响手痒,让连煜换到副驾驶座,她也要体验一把豪车的感觉。

竹响启动了车子,缓缓开起来:"在灯山号上时,我以为你是个穷光蛋,没想到你这么有钱啊,买这样的车子,厉害。"

"借钱买的。"连煜笑了，璀璨夜灯照进车里，绚烂地投在脸上。

竹响眨眨眼睛："我懂我懂，借了钱，等咱们出海了，就不用还了。"

连煜眼里亮晶晶的，和她一样笑得狡黠。

一直在后座闭目养神的琳达终于睁开眼，她不疾不徐地道："别整天动这种歪脑筋，有多少本事就花多少钱，不要提前消费。"

竹响游刃有余地转动方向盘，抬起下巴："这车起码得七百万吧。普通人能借到七百万吗？连煜能借到这么多钱，本事大得很呢。"

今天是四月二十七号，姜杳说五月一号晚上十点钟出发。

连煜这边也和竹响通过气了，到时候应龙号就跟在姜杳的打捞船后面走，姜杳这次的打捞船是大型工作船，船长有 136 米，接近 4 万吨，是瑞士的工程师设计的，船型先进，面对 17 级的暴风都没问题。

竹响的淘金船最多能抵抗 12 级的暴风，她们跟在姜杳后面走，也比较安全。

这几日，连煜除了带竹响和琳达出去玩，还将自己的钱全部拿去买了金条，把所有的金条都存在银行的保险柜里。

连煜犹犹豫豫，问竹响，能不能把商曜也带上，还说商曜人挺好的，可以帮很多忙。

平时挺好说话的竹响，却一口回绝。

"不行，绝对不行，你要带别人，如果是女的，我也就答应了，但男的绝对不行。在船上很枯燥，人员又少，如果是男女混着，万一发生性骚扰呢。除了邮轮、客滚船、作业性工程船，还有公务船这些，普通货船就不适合男女混着，要杜绝性骚扰，就得从根源做起，咱们三个都是女的，怎么能带个男的上来，不方便。"

"我都没想到这层，你说得对。"

连煜有点儿羞愧，的确是她儿女情长了点，考虑问题不够全面。

女海员会遇到骚扰是一个不容忽视的问题，考虑到这种情况，现在大部分远航货轮都不招女海员，都是全男团队，女海员基本都是在邮轮和客滚船上工作。

连煜想着，如果以后自己买货轮当船东和船长了，那就招全女团队，才能给自己手下的女海员带来彻底的安全保障。

就像竹响说的,要在船上杜绝骚扰,就得从源头做起。以后她的船上只招女海员,就可以从源头上解决这个问题,也能让女海员有更多工作机会。

连煋自始至终没让邵淮他们知道自己要出海一事,必须要藏着,不然这帮人必定会阻挠她。

出发前一天,连煋去婚房找了邵淮,打算为自己接下来一段枯燥的生活作个告别。

她到的时候,邵淮正叫人搬了新的沙发进来,还在摆弄。连煋问:"怎么换沙发了?"

"之前那个不好看,换个喜庆点的。"

连煋走到他身侧,手搭在他后腰:"都这么晚了,差不多得了,让他们回去吧,我都困了,今晚在你这里睡。"

"在我这里睡?"

"是啊,懒得回去了。"

邵淮低头吻她的脸:"是不是等到新婚之夜比较好?"

"老男人这么保守啊,那我走了。"

邵淮把她拉回来:"我是挺保守,但你硬要,我也没办法。"

几个工人把沙发组装好,就离开了。

连煋去洗过澡,正趴在床上玩手机。邵淮从浴室出来,坐在她边上,拉开她的浴袍,吻在她裸白的肩头上,慢慢往上,咬住她耳垂:"确定在今晚吗?都快结婚了,还是留在新婚之夜更有仪式感吧?"

"难道我们以前没做过?"

"当然做过。只是你失忆了,一切从头开始,是不是该换种形式?"

连煋丢掉手机,把邵淮推开,让他仰面躺在床上,拉下他浴袍的腰带,捆住他双手,捆得很紧。她又去打开衣柜,窸窸窣窣找了一会儿,找出邵淮的领带,回来蒙住他的眼睛。

"你什么都看不到,这样就可以当作是一场梦。等我们结婚了,在新婚之夜上你还是可以保留自己的仪式感。"连煋坐在他身上,摸着他光洁白皙的脸,"深情哥,你皮肤真好,这么大年纪了,还这么注重保养啊。"

她的指腹擦过他上下滑动的喉结,继续往下,嬉皮笑脸道:"身材也很好,不正经,天天就会勾我,我满脑子都是你,做梦也天天想着你。"

"你好像每次夸我,就只会夸这几句,长得帅,皮肤好,身材好。"邵淮挣动了下手腕,连煌很会打结,根本挣不开。

"这还不够吗?你就是靠这些吸引我的。"连煌吻着他,衣衫尽落,又问,"对了,套呢?糟了,我忘记买套了。"

"有,在衣柜最底下的抽屉。"邵淮被蒙着眼捆着手,只能让连煌自己去拿。

"小邵,不老实啊,说要保留到新婚之夜,结果提前都准备好了,该当何罪?"连煌下床去拉开抽屉。

"这是在灯山号时你自己送我的,忘记了?"

"对哦,这还是竹响给我的。"

连煌从抽屉里拿出那盒安全套,暗叹,竹响还真是为她的幸福着想。当时在邮轮上,她寂寞了,竹响就帮她让商曜偷偷带上船;现在,竹响送的这安全套,也解了她的燃眉之急,当真是挚友,值得珍惜!

从头到尾,连煌都蒙着邵淮的眼,捆住他的手。邵淮让她解开,她也不解,嘻嘻哈哈地抱着他亲,恶劣地折腾他。事至半途,连烬给她打电话,问她什么时候回家。

连煌还抱着邵淮,歪头夹着手机:"今晚不回去了,我在邵淮这里过夜。"

"什么意思?"连烬的声音突然沉下来。

"连烬,你是不是管得太多了,我是你姐,我做什么还需要和你一一汇报?"

"我知道了,记得戴套。"说完,连烬把电话给挂了。

连煌丢掉手机:"有病。"

她和邵淮折腾了半宿,天快亮才睡。

早上九点钟,连煌准时起来,一边穿衣服一边道:"老帅哥,我姥姥今天要回乡下,我开车送她回去,在乡下陪她两天,后天再回来。"

"不是说明天去拍婚纱照吗?"邵淮起身帮她穿衣服,"行吧,推迟几天拍也行,我和你一起送姥姥回去吧。"

"不用。你好好装饰婚房,我后天就回来了。"

"那我后天去接你。"

连煜吃了邵淮做的早餐,穿戴完毕后,走向门口,脚步刚要踏出去,又扭头道:"邵淮,其实我挺喜欢你的,我说的是真的,看到你的第一眼,就很喜欢你。"

"骗我的吧。"邵淮慢悠悠地走过来,吻在她额头上,"一直骗下去,好吗?就喜欢你骗我。"

"那我可就不客气了!"连煜笑着,抱住他亲了良久才离开。

她先开车来到枫叶路的老房子,给了尤念一封信:"尤念,帮姐姐一件事情好吗?明天下午你放学后,帮我把这封信交给商曜,上次我带你去他家玩过的。你还记得他家的地址吗?和你们学校顺路的。"

"记得!"尤念如同接收到了什么光荣的任务,眼神坚定,"连煜姐,我一定会办到的。"

"谢谢你。"

连煜开车回家,姥姥把东西都收拾好了,絮絮叨叨着:"哎呀,可算是要回乡下了,我就不爱待城里,菜园子的草都要长出来了吧,我得赶紧回去收拾。"

连煜:"你种什么菜啊,多累。村头都有个小菜市场呢,让舅舅他们帮你买。"

"不干活儿,我一天天待着也无聊啊。"

姥姥身子骨很硬朗,自己提着小行李就出门了。连煜只背了个黑色旅行背包,证件都收齐了,只带了两件换洗衣服,和简单的一套洗漱用品。

她开着保时捷,花了三个小时的车程,把姥姥送到乡下,保时捷就停在院子里。她嘱咐姥姥:"姥姥,这是我的保时捷,豪车呢,就停在这里了,帮我看着点,我回来还要开。"

"行行行,知道了。"

姥姥给她做饭,一大桌子都是她爱吃的菜,不停地往她碗里夹:"乖元元,多吃点。姥姥年轻时候也天天出海打鱼,知道船上苦,你多吃点,出海了就吃不着了。"

"姥姥,别担心,你那个年代的船哪里能和现在的比,现在的船上还有热水器,都能随时洗热水澡呢。"

吃完饭，还有时间，姥姥又忙里忙外把家里的梅干菜、竹笋干、鱼干装起来，装了一蛇皮袋给连煜："你都带上，注意些，别进水了，够你们吃好久了。"

"好好好，我带着。"

这里是个小渔村，就在海边，日落西山，天边染上金辉，远处海天一线，蔚为壮观，竹响开着快艇来海边接连煜去港口。

姥姥送连煜到海边，拉着她的手："元元，记得给姥姥打电话啊，每天都报平安。"

"我知道了，姥姥，不用担心，没事的，不会有事的，我夏天的时候一定回来。"

姥姥溢着泪花的眼睛逐渐模糊："元元，你出去了，也打听打听你妈妈的下落。你妈妈这都好多年没回来了，你出去的时候找一找你妈妈，说不定有一天能够找到呢。"

"我会的，我这次出去也是要找我妈的。我打听过了，有人说她和我爸最后一次出海就是去的北冰洋，我这次也是去北冰洋。"

"风大，你快回去吧。"连煜抱了抱姥姥，沿着栈道走，竹响就在栈道那头的快艇上等她。

连煜踩着细碎的夕阳金光，背上是黑色的旅行背包，手上提着鼓鼓囊囊的蛇皮袋。走到栈道尽头，她转过身朝姥姥挥手："再见了姥姥，今晚我就要去远航了，我一定会回来的，我会带着妈妈回来的！"

"好，姥姥在家等你，元元，千万千万注意安全，一定要回来！"

姥姥也挥着手，她曾经也这样一遍遍送过自己的女儿，如今再次送着自己的外孙女。她生了连嘉宁，连嘉宁又生了连煜，她们流着一样的血，那是属于大海的血。

姥姥站在原地看着连煜跳到了竹响的快艇上。快艇急速激起水花，在万里晚霞中走远，成了一个黑点，直至再也看不到。

快艇顺着海岸线疾驰，呼呼风声如龙吟海啸，连煜扭头望去，姥姥的身影越来越小，逐渐融在夜色中。晚霞最后的光一点点消匿，天空夜幕拉开，夜色也开始起航了。

竹响开快艇和她的生活习惯一样毛糙。晚上九点进入凤泽港时，两人浑身都湿透了。

琳达站在岸上,一手拿着手电筒,一手拿着伸缩钩船镐,把快艇钩过来,皱眉问道:"你俩游泳过来的?"

竹响帮连煜把装满干粮的蛇皮袋抛上岸:"赶时间,就开得快了些。"

琳达面无表情地道:"你平时开得慢也这样,不知道的还以为你在冲浪。"

琳达伸手把连煜和竹响都拉上岸,再用缆绳把快艇固定在缆桩上。这快艇是竹响临时租的,还得还给艇主。

三人顺着步道,来到姜杳的打捞船停靠的泊位。

姜杳和阿瞒等人已经在等着了。从港口出海的船只都需要向港口报备,包括船名、船号、船舶信息、船东、船上人员信息等。

姜杳这艘大型的打捞船叫银鸥号。姜杳让连煜以银鸥号船员的身份在港口登记信息,让她先上银鸥号,等到了白令海,她要淘金就去淘金,但抵达白令海之前,她不能离开银鸥号。

"我又不跑,我就和竹响她们在一起而已。"连煜嘴里嘀嘀咕咕,填好自己的出海登记信息。

一切信息报备完毕,港口的检察人员上船做例行检查,之后就可以出发了。

连煜把那一大包装满干粮的蛇皮袋交给竹响,让她们留在应龙号上。

晚上十点钟,团队准时出发,升旗、收锚、起航!

姜杳的打捞船银鸥号率先出发,在拖轮的牵引下离开泊位,竹响的应龙号紧随其后,跟在银鸥号后方。

银鸥号共有三层甲板,总共六十五名船员。连煜被安排在第二层甲板的单人间,环境居然意外地不错。宿舍比在灯山号上时小一点儿,一张单人床、一个桌子、一个小小的衣柜,她将自己带来的两件衣服和洗漱用品都放进衣柜。

连煜开门出去看,她对面和隔壁都是女士,大部分上了年纪,都是打捞方面的专家,以及海洋环境监测类的教授。连煜走了一圈,看到几个老教授站在走廊里讲话。

连煜也凑过去听,她们在讲关于封舱抽水打捞法,和白令海的洋流之类。专业性很强，连煜什么也听不懂，挠挠脑袋离开了。

一个四五十岁的教授叫住连煜："你想起来远鹰号在哪里了吗？"

"没想起来。"

教授点了头，摆手让她回宿舍去。连煜回到宿舍，趁着手机还有信号，先给姥姥打电话："姥姥，我已经在船上了。船都开出港口了，我和我的好朋友一起，不用担心我。"

"那就好。有热水吗？用热水泡一泡脚再睡。"

"有的有的。"

挂了姥姥的电话，竹响又用对讲机呼叫她："怎么样，姜杳给你安排宿舍没，我看她那个人挺不好惹的，该不会让你睡在甲板上吧？"

"没有，我有宿舍呢，还是单人间，可舒服了。"

竹响："那就行。我买了好多换洗的衣服放船上了，过两天找机会给你丢几件过去。"

"好的，谢谢你。"

"有什么好谢的。有你在，我们能跟在姜杳后面走，这下子再大的风浪也不怕了。"

连煜在床上躺了一会儿，邵淮给她发消息：在乡下好玩吗？要不我明天还是去找你吧，想你了。

连煜：有多想？

邵淮坐在沙发上，盯着屏幕不自觉地笑：就是很想。

他拍了一张手腕的照片发过去。昨晚上连煜用领带捆了他好久，都磨出红印子了，这会儿还没消，反而显出轻微的瘀青。

邵淮：瞧你给我弄的，还挺疼。

连煜：找点药擦一擦。

邵淮：不知道该用什么药。

连煜看着信号格越来越弱，匆忙道：太晚了，我先睡了，晚安，亲一下。

邵淮：睡这么早吗？要不打一会儿视频再睡吧？

邵淮发送了消息，石沉大海，一直没得到回复。

次日，连煜一大早开车来到村里，看到一辆保时捷停在姥姥家院子里。他知道，这是邵淮送给连煜的。他将自己的车停在外头，走进院内，看到姥姥在摆弄院子角落的盆栽。

"姥姥,我姐呢,她起床没?"

"起来了,出去玩了。"

"去哪里玩了?"

"和朋友开着快艇出海了,好像是去钓鱼了吧,不清楚。"

连烬走到姥姥身边,帮她把几个盆栽搬到墙头上。

"那她什么时候回来?"

"说是晚上回来。"

连烬在村里帮姥姥打理菜园,一整天给连煜打电话都打不通。姥姥让他别打扰连煜钓鱼,她晚上会回来的。所有人都联系不上连煜了,电话打不通,发消息不回。

直到下午,尤念放学后来到商曜家外头给他打电话:"商曜哥哥,连煜姐姐让我交给你个东西,我现在就在你家外面,你方便出来拿吗?"

"我这就去。"

商曜下楼,走出小区,尤念递给他一封信:"这是连煜姐姐让我给你的,我就先回家了啊。"

"等一下。"商曜接过信,从口袋里取出钱包,把所有的现金都塞尤念手里,"拿去买糖吃吧,对了,她什么时候让你给我的情书?"

"昨天上午她来找我,说让我今天下午放学后,把信给你。"

商曜眉飞色舞:"这不叫信,这叫情书。好了,你回去吧,路上注意安全。"

他坐到绿化带的水泥墩上,小心翼翼地打开信封,取出信纸,一点点展平,上面是连煜潦草的字迹。

  商曜,当你看到这封信时,我已经在公海上了。我有事要出海一趟,大概两三个月回来。

  本来我也想带你一起走的,但船长不让,所以我只能先走了。你放心,我会回来的,海上没信号,可能没法随时保持联络,一旦手机有信号了,我一定会给你打电话的。

商曜拿着信纸的手都在抖,旋即给连煜打电话,一直无法接通。没办法,他又打给邵淮,劈头盖脸就问:"连煜什么时候出的海,为什么不告诉我?"

"她出海了?"邵淮还在办公室,猛地从椅子上起来。

"你不知道?"

邵淮沉默。

商曜骂道:"你能干得成什么事?她已经在公海了,你都没发现?你的保镖呢,不是说派人跟着她吗?"

前段时间是有保镖跟着连煜的,最近这一个星期以来,也没出什么事,加之连煜为这事和他吵了,他便让保镖暂时退下。

"你怎么知道她出海了?"邵淮沉声问道。

"她给我写信了啊。在信里说她出去一段时间,两三个月后才回来。"

"把信拍给我看看。"

商曜在那头翻了个白眼,将信拍给了邵淮,颇有点儿炫耀的意思。这么多人中,连煜只跟他告别了。

邵淮让人去查昨日的船员出海名单。很快有了消息,连煜上了一艘名叫"银鸥号"的大型工程打捞船,船东是一个叫姜杳的人。

邵淮对姜杳不熟悉,只在以前的生意交谈中听过几次这个名字,但他都没见过姜杳这个人,也不知道连煜和姜杳到底是什么关系。

银鸥号是昨晚上十点出发的,这种打捞船的船速一般在20节以上,也就是20海里每小时,距离海岸线200海里之外,就属于真正的公海。银鸥号昨晚十点出发,现在是下午六点多,已经航行了二十个小时,早在公海了。

邵淮陡然浑身无力,有种被巨浪卷入水底的窒息感。

手里的玻璃杯被捏碎,碎片扎进肉里,血流了满手,一次次的抛弃让他无所适从,失望和失落越演越烈。她这段时间嘴上轻巧,说要和他结婚,甜言蜜语不要钱地往外撒,到头来都是假的。

她甚至不屑于和他告别。在她眼里,他连商曜都不如,他连一封告别信都不配得到。她就那么轻飘飘地走了,来去自由。她谈过的恋爱,说过的承诺,完全不用负责。

连烬找了过来,怒不可遏:"你对我姐做了什么,是不是你把她逼走的?"

邵淮坐在椅子上,手被玻璃片扎出的血还在流,好似周围都蒙了一层隔罩,他听不到连烬的质问,看不到连烬的愤怒。

过了半晌,他才抬起头来看向连烬,问:"她走了,没和你说吗?"

"她怎么会和我说,她早被你蛊惑了,都不认我了。"

乔纪年是最后一个知道消息的,火急火燎地来到邵淮的公司:"连烬走了?她和谁出的海,去哪里?"

邵淮抽出纸巾擦了擦掌心里的狼藉:"只查到是跟着一艘叫银鸥号的打捞船走了。银鸥号在港口报备的信息是去公海进行作业性打捞工作练习,具体位置现在还不清楚。"

这种私人的作业性船舶出了海,并不会像货轮一样按着既定航线走,也不会实时反馈位置信息。海上又不像陆地上随时有信号有摄像头,一艘船到了公海,只要它想隐藏定位信息,几乎没人能够找得到。

"要去找她吗?"一阵令人窒息的沉默过后,乔纪年开了口。

邵淮没出声。连烬眼若点漆,深邃的双眸黑得不见一丝光:"当然要找,她都没和我说一声,说不定是被人强行带走的。"

"不是强行带走的。"邵淮淡淡回道。

"你怎么知道?"

"她给商曜留了信,说出去两三个月就会回来。"

连烬眼神又暗沉了几分:"她和商曜又不熟,为什么偏偏给他留信?是不是商曜故意使诈,把她骗出海报复她?"

他习惯性以最阴暗的角度揣测人心,商曜当初骂连烬骂得那么凶,怎么可能还会真心对她好,必定是在心里憋着坏招。

乔纪年笑了:"她和商曜不熟?你在说什么屁话,她最喜欢的就是商曜,她疼商曜得很,你不知道罢了。"

众人心里都很乱,都想要联系连烬。可连烬一出海,那便是游鱼入海,音信杳无,要想得到她的音信,无异于大海捞针。

几人中,最从容不迫的只有商曜。商曜刚接到了连烬打来的卫星电话,让他平时帮衬一下尤舒的家人,还让他没事的话去乡下帮她看一看姥姥,并保证自己只是出海办点事，等办完了一定会回来。

商曜心里埋怨连煌不带他一起走，但又不想影响她的心情，没多纠缠，只是让她每天报平安。

卫星手机能在海上打电话，但信号不是很稳定，连煌在手机那头的声音带着滋滋电流声，断断续续道："信号又不好，我怎么有空天天给你打电话，你去我姥姥那儿，我一有时间就给她报平安，要不你去乡下我姥姥那儿等消息，顺便帮我照顾她吧。"

"宝贝儿，我去找你吧，你想干什么我都陪着你，绝不坏你的事儿。"

"我现在坐的是别人的船，她们不让我带你上船，我也没办法啊。"连煌站在甲板上，耐着性子哄他，"你乖乖的，以后我赚大钱了，有了自己的船就带你一起出海。"

"那我把我的钱都攒着留给你，等你这次回来了，我们去买一艘自己的船。"

"好，你好好在家等我，我会想你的。"

得了连煌的偏宠，商曜忽然觉得自己和邵淮那帮凡夫俗子不一样了。他不能像邵淮他们那样总是幼稚地缠着连煌，他得提高点自己的境界，得高人一等，得有个成熟男人的样子，得做连煌坚强的后盾。

他连夜收拾了行李，开车回乡下，来到连煌的姥姥家。

"姥姥，我是连煌的男朋友，她让我过来照顾您，我这段日子就住在这里等她回来吧。"

"你是小商吧，挺好，元元和我提起过你了，快进来吧。"

商曜整日在村里打扫卫生，收拾菜园子，买了几只小鸡、小鸭回来养着，希望等连煌回来了，给她补补身子。他白天忙活，晚上和姥姥一老一小蹲在卫星手机旁，等待连煌的电话。

连煌也不是每天都能打电话过来，没信号的话会推迟一两天，但绝不会超过三天不联系。

邵淮和乔纪年试图去追姜杳的银鸥号打捞船，他们按照银鸥号的MMSI海上移动识别号、IMO船舶编号、船舶呼号等信息，在内部船舶数据网进行搜索，找到银鸥号现在大致的经纬度信息，之后开船出去找。

两人出海了两次，顺着船舶数据网显示的银鸥号的轨迹走，但根本找不到。

银鸥号只是作业性的打捞船,定位信息延迟性很大,除非是银鸥号自己向海岸基站进行呼叫,才能获得实时位置信息。

在寻找的过程中,位置信息模糊是个难题,船舶自身的补给也是个问题,还得考虑中途在哪里补充船油、食物等。

一系列的问题下,乔纪年道:"这样子追根本追不到,连煜想走,就让她走吧。如果她对陆地还有挂念,自然会回来的。"

邵淮也只能点头:"先回去吧。"

乔纪年在驾驶台上把自动舵调整为手动操作,握住手动舵,调整船只的航向,开始返航。

邵淮到乡下找过商曜,询问连煜最近的状况。

商曜正在院子里喂鸡,头也不抬:"想知道不会自己问她吗?你给她打电话啊。"

邵淮沉默地站着,一直等到商曜喂好了鸡,才又重复刚才的问题:"她现在还好吗?"

"挺好,昨晚上刚和她通过电话。"

商曜手里的活儿不停,喂好了鸡,又到水龙头底下刷洗衣服。这些衣服都是连煜以前留在姥姥家的,商曜问过连煜后,将它们都翻出来,准备重新洗晒。

"她有说她去哪里了吗?"

商曜往盆里倒洗衣液,不太熟练地搓洗盆里的卫衣:"去太平洋了,你想去找她,就去太平洋找吧。"

"如果她再给你打电话的话,能不能帮我转告一声,说我会一直等她。"

商曜不停地搓洗衣服,冷冷地"嗯"了一声,又道:"回去的时候把你的保时捷开走吧,连煜说她不要了。"

姥姥从院子外面提着一箩筐的白菜进来,听到这话后,急忙道:"元元没说她不要啊,她走的时候还和我说,让我帮她看好这车,她回来了还要开呢。"

邵淮上前接过姥姥手里的箩筐:"姥姥,元元离开的时候,是怎么和您说的?"

"她只说她要去远航,要干大事,我也不懂怎么回事,她想走就让她走吧,你们别总是问了。这几天连烬天天问这问那的,我这年纪大了,听你们说话,我都头疼死了。"

"元元她会回来吗?"邵淮又问。

"肯定会回来啊,她昨天还打电话过来了呢。"

邵淮帮姥姥把白菜都洗了,焯过一遍水,又晒在院子里,各种鸡毛蒜皮的事情都做,把院子收拾得干干净净,想在这里等着晚上连煜的电话。

一直等到晚上九点多,连煜也没打电话回来。姥姥打了个哈欠:"今晚不用等了,元元昨晚就说了,今天她那里有雾,天气不太好,可能会没信号,晚上九点之前没接到电话,就不用等了。"

邵淮看了一眼腕表,最后起身准备走:"姥姥,要是元元打电话过来的话,您告诉我一声吧,知道她平安,我也能放心些。"

"好。你今晚不在这里睡啊?"

"不了,公司还有事,我得赶回去。"

邵淮开车走了没几分钟,姥姥的卫星手机就响了,是连煜打来的,那边风很大,风声顺着听筒铺天盖地传来:"姥姥,我很好,你们吃饭了吗?"

"吃过了吃过了。你吃了没有啊?吃的什么?"姥姥对着手机大声道。

"我也吃过了,就吃你让我带来的腊肉和梅干菜,很好吃。"

商曜也急忙插话:"元元,是我。今天怎么样,有没有遇到风浪?"

"有,但没事,姜杳的船很厉害的,十七级暴风都掀不翻她的船,不用担心我,姜杳她们都是老手,不会有事的。"

"我就是担心你嘛,一想到你在海上,我整天提心吊胆,饭都吃不下。"商曜撒着娇,黏糊糊的语气直叫姥姥发笑。

姥姥提醒他:"对了,小商,今天中午我在院子门口的时候,好像听小邵说,让你给元元带句话,你别忘了。"

"哦,差点忘了呢。"商曜提高声线,"元元,邵淮那小子今天来村里了,还让我给你带几句话。"

连煜好奇地道:"他说什么了,该不会是让我还钱吧?"

"没,钱的事情你不用担心,就算咱真欠了钱,我会帮你还的。"商曜换了语气，严肃郑重地道，"元元，邵淮今天说，他累了，非常疲倦。"

连煋一头雾水："累了就去睡觉啊。"

商曜："他是说他心累，让我转告你，他说他不等你了，他想尝试新的生活，尝试新的感情，以后就不等你了。"

连煋心底闪过一丝不痛快，随即问道："那他送我的保时捷呢？他没要回去吧？"

"他打算开走的，但我不同意，把车留下了。你放心，车的钱我会给他，就当是我跟他买的，没事儿，这车以后还是你的。"

"那行吧。我现在忙得很，没空管这些，这些乱七八糟的事情你就帮我打理吧，等我回去了再说。"

"行行行，我会在家里帮你打理好一切，也会照顾好姥姥的，你什么都别担心，只要平平安安就好。"

"嗯，谢谢你。商曜，你放心，我以后会对你好的。"信号不好，连煋几句简单的话说得磕磕绊绊，"就先这样了啊，明天或者后天有信号的话我再给你打。"

正告别时，邵淮又回来了，商曜刚一看到他踏进门槛，匆匆对连煋道："元元，那你先忙，拜拜，记得想我哦。"说完，把电话挂了。

邵淮大步进门，抢过商曜手里的手机，回拨过去，显示无法接通，又没信号了。

商曜暗中得意，表面装得平静："对了，刚才我说了你今天来这里的事，元元让我转告你一声，她说让你别等她了，她和你不是一路人，不适合。"

姥姥疑惑地道："元元有说这话吗？"

商曜面不改色："说了啊，姥姥，您年纪大了，耳朵不好，没听清楚。她刚才说了，说她忙得很，不想应付这些事情，让邵淮去过自己的日子，把保时捷留下就行。"

姥姥确实听力不太好，加上连煋那边信号很弱，她方才也听得稀里糊涂，也不和商曜争辩了，只是对邵淮道："小邵啊，你别担心，元元她没事，挺好的。"

"谢谢姥姥。"邵淮离开了。

连煜几人花了半个月的时间,总算来到白令海。

经得姜杳的同意,连煜从银鸥号上下来,转移到竹响的应龙号淘金船上,姜杳告诉她:"我们的打捞船会一直在白令海上工作,帮人搜寻打捞潜水艇,你只要别离开白令海就行,别耍花招,知道没?"

"知道,我就跟着竹响,哪里也不去。"连煜抱着旅行背包。

姜杳带着银鸥号,在白令海南部的阿留申群岛周围工作。

连煜和竹响则是开着淘金船在白令海峡附近淘金,这里是淘金热的圣地,来淘金的人不在少数,很多是夫妻模式,或者家族群模式,一家人都在这里淘金。

进入淘金海域后,琳达打开船尾的船舱,将各种淘金工具都拿出来,随后丢给连煜一支猎枪,问道:"你会开枪的吧?"

连煜摸着枪托,莫名的熟悉感顺着指尖袭来,胸有成竹地点头:"会的,这是莫斯伯格 M500 系列的半自动霰弹枪?"

琳达点头:"对,从现在开始,我们三个人晚上要轮流守夜,守夜时带着枪和子弹,以防不测。"

"好,我知道了。"

竹响端起望远镜往远处看:"还好,今年人不算太多,前几年我来的时候,到处都是人,连个下水的地方都没有。"

琳达也望向远处:"人少了,说明底下的金子不多了,估计更难淘。"

竹响过来搭连煜的肩:"没事,咱们慢慢淘呗,主要是咱们三个得团结一心,不要起内讧就好。"

连煜赶紧表忠心:"对,咱们一起努力,能赚多少算多少,遇到事情好好解决,绝对不要吵架。"

琳达看向连煜:"淘到的金子四三三分,我和你三,竹响四。这条淘金船是她弄来的,她应该多拿一份,有问题吗?"

"没问题!"

连煜跃跃欲试,别说给她三成了,给她两成她都同意。她喜欢这样的生活,不仅仅是为了钱,也是为了一份踏实感,来到海上,一切都自由了,像是回归到真正属于她的世界。

诺姆港位于白令海峡东部海岸,是属于美国阿拉斯加的一个小港口,常住人口只有三千人左右,也就是夏季来临,淘金者过来时,这里才会热闹点。

今年天气热得早,现在才五月下旬,就有不少淘金人来占据位置了。

琳达让竹响和连煜在船上收拾东西,她自己上岸买物资,打算下午出海勘探位置。

这艘淘金船上的条件比姜杳的银鸥号差很多,在银鸥号上连煜还能住单人宿舍。但在这里,只有一间船舱是宿舍,里头放了两套上下铺的床架,连煜就睡在竹响的上铺,琳达睡在对面床架的下铺,上铺用来放杂物。

琳达出去买了足够三人五天用量的水果蔬菜,回来放到船上的库房。

第一天出发时,竹响正好是生理期第一天,她留在船上调试机器和做饭,连煜和琳达下水。三人之前约定好,谁碰上生理期,前两天就留在船上看守机器和做饭,另外两人下水。

连煜和琳达穿上潜水衣,带上金属探测器下水。七八米深的水底下,岩石层和泥沙混杂,这里的水下矿脉草蛇灰线,伏脉千里。经年累月的水流冲洗,海底金矿被冲刷出来,金粒和泥沙杂糅在一起,只要细心找,就能找到金沙。

琳达经验丰富,经过两个小时的摸索,找到一处适合吸沙的地方,她对连煜打了个手势,连煜立即会意,将手里的红色尼龙绳递给她。

琳达把绳头上的铁钩钉在适合淘金的地方,用来做标记,之后慢慢放绳,带连煜重回水面。两人回到船上,竹响问道:"怎么样?这里可以吸沙吗?"

琳达点头:"可以,不过石块很多,会麻烦一些。"

连煜和琳达换了新的氧气瓶,带上吸沙管再次下水。

这次使用的吸沙机,是专业性淘金的吸沙机,比起当初在灯山号上那台,要大很多,吸沙管更大,吸力也更强。

吸沙机如果吸入太大的石块,会卡住管子,在吸沙过程中,需要两人相互配合,一个负责清理石块,一个负责控制吸沙管吸沙。

连煜主要负责清理杂石,琳达负责吸沙。随着机器的开动,吸沙管的吸头涌动起来，强大的吸力将海底的泥沙不断吸入管中，直接吸送到船上的电动洗沙筛网。

电动洗沙筛网只能进行粗洗，洗出来的并不是纯粹的金子，这一阶段过后，还需要人工用洗沙盘手动清洗金沙，最后才能清除所有杂质，得到可以出售的金粒。

连煋和琳达在水下忙活了两个多小时，直到氧气瓶发出警报，两人才返游。竹响拉她们上船，关掉机器，嗡嗡作响的发动机停止响动，四周安静下来，只有轻微的风浪声。

竹响去打开筛网，用铲子铲出两大桶粗洗过的金沙，蹲在旁边用手扒拉沙子，能够看到金灿灿的金粒就混在泥沙之中。

"这么两大桶，我们得洗到天黑才行。"

琳达到船舱里脱了潜水衣，换上加绒冲锋衣出来，也蹲在水桶边上查看情况："还行，估计能洗出 10 克以上。你去做饭吧，我和连煋先洗。"

"行。"竹响起身，抬手拍在连煋的肩上，"快去换衣服，我先去做饭了。"

"好。"

连煋进入宿舍旁边的小库房，这里算是她们的衣帽间。

竹响批发式地买了很多衣服，囫囵吞枣胡乱塞在这里，现在是五月底，白令海这个地方气温只有十摄氏度左右，风很大，竹响买的衣服以保暖为主。

连煋在成堆的衣服里翻找，翻出一套保暖内衣穿上，套上一件毛衣，再穿上冲锋衣外套。

她到外面的甲板上，和琳达用洗沙盘清洗金沙，竹响在厨房做饭。船上用的是柴油发电机，为了省电，大部分时间她们都不会选择用电磁炉做饭，而是用自带的炭块。

竹响其实不会做饭，她带了一堆火锅底料，每次做菜都是煮一锅水，底料放进去，再将配菜放进去一通乱煮，煮熟了就能吃。

连煋和琳达也不挑，在这样冷意料峭的天气，一锅热腾腾的火锅反而能暖身子。

"过来吃饭了，煮好了！"竹响在厨房门口喊话。

连煜放下洗沙盘，能闻到番茄火锅的味道："来了，我早就饿了。"

三人把一大锅番茄味的菜吃得一干二净，来不及休息，趁着天还没黑，又赶紧去洗沙。

洗完了，她们点起小锅炉，把湿漉漉的金沙放进去蒸干水汽，最后才称量，比预想的还要多，一共24克的金粒。按照现在的市场金价，1克黄金550元人民币，算下来，这一天能有13200元的收入。

竹响很高兴，把蒸干的金粒都装进玻璃瓶："开张大吉。来得早就是好，要是等到七月份才来，汤都没得喝，明天我们继续！"

连煜端起装着金子的玻璃瓶，放在灯光底下看，金灿灿一片，让人热血沸腾。

琳达先去洗了热水澡，回来吹干头发，把霰弹枪拿出来："晚上需要轮流值夜，九点到十二点我来值夜，十二点到三点换连煜，三点到早上六点换竹响。明天晚上再轮换顺序，你们有问题吗？"

连煜是第一次来，算是新人，赶紧表态："我没问题。"

竹响："我也没问题。"

连煜和竹响都洗过热水澡后，为了省油，琳达就去轮机室把发电机关了，船上只留两盏电池灯，一盏在船头，一盏在船尾。

连煜今天一直下水，累坏了，抓紧时间睡觉。竹响精力还好，躺在下铺看小说。

半夜十二点，琳达准时从船尾的值班室回来，摇醒睡在上铺的连煜，叫她起床，把枪给她："值夜的时候不要打瞌睡，注意力集中点，遇到危险了直接开枪。"

连煜跳下床，套上冲锋衣外套，接过枪："好，你快睡吧，我去外面守着。"

连煜带上枪来到船尾的值班室，值班室就是船的驾驶室。

连煜坐在椅子上，面前是电子海图、磁罗经、自动识别系统等设备，这艘淘金船是用小货船改装的，麻雀虽小，五脏俱全，自动驾驶船舶该有的设备，这里都配备有。

前方的钢质玻璃窗视野很广，能看到四周水面的动静，连煜不敢放松，抱着枪盯着远处漆黑的海面。一个小时后，实在是无聊，她拿起手机尝试着给姥姥打电话。

电话很快打通了,对方接起来,却没声音。

姥姥这会儿肯定睡了,连煜猜应该是商曜接的电话,道:"死鬼,干吗不说话?不说话我挂了。"

那边沉默了几秒才出声:"连煜,是我。"

"邵淮?"连煜轻咳一声,坐正了身子,"怎么是你接的电话,我姥姥呢?"

"她睡了。"

"商曜呢?"

"他也睡了。"

连煜揉揉干涩的眼,不知该说什么,顿了一会儿才问:"这手机怎么在你这里?"

"姥姥把手机放在客厅了,我一直在守着,想和你说说话。"

连煜:"哦,你最近怎么样,还好吗?"

"我很想你。"邵淮的声音听起来很低落,沉闷沙哑地问,"怎么这么晚打电话来,是不是出事了?"

"今晚是我值班,得值三个小时,等到三点才换人。"

邵淮:"可以告诉我你在哪里吗?我很担心你。"

连煜望向在月光下波光粼粼的水面:"我在海上啊。"

"哪里的海?"

"太平洋。"

邵淮又问:"你去那里干什么?"

"出来玩啊,来钓鱼,过段时间就回去,我钓一条大鱼回去送给你。"连煜不想告诉他真实情况,怕他会深挖,万一查到远鹰号的事情就不好了。

"我很想你。"邵淮嗓音更沉了,"连煜,为什么要悄悄走?为什么总是骗我?你想做什么,我又不会阻止你,为什么总是一声不吭就走?"

连煜心里不是滋味,握紧了手机:"邵淮,你在哭吗?"

"没有。"他迅速否认,抬手擦掉眼角细细的泪痕。

四面呼呼风声从话筒那边传来,邵淮眼圈发红,整理了下情绪后,才又道:"我想去找你。"

"找我干什么？"

"我想你。"

气氛如暴风急速沉凝，连煜只觉得手机沉甸甸的。她不喜欢这种肃穆窒闷的感觉，转换了语气，故意轻松地开玩笑："不愧是深情哥，这么深情啊，都这么久了还想着我，好感动。"

开玩笑的语气并没有让邵淮卸下忧悒，他声线更沉郁了，还是重复刚才的话："我想去找你。"

连煜能听出他那头极度压抑的哽咽，尽管他竭尽全力克制了，涓埃的悲腔还是不可控地丝丝缕缕涌出。连煜轻声叹气："我都这么疼你了，你还有什么不满意的。"

邵淮没出声。

连煜继续道："当初在灯山号上，我都舍不得带你去搞卫生，怕累着你，我多疼你啊。现在不带你来，还不是海上太危险了，我怕你跟着我出来会出事，一点儿也不明白我的良苦用心。姥姥就不想我吗？连烬就不想我吗？商曜就不想我吗？他们都能好好在家等我，就你哭哭啼啼的。"

"可你都能给商曜留告别信，我什么都没有，还是商曜打电话来问，我才知道你走了。"

连煜苦口婆心道："这不是因为我疼你。你这么深情，我要是提前和你告别了，你得多难受啊。长痛不如短痛，我选择不声不响地离开，这都是为你好，你都这么大年纪了，别不懂事。"

被连煜这么教训，邵淮莫名脸红，但也委屈："商曜也不懂事，你还不是对他那么好。"

连煜也生气了："你还好意思说，他比你懂事多了，我出来这么久，他也不闹，好好在家帮我打理后方。你呢，你做了什么啊？我在外面累死累活的，你打个电话过来，也不关心我怎么样，就会哭。"

邵淮无地自容，竭力否认："我没哭。"

"没哭最好，以后不许哭。"

"嗯。"邵淮抽过纸巾擦了擦脸，语气舒缓些，"真的不能告诉我你在哪里吗？"

"你就别问这个了，我有事要忙，等我回去再和你解释。"

"你一定会回来的,对吗?"邵淮最在意的是这点。他很怕,怕连煜会一走就是好几年,会像以前一样不回来。

连煜再三保证:"我肯定会回去,等我办完事情就回去。"

"那我等你,一直等你回来,我很爱你。"

连煜靠在椅子上,怀里抱着枪,舒坦了许多,轻轻笑着:"我也爱你啊。你乖乖的,等我回去了,会对你好的。"

邵淮不再追问她去了哪里,关心起她的近况:"你要值夜三个小时,怎么这么久,你们人很少吗?那明天呢?明天还得干活吗?累不累?"

只要对方乖顺,连煜的嘴就能甜如蜜:"不累。有你关心,我就算再累,心里也是暖的。"

"那你想我吗?"

"肯定想啊,一日不见如隔三秋,每天都想你,想和你亲嘴,想抱你,想和你睡觉。"说实话,连煜是真想。她对男人的审美和冲动大部分都在邵淮身上,如果有一天邵淮不那么装,心甘情愿每天在家里等她,她真愿意对他好。

邵淮坐到沙发上,语气变得富有磁性:"我也很想你,想亲你,抱你。你那边现在可以打视频吗?想看看你。"

"我现在在海上,只有卫星手机才能打电话,等过几天我到港口去,那时候估计就有信号了,到时候给你打视频。"

"那你也给商曜打吗?"邵淮发觉自己现在越来越矫情了。只要连煜一离开,他就没了主心骨,只会和商曜几个人拈酸吃醋内斗,他以前从未发现自己居然如此锱铢必较。

连煜笑着道:"不给他打,只给你打。我爱你呢,最心疼的就是你。"

两人聊了很久,在海上的枯燥日子更容易寂寞,尤其是夜深人静下,原始的悸动蛰伏在血液里蠢蠢欲动,邵淮很想关心连煜最近的生活,连煜回的话则是专门往下三路拐。

"你今天吃了什么?"邵淮问。

"吃的火锅,味道一般般。"连煜撑起下巴看向窗外,"可能是太想你,吃什么都没味道,好想你,想亲你。"

邵淮拿着手机回自己的房间,他住在二楼的客房,还是今天姥姥让商曜收拾出来的房间。他进了房间,把门锁上,上了床才回连煜的话:"是不是想要了?"

"嗯,好无聊的,一天都在干活儿,手机没信号,也没人聊天。"

邵淮压了压嗓音,声线低沉性感:"要不要你自己……"

"不行,我在值夜呢,哪里能搞这些。"

"那等你回宿舍呢?"

"不行。我住在集体宿舍,还有别人呢。"连煜拍拍脸,清醒了些,"我一个人在外面好枯燥好可怜的,等我回去了,你要好好伺候我,知道吗?"

"好,等你回来,你想怎么做都行。"

两人聊了很久,直到手机发烫,连煜才挂了电话,提高警惕继续守夜。直到凌晨三点,准时回船舱叫醒竹响,竹响哼唧了几下,也很快起床了,揉揉眼睛起来接过连煜手里的枪:"你快睡吧,我出去守着。"

"好。"连煜脱掉外衣,爬上上铺,沾上枕头就睡过去了。

翌日,连煜和琳达继续下水,竹响在船上调机器和洗沙。

中午,她们接到了尤舒的消息,尤舒说她刚做完一个合同,现在就在阿拉斯加,想要过来白令海找她们。竹响当即同意,让尤舒快些过来,四人的淘金团队正在形成。

尤舒这次的合同是阿拉斯加航线,终点港在阿拉斯加州的首府,朱诺港。按原定计划,她应该下了邮轮后,从朱诺坐飞机前往西雅图,再从西雅图转回国内江州市。

但因为连煜和竹响在白令海淘金,尤舒便直接从朱诺坐飞机前往白令海海岸的诺姆机场。一下飞机,尤舒便坐车驱向诺姆港口,到达港口时,连煜和竹响开着快艇在等她了。

一面五彩缤纷的旗帜被连煜握在手中摇晃,旗面随风翻飞,醒目而灿烂。

竹响跷起二郎腿,坐在码头的石墩上,歪头和尤舒通电话:"你过来就看到了,18号泊位这里,连煜拿着一面彩旗在那儿摇呢,你一过来就能看到了。"

司机只送尤舒到码头入口。尤舒下车,拉着行李箱一路走过来,四处找18号泊位,这里人很少,大多是外地来的淘金者。

这个时候大部分人都出海淘金了,连个问路的人都没有。

尤舒找了二十来分钟,才看到远处飞扬的彩旗。

连煜眼睛尖,远远就看到穿着棕色羽绒服的尤舒,旗杆一扔,跃下石墩,放大嗓门喊道:"尤舒,尤舒!我们在这里,这里!"

尤舒也看到了她,朝她挥手:"来了,我马上过去!"

连煜欢欣雀跃地跑去帮她拉行李箱。尤舒是她失忆后遇到的第一个朋友,两人在宿舍同吃同住差不多三个月的时间,感情更亲昵。对于竹响,连煜是抱有不谋而合的相见恨晚;于尤舒,则是细水长流的惺惺相惜。

一个多月没见着尤舒了,分外想念,连煜一手拖着她的行李箱,挽住她的手臂:"我还以为你走完地中海航线就回家了,结果又来阿拉斯加了,这一天天也不休息,身体熬坏了怎么办?"

"还好啦,这两个航线都是短途,也没有多累。"尤舒握住行李箱拉杆,"还是我来拉吧,看你冻成这个样子。"

"没事,一点儿也不冷。"

竹响也跑了过来,一把夺过尤舒的行李箱就跑,催她们道:"快快快,超时了,等会儿他们要来收停泊费了,我们先走。"

"好,快点快点。"连煜拉着尤舒小跑起来,"上了快艇咱们再聊。"

竹响先跳上快艇,叫连煜把行李箱提起来给她,她在底下接住,让连煜和尤舒赶紧跳下。

竹响火烧眉毛地套上救生衣,按下按钮,降下机头,插上安全扣和钥匙,挂上空挡打火,对连煜喊话:"连煜,快去解开缆绳。"

连煜探过身子解开艇侧的缆绳,收回船上,远处穿着黄马甲的收费员正朝这边走来了。

竹响十万火急地挂上倒挡,驶离泊位,舵角回正后,换为前挡,直接将油门打到底开出去。速度提得太快,连煜和尤舒没稳住,两人一块儿栽倒在舱内。

已经跑到栈道的收费员指着她们骂了几句,无奈地转身走了。

竹响依旧是油门打到底,话语夹在呼啸风声中:"还好跑得快,就超时不到十分钟,还想多收我五十美刀,太坑了。"

没得到回应,她扭头一看,连煜和尤舒双双摔倒,和行李箱栽成一团,又催道:"你俩没事吧?快起来,把救生衣穿上,安全要紧。"

连煜先爬起来,坐在甲板上,扶着围栏,穿上救生衣,又把另一件救生衣塞给尤舒:"尤舒,你也快穿上。"

"好。"

从港口到她们淘金的地点,差不多一百五十海里,竹响电子海图也不看,仅靠一个指北针,连续开了三个小时,就准确地找到了她们的淘金船应龙号。

竹响一路把油门打到底,开得太猛,掉转方向时也很急,尤舒这样常年在邮轮上工作的海乘,中途还吐了一次。连煜稍微好点,这段日子她已经习惯了竹响这种嚣张的开法。

琳达坐在甲板上洗沙,看到她们回来后,一如既往的淡定,轻微点头,站起来用镐钩把快艇钩过来。连煜先爬上淘金船,对尤舒道:"把行李箱给我。"

尤舒用力举起行李箱给她,自己也爬上船。

竹响将钢缆的挂钩钩到快艇的首尾,这才上船,按下吊机的操纵杆,把快艇吊上船尾的艇架上。

连煜热心地介绍:"尤舒,这是琳达,竹响在旧金山的好朋友,一起过来淘金的,以后就我们四个一起做队友了。"

尤舒对琳达伸出手:"你好,我是尤舒。"

"欢迎你。"琳达和尤舒握了下手。琳达一下午都在洗沙,手很凉,碰了一下尤舒就放开了,又对连煜道,"你先带她去宿舍吧,被子我拿过来放床上了,让竹响去做饭,等会儿就能吃了。"

来到船中的宿舍舱,连煜指向右侧上铺:"尤舒,你睡这里,琳达睡在你下铺。我和竹响在左边这里,我睡上铺,竹响睡下铺。"

说着,连煜脱掉外衣和鞋子,爬上床去帮尤舒铺床,又扭头道:"你的行李箱可以放在后面的架子上。对面还有个小舱房,我们当成衣帽间了,里头有衣架,你可以把衣服都挂到那里去。"

尤舒打开行李箱,将几件换洗的衣服都抱出来:"好,我想先去放衣服。"

连煜在后头提醒:"衣帽间里有好多衣服,我们都是混着穿的,你想穿哪件就穿哪件,自己挑!"

"好的。"

尤舒来到作为衣帽间的小舱房,顿时被里面的场面吓了一跳,各种衣服堆积如山,羽绒服、冲锋衣、保暖内衣全堆在一起,衣架也是随意扔在地上,乱得没法下脚。

琳达在外面探过头,似乎不太好意思,笑着指向左侧角落的立柜:"那个衣柜是我的,我的没那么乱,你的衣服可以放我的衣柜里。竹响和连煜太乱了,我才不和她们挤一起。"

尤舒也露出笑容:"没事,等会儿我收拾一下就好。"

琳达靠在门口,撇撇嘴,嫌弃道:"你收拾不过来的,你今天收拾好,第二天她俩就能弄乱。"

琳达走后,尤舒看着杂乱无章的衣服,小心翼翼地绕过去,打开琳达的立柜,立柜里整齐有序,和柜外的凌乱恍若两个天地。

她捡起几个衣架,把自己的衣服暂时挂在琳达的衣柜里。

回到宿舍,连煜帮她铺好了床,蓬松的羽绒被盖满整个床铺。

连煜和竹响不仅是放在衣帽间的衣物乱,她俩的床也乱得没法看,也不知睡觉是怎么闹腾的,床单歪斜翻卷,底下的床板都露出来了,衣服、帽子、数据线等都胡乱地扔在床上。

对比起来,琳达井井有条的床铺,显得分外突兀。

连煜面对自己乱糟糟的床,也不当回事,笑容满面道:"船上有热水的,你要不要洗澡?"

"等吃完饭再洗吧。"

"那也行。"

吃的还是火锅,配菜是今天刚在港口买的新鲜蔬菜和肉类,还很新鲜。竹响下了太多菜,四个人都吃撑了。

还有两桶金沙没洗完,一吃完饭,连煜、竹响和琳达就要忙着洗沙,竹响让尤舒先休息,等明天再教她怎么淘金。

尤舒道:"那我去把衣帽间给收拾一下吧。"

"好,你别累着就行。"竹响忙碌着回话。

衣帽间有立架和撑杆,可以用来安置衣服,但连煜和竹响都不用,她们在地板上铺了两条毯子，衣服全扔在毯子上，街头摆摊似的。

尤舒找来两根尼龙绳，首尾系在舱壁，绷直撑成晾衣绳，找出所有的衣架，将每一件衣服都抖落平整，用衣架挂在晾衣绳上。衣架不够用了，再把剩下的衣服叠好，分类叠放在毯子上。

她是做海乘的，经常要收拾东西，这类活计手到擒来，很快将整个衣帽间归置得焕然一新，又回到宿舍清扫卫生，从舱门探出身子问道："连煋、竹响，你们的床要不要我也给你们收拾一下？"

连煋熟稔地转动手里的洗沙盘，笑出白净的小虎牙："好呀，你帮我拉一下床单，我的床单都要掉到竹响那里去了。"

竹响回头道："谢谢你，我的床没连煋那么乱，简单抖一抖被子就好了。"

连煋不服气："你的比我还乱呢，你的枕套都脱了也不管。"

竹响："还说我，你净往床上塞东西，大半夜掉我床上来。"

琳达把水管拿过来，冲洗甲板上的泥渍："你们两个谁也别说谁了，都一样乱。快点干活吧，天都要黑了。"

连煋和竹响又加快了速度。

今天她们找到的这处淘金点，底下金沙可观，吸上来的泥沙金子含量很足，甚至有小拇指大小的金粒。

工作量很大，天黑了都还没洗完，尤舒打着手电筒站在旁边帮她们照明。

琳达最后累得直不起腰，起来抻着身子："先把洗出来的拿去烧吧，剩下这半桶明天再洗。"

"好。"

四人一起到厨房。竹响搬出小火炉，炉内放进去炭块，又点燃纸张，把炭块烧红。连煋打开矮柜找出一般汤碗大小的石英坩埚，架在火炉上。

等温度上来了，琳达将玻璃罐里还带着水的金粒，倒进石英锅内，用小勺子慢慢翻炒，炒干金粒中的水分。等水分全部蒸完，她握起火枪对锅中的金粒进行灼烧，用高温把金粒中的杂质都烧掉。

连煋蹲在一旁，熬红了眼睛，琳达总算把金粒烧好了。

冷却后称重，得到将近230克的金子，这是今天一天的收入。

竹响乐开了花,抱起玻璃瓶,对上灯光细细端详:"发财了,发财了,这次咱们是来对了,这片地方底下肯定还有很多,我们明早天一亮就起来,继续淘!"

琳达点头:"得加快速度,过两天蒙恩家族应该会来这里,他们的船上有大型挖掘机,等他们来了,我们肯定抢不过他们。"

竹响用力拍着连煜和尤舒的肩膀:"这几天我们就辛苦些,这一票干完,今年都不用开张了。"

"好,我要赚大钱,造自己的船,开船去找我妈妈。"连煜胸中澎湃跌宕。

尤舒也窃喜。她以前也听说过海底淘金,但没仔细了解过,没想到,海底真的藏了这么多金子。如果这次真能赚一笔,等回国后,她就能凑够房子的首付了,还可以带瘫痪的姥姥去更好的医院治疗。

她们把烧干净的金子带回宿舍,放进保险箱,一层层锁上。

密码箱设计巧妙,四四方方的盒子,四面有四个密码锁,只有四个密码锁一起打开了,整个箱子才能打开。

之前她们只有三个人,连煜设了左侧的密码,琳达设了右侧的,前后两个密码都是竹响设的。现在尤舒来了,竹响把后侧的密码清零,让尤舒也设一个。

竹响喜溢眉梢:"之前还三缺一,现在尤舒来了,刚好四个人,一人设一个密码,这下子齐活了。"

大家匆匆洗过澡后,依旧是琳达去轮机室关了发电机,船上只留下船头船尾的两盏电池灯。

"今晚该你值第一轮班了,我们抓紧时间休息,明早还要早起。"琳达拿出枪,丢给连煜,又看向尤舒,"尤舒,今晚你不用值夜,安心睡觉,明晚再给你排班。"

"好。"尤舒颔首。

连煜到船尾驾驶舱值班时,尤舒过来陪她,细瞧她手里的霰弹枪:"你们的枪是哪里来的?这里很危险吗,还需要带枪?"

"这是竹响和琳达在旧金山买的民用猎枪,用来防身的。"连煜把枪横在面前的桌子上,"这儿也不算危险,我们都来一个星期了,也没遇到什么冲突,但在国外,还是有枪防身比较好。"

"也是,不过我不会开枪。"

连煜认真地教她:"很简单,这里是保险栓,拉开保险栓就能开枪。这种猎枪后坐力大,开的时候要么把枪托抵在肩内侧,要么夹在手臂下。"

讲了会儿开枪的要诀,两人转为闲聊。尤舒说:"我还在地中海航线时,你弟弟来找过我一次,他以为你是和我一起走的。"

"然后呢?"

"没找到你,他又离开了。我本来想告诉你的,但给你打电话一直打不通,那几天你应该是已经出海了。"

连煜用力搓脸,让自己清醒些:"我弟那个人奇奇怪怪的,也不知道以前我和他是怎么相处的。"

"我也觉得奇怪。"尤舒想了想,组织了下语言才道,"怎么说呢,我觉得你弟弟看你的眼神,和我妹妹看我的眼神完全不一样,就不是看姐姐的眼神。"

想起连烬,连煜总有怪意涌动,故作开玩笑道:"有可能他是从垃圾桶捡来的吧,奇怪得很。"

她推了推尤舒:"你不用陪我了,快回去睡觉,明天你估计要和我们一起下水,在水下干活很累的,快去休息吧。"

"那好,我走了。"

尤舒走后,连煜看了眼时间,晚上九点半了,今天还没给姥姥打电话,她翻出口袋里的手机,拨了个电话过去。

江州市,圆湾村。

客厅的木桌中间摆放着一部卫星手机,三少一老四个人围着木桌坐,静候桌上的手机。四人各自手里也有活儿,邵淮和连烬分别拿着笔记本电脑在处理公务,商曜手握针线给连煜纳鞋底,姥姥用老花镜在看旧报纸。

手机响起,四人齐刷刷抬起头。商曜抢先拿起手机,按下接听:"宝宝,是我,今天你那边怎么样啊,累不累?"

第十五章
新来的劳动力

邵淮打字的指尖顿停,合上笔记本电脑,锐利余光掠向商曜,声线平稳冷静:"先给姥姥。"

商曜毫不客气地回了他一记嫌恶的眼神,打开免提,将手机放到姥姥跟前,大声对姥姥道:"姥姥,元元打电话过来了。来,您先和她说话,我们不和您抢。"

姥姥扶过老花镜,俯身对着手机,拔高声音:"元元,你怎么样了?今天都干吗了呢,累不累啊?"

"不累,一点儿也不累,我的另一个朋友也来了,现在我们的团队有四个人呢。你放心,等我这边忙完了就回去。"连煜说话很快,一连串不停歇,"姥姥,你在家干吗呢?无不无聊?"

"不无聊,今天和你姨妈去镇上了,看到街上的糯米白灿灿的,买了一袋回来,等你回来了,姥姥给你炸糯米团子吃。"

连煜在远方的寒气中,口水直咽:"好,我出来之后,好久都没吃到好吃的了,等回去了,要吃好多好多东西。"

"好,你一定要小心啊,平安回来。"

"不用担心这个,我一定会回去的。"

和连煜絮叨几句后,姥姥把手机推到商曜跟前:"元元,来,你和他们几个都说几句吧,你弟弟、小邵,还有小商都在这里呢。"

"好嘞。姥姥,时候不早了,你快去睡觉吧,明晚上我再打过去。"

"好。"姥姥习惯早睡,熬不住夜,嘱咐几句连煜要照顾好自己,便去睡觉了。

姥姥一走,商曜以快到看不见的速度抓住手机,起身三步并作两步急速跑开,进入堂屋东面的屋子,恶劣地关上门。邵淮和连烬冲过去追,门被商曜从里头反锁上了,冷硬的门板将他们和连煜隔成两个世界。

商曜不理会外头响彻天的敲门声,他又进入卫生间,将卫生间的门也反锁上,用来隔音:"宝贝儿,你今天都吃了什么?"

"吃了火锅。"

"怎么又是火锅,心疼死我了,就没有别的菜吗?应该把我也带上的,我又不妨碍你们办事,我还可以给你做饭吃。"

连煜想念商曜,商曜单纯又会心疼人,谁能不爱。

"我本来是想带你来的,但我队友不让,没办法了,这是人家的船,得听人家的。等以后我有了自己的船,就带你一起出海。"

"那你这次回来,我把我的房子、车子都卖了,凑钱给你造船好不好?以后咱们就都住在船上。"

"好啊,你对我真好。"

门外,邵淮和连烬双双伫立在门口,面面相觑。连烬还在用力敲门,"砰砰"声响彻整个小楼房。姥姥从二楼楼梯拐角探出头来:"连烬,你们这是干什么呢?"

连烬放下拍门的手,略显委屈:"姥姥,商曜把手机带进去,把门锁上了,他不让我和我姐讲话。"

听着他可怜巴巴的话,姥姥心中却陡升怪异的感觉,恍惚记得,当年姐弟俩的爷爷奶奶去世后,她到城里照顾两个孩子,偶然翻出两个老人的遗照,不免长吁短叹,叹世事无常,怎么会两个人一下子都摔下山崖了呢。

那时,连烬紧挨着连煜坐在沙发上,瞥过一眼爷爷奶奶的遗照,没来由地说了一句:"他们不让我和我姐姐讲话。"

姥姥顺着楼梯下来,在门口喊道:"小商,你快开门,元元打一次电话过来多不容易啊,你干吗藏起来,快把手机拿出来,也让连烬和他姐说两句。"

商曜窝在卫生间，听不到外头姥姥的声音。

连烬看向姥姥："姥姥，我把门撬了，可以吗？我真的很想和我姐说话，从她走后，我都没和她说过话。"

姥姥目光哀婉，看了看门板，又看了看邵淮，长叹一声，让出了位置，摆摆手道："那就撬吧。这小商也太不懂事了，胡闹呢这是。"

连烬找来扳手和铁丝，这种老式锁具很容易撬，连烬手巧，铁丝插进锁孔，扳手抵在门缝处，三下五除二撬开了锁。他冲进门环视一遭，却不见商曜，磨砂的卫生间玻璃门隐约倒映出人影。

他大步过去拍门："商曜，手机给我。"

商曜背靠着门，不愿出来。

连烬望向姥姥，姥姥年岁已高，但中气尚足，喊道："小商，你别一个人躲着啊，让连烬也和他姐姐说说话。"

"你在干什么呢，怎么这么吵？"连煜在手机那头问。

"没事儿，就是外头有人在乱叫，别管他们。"商曜贴着玻璃门往外看，隐约瞧见了姥姥的身影，急匆匆开了门，"姥姥，您还没睡呀，您要和元元讲话吗？"

"不是，是连烬要和他姐说说话。"姥姥难得板起脸教训人，"小商，你这是干什么？元元在海上，信号不好，打一次电话过来多不容易，你怎么能霸占着手机呢。"

商曜利索地道歉："对不住啊姥姥，我刚才急着上厕所，一拿起手机就直接跑进来了，实在是对不住。"

"嗯，那你们都排好队，分配好时间，别一个排挤一个的，省得让元元为难。"

姥姥说着，又拿过商曜手里的手机，对连煜道："元元，你和他们聊吧，姥姥先去睡觉了啊，你好好照顾自己，有事情了一定要给家里打电话。"

"我知道了，姥姥，你快去休息吧。"

姥姥和连烬不算亲，但毕竟也是一家人，到底是偏向他。她把手机递给他："连烬，和你姐姐说说话吧，她一个人在外奔波挺辛苦，你也多多关心她。"

"好的，姥姥。"

连烬关掉免提,将手机贴在耳边,血液在飞速流动,在脉络深处叫嚣着,举起手机的那一刻,心脏都要滞停,突然之间就委屈了,哽咽压在胸腔,压抑得吐字不清:"姐,是我,我是连烬。"

"我知道,我刚都听到你们在讲话了呢。"连煜总是一上来就摆出长辈的作风,"我这段时间不在家,你要好好照顾姥姥。姨妈还有舅舅他们,你也要帮忙照看,看到亲戚了要打招呼,别总是冷着脸,人家都在背地里骂你没礼貌呢。"

"姐,我知道。"看到姥姥走了,连烬捂住手机,压低声腔对邵淮道,"我先和我姐聊一会儿,五分钟后再给你。"

邵淮点头,连烬握紧手机出门去,浓黑夜色中,他静静地坐在院内的石凳上。

房间内只剩下邵淮和商曜。商曜没脸没皮,看也不看邵淮,弯腰摆弄小沙发上的白色毛绒玩具熊,玩具熊是连煜小时候买的。

他现在住的房间是连煜的房间,前段时间他经得了连煜的同意,让姥姥把房间的钥匙给了他,他暂时住在这里。

"看什么看,这是我和连煜的房间,别乱看,赶紧出去。"商曜态度蛮横地赶人。

邵淮没离开,而是问:"你当初为什么一直在骂连煜?"

这些年来,商曜竭尽全力压住这事,只要不提,他就能暂时忽略这种不能人道的耻痛。邵淮这么一问,陈旧的疤痕被人平白无故掐了一把,难受得很。尤其是在邵淮这样充满雄性竞争力的男人面前,商曜那股难以言喻的羞耻更是越演越烈。

他知道的,连煜喜爱邵淮出众的外表,邵淮对连煜有着浓郁的性魅力吸引,她爱不爱邵淮,这个说不准,但她是真心喜欢邵淮的身子。

每每看到连煜看向邵淮时,那昭彰的眼神,商曜总觉得自卑。他认定,自己在连煜眼中不如邵淮有魅力,归根到底,还是出在下三路上,哪个女人会喜欢性无能的男人?

他这样的情况,连煜还愿意对他好,这是天大的恩赐,他该感恩戴德。

他继续收拾沙发上的物件,硬着头皮否认:"我没骂她,当时被盗号了,那些东西不是我发的。"

"连煜有伤害过你吗?"邵淮又问。

"没有,她那么疼我,怎么会伤害我?"商曜直起身子,别有意味地笑着,"在你们看来,她是个很坏的人吧?害苦了你们,可是她对我很好,从没对我做过不好的事情,因为她爱我,她只爱我一个人。"

"那你很幸运。"邵淮平淡地道,转身离开。

连烬还坐在院内和连煜讲话:"姐,我很想你,你在哪里?我去找你。"

"你来找我干吗?我在海上呢,你来了,谁照顾家里?乖乖的,好好在家等着,我办完事情就回去。"

连烬不依不饶:"你总是这样,每次偷偷地走,也不告诉我。明明我才是你的亲人,我却连商曜和邵淮都比不上,你从来不愿意好好看我。"

连煜总会被连烬这种不合常理的缠人弄得起鸡皮疙瘩:"我看你干吗,你是天仙啊?我是你姐,又不是你妈,别总是缠着我,都这么大个人了,老是这样撒娇干吗?"

"我没撒娇,我就是想你了,我很爱你,姐。"

连煜更是尴尬,轻咳一声转移话题:"邵淮呢?邵淮不是也在嘛,让我和他说几句,一天到晚都忙死了,还得应付你们。卫星电话收费很贵的,记得帮我充话费啊。"

"我知道。"

邵淮等了五分钟,五分钟后准时来到院内,站到连烬面前。连烬没商曜那么难缠,和连煜说了几句后,就把手机给邵淮了。

"连煜,是我。"邵淮不想让连烬听到,走到院子角落里和连煜讲话。

"嗯,听出来了,你怎么一直在我家?都不用回去工作的吗?真羡慕你们,不用工作也能有饭吃,不像我,穷鬼一个,还得在外挣钱,累死了。"听到邵淮的声音,连煜轻松不少。

"我的钱就是你的钱。"

连煜笑起来:"说得真好听,现在就给我打点钱,看看实力?"

"你要多少?"

"算了,等我回去了你再给我打钱吧,我现在也用不上。"

"你真的会回来吗?"邵淮不厌其烦地重复这个问题。他如今越发庸人自扰了,总担心连煜一走就不回来,不要他了。

"肯定回去啊，我还想回去和你继续谈恋爱呢。我喜欢你，邵淮，我真的喜欢你，出来在外面了，我每天夜里最想的人就是你。"

"我也很想你。"

聊了十来分钟，手机已经发烫了，连煌才挂了电话。

天刚擦亮，竹响迫不及待地起床，她一醒，尤舒也醒了。尤舒在上铺问道："现在就起吗？"

"对对对，咱们快点，得把这一片水域都给淘了。"竹响又摇醒连煌，"起来，起来，快起来赚钱了，别睡了！"

尤舒起来去厨房煮了四份面条。吃过早饭，连煌和竹响先下水，尤舒和琳达留在船上调试机器和洗沙。

直到下午，竹响才带着尤舒下水，教她怎么在水下用吸泥管吸金沙。尤舒第一次下水淘金，不够熟练，手差点被吸泥管吸进去，还好有惊无险。

连续五天，四人忙得脚不沾地。

海上的淘金船逐渐多了起来。为了抢先把海底的金沙捞上来，四人暂时决定不洗沙了，把吸上来的金沙用水桶装起来，暂存在船舱里，先将时间都放在吸沙上。

一个星期过去，存在船舱的金沙满满当当，这个时候，她们也不得不暂停吸沙工作。

名声在外的淘金大亨蒙恩家族开着价值一百五十万美元的大型淘金船过来了。他们的淘金船上配有双排挖沙机，挖沙机的机械臂十多米长，可以直接伸到海底通过挖沙斗，把沙子铲上船。

挖沙斗一铲子下去，就能铲出一百斤的泥沙。

连煌她们这种小型淘金船，只能用吸泥管把沙子一点点吸上来，和蒙恩家族这种专业挖沙机相比，简直是班门弄斧。

蒙恩家族一来，挖沙机的机械臂将整片海域翻搅得一片混浊，海底原本平静的沙床全被破坏。

连煌她们这些靠着吸泥管吸沙的淘金者，面对混浊不堪的海底，已经没法下水去寻找合适的淘金点了。大部分人只能暂停工作，眼巴巴地看着蒙恩家族的挖沙机作威作福。

竹响站在甲板上，怨气冲天："就应该禁止这样的大型挖沙机进来淘金,把海底搅和成这个样子,这不是欺负人吗?"

琳达道:"他们过几天估计就走了。这底下的金子没那么多,他们一直在这里挖,淘出来的金子,恐怕都及不上他们在这里耗费的人力和物力。"

竹响坐下,拿起洗沙盘:"我们先把这里的沙子都洗了吧。"

四人连续不断洗了五天的沙子,才把之前存在船舱的金沙全部洗完,收获满满,一共7.3斤的金子,能卖个180万人民币了。

这片海域因为蒙恩家族的到来,对连煜她们这样用着小设备的淘金者来说,几乎是被抢了饭碗,这片海域是没法待了。

正巧这个时候,姜杳打电话过来关心她们的近况,连煜说了蒙恩家族的事情。

姜杳道:"我们在阿留申群岛这边,这里的沙子能探测到有金子,你们要不过来这里吧?"

"好,我们这就去!"

四人开着淘金船,离开白令海峡,花了五天的时间,南下前往阿留申群岛。

她们顺着定位信息,找到了正在工作的银鸥号。连煜站在甲板上挥手:"姜杳,我们来了。我、竹响,还有两个朋友。"

姜杳远远地对她点头,没说什么。

两艘船靠近之后,连煜这才看到,银鸥号的甲板上还站着两个熟悉的人,邵淮和连烬肩并肩站着,神色复杂地看着她。

姜杳让水手放下搭桥,斜搭在淘金船上。连煜和竹响顺着搭桥来到银鸥号,琳达和尤舒则暂时留在淘金船上。

"姐。"连烬上前紧紧抱住连煜,"我很想你。"

连煜偷瞄姜杳。姜杳脸色很不好,姜杳带她出海,是为了找远鹰号,远鹰号的事情得高度保密,现在邵淮和连烬找过来了,肯定让姜杳不高兴。

连煜推开连烬,冷眉冷目地训斥他:"你来这里干什么?这么大了还不懂事,我去哪里都得跟着,有病吧你!"

她又骂邵淮:"还有你,来找我干吗?我都说了,我办完事情就回去,非得来找我,一天天的,不让我省心。"

姜杳偏身进了船舱。连煜看她脸色不对,紧随其后跟进去。姜杳端坐在椅子上,戴上银边框眼镜,低头凝睇桌面铺平的航海图。

连煜放轻脚步,缓缓走过去,站在她跟前。

"是你让他们来的?"姜杳眉目低垂,不咸不淡地问。

连煜焦急地解释:"肯定不是啊,我都没告诉他们我在白令海,谁知道他们怎么找来的,净会给我添麻烦。"

"那你知不知道,他们来找你是为什么?"

"应该是因为喜欢我吧。邵淮一直想和我结婚,婚房、婚戒都买好了,我这一出海,他不得急坏了。"连煜随手拿起桌上的碳素笔,在指间转了转,"唉,这也是没办法。邵淮那样的痴情人,偏偏又遇上我这样优秀的女人,他离不开我也是正常。"

姜杳抬起头,无奈地讪笑:"你又和他好上了?你以前搞了那么多事情,我还以为他要和你老死不相往来呢。"

"没办法,他实在是太爱我了。"

姜杳没再过多闲聊,直言道:"我这儿的打捞工作,差不多还有十天就结束了,到时候我们就得去东西伯利亚海。你得尽快让他们离开,我不可能同意他们跟着我去找远鹰号。"

"我知道,这两人就会惹麻烦,再不听话,我把他俩扔海里去。"连煜气势汹汹地保证。

连煜回到外面的甲板上,邵淮和连烬还站在外面,竹响也在等她。

见她出来,竹响抢先上前,拉她到一旁说悄悄话:"怎么回事,我看姜杳好像不太高兴的样子。"

"没事,我会解决好的。"

竹响暗觑旁侧的邵淮和连烬,又问:"那这两个人,又是怎么回事?"

连煜胸有成竹地继续保证:"没事,我会解决好的。"

经过五天的航程,淘金船上的物资所剩无几,应龙号需要靠港添补物资,连煜把邵淮和连烬都带上应龙号,想着领他俩上岸后,让他们先回家去。

她带着两人坐在船头的甲板上,板起脸问:"你们来找我干吗?我都说了,过段时间就回去,还非得来找我。"

邵淮起身,背对着她,远眺平阔海面,一言不发。

连烬的指腹按在铝锰合金甲板的划痕上,头深深低下,修长指尖寸寸挪动,不知不觉和连煜手背相抵,温暖触感在皮肤之间绽开。

连煜像被毒蜂猛蜇了一下,倏地弹开手,微微龇牙嘶着冷气骂他:"搞什么,奇奇怪怪的,多动症吗?不懂事。"

邵淮黑白分明的眼珠子移动,余光扫过他们,依旧缄默。

连烬眼睛没了定焦,飘忽地看着连煜指甲上的纹路:"我太担心你了,所以才来找你。"

"担心我干吗,我不是每天都打电话回家吗?"连煜两腿伸直,两只手往后撑,脑袋朝后仰,没有目的地看着净蓝苍穹。

"我来了又不会打扰你,你想做什么,我也不会阻挠,我都会听你的话的。"连烬低声说着,哀哀切切,尤为可怜,"爸妈不在了,如今我心里只记挂着你,你不在身边,我实在不知道该怎么办。"

连煜颓废地倒下去,仰躺在甲板上:"说得这么严重干什么,小题大做,你要是觉得孤单,就去谈个恋爱吧。"

连烬偏头,自上而下看着她五官清晰的脸:"我不想谈恋爱,我只想和你在一起。"

连煜惊坐起来,抬手就往他肩上打:"神经病,我是你姐,跟我在一起干吗?"

她不止一次地觉得别扭,连烬总是有意无意透露出这种不合乎亲情的话语,这小子是不是从小爹妈不在身边,太缺爱了,才会病态地依赖自己的姐姐?

不管如何,连煜都没心思去给弟弟做心理开导。她一天到晚忙得要死,自己还烂事儿一大堆,失忆一事还让她不胜其扰呢,哪儿来的时间给他做心理咨询?

连烬对连煜的呵斥熟视无睹,相比起来,失忆后的连煜对他比以前好太多了,以前连煜从不带他玩,他一靠近,她就让他滚。

即便是爸妈出海回来了,她也一样明目张胆地讨厌他,她蜷缩着腿坐在沙发上,歪歪斜斜地靠着母亲的肩,说话没大没小,对母亲直呼其名:"连嘉宁,看你儿子,都欺负到我头上了,你管管他!"

对连煜的大呼小叫,连嘉宁向来只不痛不痒地说了句"没礼貌",便没了下文。她会把连煜抱在怀里,揉面团一样地揉连煜的脸,叫她捣蛋鬼。

父母一年半载回不了几次家,连烬对父母的印象疏离又陌生,从表面上看,父母对姐弟俩是一碗水端平,甚至偶尔偏心他,几乎不会指责他,而连煜调皮捣蛋了,他们有时还会训她几句。

可在屈指可数的相处中,连烬能感受得到,父母对连煜更亲密,一种溢于言表的亲昵。

母亲过年回来给姐弟俩买礼物都是公平的,但她只会揉连煜的脸蛋;父亲带姐弟俩去看表演,两个孩子太矮,看不到舞台,父亲会找人换位置,把他换到前方去,但会把连煜抱起来,让她骑在自己脖子上看。

连烬从小就知道自己是恶毒的,他总藏着一些挑拨离间的想法,他故意问父亲:"爸,你更喜欢姐姐,还是更喜欢我?"

"都一样喜欢。"父亲笑着道。

"我才不要谁的喜欢,反正我是从石头缝里蹦出来的。"连煜抬高下巴撇嘴,满脸无所谓,把父亲的手当玩具一样甩来甩去,"赵源,你去哄你儿子吧,他比较缺爱,整天问这些奇怪的问题。"

父亲蹲下身,慈爱地给她整理松散的辫子,什么也没说,爱都藏在眼里。

连烬怀疑过,自己是不是亲生的。

这个念头绕得他彻夜难眠,却没勇气去做亲子鉴定。连煜那么讨厌他,如果真不是亲姐弟,是不是意味着两人最后一丝联系也断了。倘若没有了这层亲情关系,她就可以肆无忌惮地抛开他,彻底不管他了。

应龙号靠港,竹响留在船上看船,琳达和尤舒去买生活物资,连煜带上邵淮和连烬前往酒店,打算明天送他们去机场,让他俩从哪儿来回哪儿去。

阿留申群岛是由大大小小的岛屿组成的弧形群岛,岛上人口不到一万人,但因为战略位置重要,岛上基础设施完备,机场和运输港都有,也有发展旅游业,但不算繁荣。

荷兰港是阿留申群岛中最大的城镇,游客来这里旅游的话,都会选择在荷兰港歇脚。邵淮和连烬是转了几次飞机,来到荷兰港订了酒店,才包下渔船去找姜杳询问连煜的下落。

酒店是镇上为数不多的游客中转站,不算豪华,但很干净,就在港口附近,连煜来到邵淮的房间,站在窗口望去,还能看到停在港口的应龙号。

竹响说,今晚就在港口过夜,但她们都住在船上。连煜当然不可能带着邵淮和连烬也住船上,她索性今晚和这两人住在酒店叙叙旧,明早再送他们去机场,把两人打发走。

连煜连外套也不脱,躺在松软的被子上,一只手撑起头,侧躺着看邵淮:"深情哥,今晚我跟你一起睡,明天送你俩回家。"

"我这么大老远来找你,明天就让我回去?"邵淮在手机上给人回消息,寥寥几句打发完毕,将手机丢在一旁,坐到床边看她。

连煜抬起腿,搭在他腿上,没那么气恼了:"你来找我,其实我挺开心。"

"不嫌我坏你的事了?"

连煜拉过他的手,用力一扯,把他的头抱在怀里:"我这人四海漂泊,但也不是铁石心肠。有个人心里挂念着我,千里迢迢来找我,我还是很感动的。"

邵淮握住她的手:"我就是想你了。放心,不坏你的事,如果你让我走,我就走。"

"哼,搞得好像你有多听话似的,还不是不请自来。"连煜使劲儿掐他的脸,掐得红痕毕现,"来找我之前,经过我的同意了吗?自作主张,不把主人的话放在心里了?"

"你也没明确下过指令不让我来找你啊。"

连煜气势很足,衡短论长:"别狡辩,你就是不听话。你看人家商曜,他怎么就能乖乖在家待着?"

"你以为他不想来找你?那是他脑子不够。"

连煜揉他的脸,贴近了看他:"你还挺得意。我就不喜欢聪明的,我喜欢傻一点儿的,喜欢只会傻傻呆在家等我的好男人。"

连煜亲在他侧脸,贴着掐出的红印浅浅地吻他,捧住他的脸,认真地道:"邵淮,我好担心你会报复我。"

"我不会。"

连煜牢牢盯住他透亮的瞳眸:"我打听到一些事,他们说,我以前砍了你的手指，订婚前绿了你，卷走了你的钱，害得你差点坐牢。我很担心你会报复我，所以我才偷偷跑出来淘金。"

邵淮不去追问这些事情是谁和连煜说的，左右是瞒不住，当年这些事情零零散散都传了出去，成为不少人茶余饭后的谈资。

"是什么原因，让你觉得我会报复你？"

"我想不起来以前的事，不免要多虑。我很担心，我以前是个很坏的人。"

邵淮轻笑，面色平静，没回话。

"我是吗？我是不是很坏的人？"连煜凝视他的眼，真切地求问。

"不是。"邵淮给了她肯定的答案，两只臂膀环住她，"你可以反过来想一想，如果你是个很坏的人，我为什么还想和你结婚，还愿意不远万里来找你。我没那么下贱，追着一个坏蛋不放手。"

连煜大拇指按着自己下巴，若有所思，停顿了少许，真心实意地给出结论："其实吧，我觉得你挺贱的。"

邵淮眼睫下压，也没生气："这是在夸我，还是在骂我？"

沉闷的敲门声响起。连煜放开邵淮，扭头喊话："谁啊？"

"姐，是我。"是连烬的声音。

连煜从床上下来，走过去拉开门。连烬站在门口，身量高挑，里面是黑色毛衣，外头长款黑色风衣，皮肤白皙，耳郭外沿冻得通红，俊眉修目，五官深邃。

连煜总有种不真实感，这个青年居然会是她的弟弟。

连烬和她相差太大了。她追求的是踏实朴素，连烬身上却有一种和邵淮类似的拿腔作调，太讲究了，让她难以相信，自己和连烬会是同一个家庭出来的孩子。

连烬朝她晃着手里的面包和桦木糖浆："姐，先吃点东西吧。这里的餐馆要等很久才出餐，我刚下单了，他们说得等一个小时后才能吃上。"

他伫立在门口岿然不动，目光缓凝在连煜脸上，看样子是想让连煜去他房间。

见连煜没什么表示，他才跻身进来，掠视屋内。

房间里一切都挺整齐，木地板上摆着邵淮的行李箱，连煜随身背着的黑色旅行包就搭在邵淮的旅行箱上,她的帽子、手套、口罩、围脖等都散落在床上。

他跨步上前,自然而然地拎起连煋的黑色旅行包,又收拾起她散在床上的物件:"姐,先回房休息一会儿吧。我刚在外面给你买了洗漱用品,你要不先去屋里洗个澡,洗完澡我们再去吃饭。"

连煋有五天没洗澡了,她们在船上用的发电机是柴油发电机,备用油不太够,用电能省就省,热水器还几天没开过了,想等着靠港后,补充了柴油,再用热水器洗澡。

"你把东西拿过来吧,我在这里洗就行。"连煋道。

"邵淮哥毕竟是外人,不太方便,还是去我那儿吧。我那里是套房,有两个房间,今晚你睡一间,我睡一间。"连烬生怕连煋不同意,提上她的东西就出去了。

"这小子,没大没小。"连煋握住邵淮的手揉了揉,"我今晚还是来和你一起睡的,等着我啊。"

连烬订的套房就在隔壁,连煋走几步就到了,连烬蹲在行李箱旁,翻出给她买的新衣服。

屋里暖气开得足,连煋合上门,外套脱下,搭在椅子上,也蹲到他面前来:"姥姥在家怎么样了,你有没有去看她?"

"挺好,你离开后,我基本都在乡下。"他翻找出一套保暖内衣,"等会儿穿这套吧,已经洗过了。"

连煋接过衣裳,看他红血丝明显的眼,伸手不轻不重地拧他的耳朵:"累坏了吧。我都说我没事,还得来找我,没事找事做。"

连烬耳朵和脖子红成一片,被连煋触摸过的耳垂,火烧似的发烫,热度密密匝匝渗进肌肤底下,在血液深处叫嚣。

他肩头细微耸动,讨好地握住连煋的手,将她粗粝掌心贴在自己嫩生的脸上,低低唤了一声"姐"。

连煋上下细细关切他的脸,能明显看出疲态,眼里红血丝游丝丛丛,黑眼圈很明显,嘴唇干燥发白,原本偏白的肤色更是毫无精气神。

她大拇指轻轻摩挲在他颧骨处:"这里这么冷,你还非得大老远跑来,待在家里多舒服啊,来这里活受罪干吗?"

"这里是很苦，可你在这里受苦，让我怎么能安心待在家里。"

奔波了这么些天，连煋身子骨乏累。她移坐到床边，呈"大"字仰面躺下去："我又不怕吃苦。我喜欢出海，再苦我也乐在其中。你们又不喜欢大海，出来了那是苦上加苦。"

"我喜欢你，只要和你在一起，就不觉得苦了。"连烬也起身，坐在床边，低头看她秀气的面庞。

连煋眼睛闭着，气声慵懒："你怎么老是这么肉麻，每次我都听不懂你在说什么。"

"我从小到大就是这样啊，我们一起长大的，你现在怎么反而不习惯我了？"

连煋伸了个懒腰起来，又翻看连烬的行李箱："这里的衣服都是给我的吗？我先去洗个澡。"

"嗯，都是给你的。"

浴室条件很好，比起在淘金船上的要好太多，连煋舒舒服服洗了澡，穿上连烬给她买的成套保暖内衣裤，又套上外裤和高领毛衣，用毛巾包着头发出来。

连烬坐在床边看手机，见她出来了，匆匆放下手机，拿起吹风机："你过来坐这里，我帮你吹头发。"

连煋坐到他面前的木椅上，毛巾扯开，湿漉漉的黑发披散下来，望向前面明净的宽镜，自言自语道："该剪头发了，都好长了，不好打理。"

"等会儿吃完饭，出去看看有没有理发店。"连烬启动吹风机，指尖温柔穿梭在连煋发间，和煦暖风吹拂，一绺绺湿发在暖风中烘干，一点点散开。

连烬记得，他第一次给连煋吹头发，是他十岁，连煋十三岁那年。连煋出门找同学玩，半路下雨，她淋了雨回来，奶奶不停地呵斥她："让你带伞，你还不带，就会跟我犟，等发烧了有你好受的。"

连煋跑回房里，一句话也不说，动静很大地在屋里翻找衣服，洗澡时，卫生间动静震天响，水盆水桶的碰撞声"噼里啪啦"。

奶奶在外头骂她："臭丫头，把房子拆了你才满意吗？这一天天的，我早晚要被你给气死。"

连煊洗完澡出来，回屋找不到吹风机，探出头喊："我的吹风机呢？方长英，是不是你孙子藏起来了，快给我拿出来！"

"哎哟，藏你吹风机干吗，谁要你那破吹风机。"

连煊湿发披肩地走出来："那怎么找不到了？那可是妈妈给我买的。"

"姐，我去帮你找吧。"连烬站出来。

奶奶拦住他："你帮她找干什么？自己的事情自己做，她房间乱成那个样子，你进去了，以后她有什么东西找不到，又得怪你。"

最后，连烬还是进去了，找到塞在柜子角落的吹风机。他插上电，怯生生地看向连煊："姐，我帮你吹吧？"

连煊坐在椅子上不动，连烬小心翼翼地打量她的脸色，见她没有拒绝的意思，站到她身后，按下吹风机的开关，套近乎地帮她吹头发。

那次以后，他总会把吹头发这个事情，当成是和连煊拉近关系的小捷径。每次连煊要吹头发，他便殷勤地跑去帮忙，连煊取笑他："长大了你可以去理发店打工，当个理发师傅，每天就可以帮人吹头发了。"

"我又不喜欢帮别人吹。"他嘴里小声嘀咕着。

邵淮像是在掐着时间，连烬刚帮连煊吹好头发，邵淮就在外面敲门了。连烬收好吹风机去开门，淡淡地看了眼邵淮，没说什么，让他进来。

邵淮站到连煊身旁，手自然而然地搭在她肩头："饿了没？"

"早就饿了。"连煊把头发简单扎成丸子头，站起来握住他的手。

连烬的目光逐渐晦涩，默默跟在他们身后。

出去吃了饭，天色还早。连煊特地打包了一份吃的，打车来到港口给竹响她们。竹响和尤舒坐在船头的甲板上，用她们平时炒金子的小火炉烤扇贝，涮了不少辣椒，吃得满头大汗，琳达蹲在一旁喝鱼汤，被辣椒味呛得眼泪直流。

连煊将餐盒打开，摊开在甲板上，都是当地特色的海鲜菜，鳕鱼排、芝士焗蟹、酱汁比目鱼片。

邵淮和连烬只是站在栈桥上，没有上船。

连煊用纸巾垫着两个刚烤好的扇贝，伸长了手臂，递到岸上给他们。邵淮接过，分给连烬一个。连煊问："还要吃吗？我再给你们多拿几个。"

"不用了。"邵淮回道。

连煜又回到小火炉边上,自己也拿起一个扇贝吃,一时没注意,被烫得直哈气。竹响推给她一杯水:"他俩来找你,是不是让你还钱?"

"没有,我不欠他们的钱,欠的是裴敬节的。"

"哦哦,你这些破事儿太多了,我都分不清谁是谁。"竹响把连煜打包回来的鳕鱼排也放到架子上烤。

"我也分不清。"连煜低头吃肉,"对了,你们要不要去酒店洗澡?那里的浴室可好了,坐车过去也就不到半个小时。"

"不去了。船上这么多金子,可不敢轻易离开。"竹响瞥了眼岸上两个挺拔修长的男人,用手肘戳了戳连煜,"这两个人那么帅,你可别拎不清,不要恋爱脑,咱们出海人不能被感情绊住。"

"肯定不会啊。我要是真放不下,当初就留在国内和邵淮结婚了,还跟你出来干吗?"

竹响点头:"那就好。他们什么时候回去,明天下午我们可就要继续淘金了啊。"

"我打算明天送他们去冷湾机场。航班估计不多,先让他们住在机场吧。"

"行,你自己处理好,别影响我们淘金就行。"

连煜在甲板上吃了几个烤扇贝,又回到岸上:"走吧,回酒店吧,天色不早了。"

邵淮握住她的手,揣进自己风衣的口袋里。连煜和他十指相扣,就这么贴着走。

回到酒店,连煜先和连烬进入套房,从连烬带来的行李箱里,找出两件毛衣:"我等会儿去和邵淮一起睡,你自己睡这儿吧,晚上冷,注意盖好被子,可别感冒了。"

她带上洗漱用品来到邵淮房间,房里空调暖气开得很足,邵淮洗过澡后,上身只穿着一件薄毛衣,正在铺床。

连煜将洗漱用品放在桌子上,走过去从后头抱住他,手从他衣服下摆伸进去,摸着他块垒分明的腹肌。邵淮转过来,坐在床上,两只手往后撑:"亲我一下。"

连煜往他腿上坐:"我出来这么久,你一个人在家,有没有背着我干坏事?"

"你觉得呢?"

连煜抬起手,不轻不重地开玩笑似的打着他的脸:"好啊你,我辛辛苦苦在外头淘金挣钱,你就是这样对我的?还好意思来找我,脸皮呢?"

"我要是在家干了坏事,还来找你干吗?"邵淮凑过来,在她下巴上咬了一口,"倒是我该问问你,有没有在海上偷腥?"

"我一天累得要死,哪有那个闲心。"连煜按住他的肩,让他躺下去,"明天就回去,好好在家等我,好吗?"

"我想和你一起出海。"邵淮手往下伸,解开她的裤绳,"连煜,我可以放弃国内的一切,如果你想住在海上的话,我想一直跟着你。"

连煜当然不同意:"我是喜欢出海,但也不可能一直住在海上,也会有上岸的时候,你就在岸上守好我们的小家,为我安置后方,解决我的后顾之忧,好不好嘛。"

"可是我很想你。"

连煜不给他矫情的机会,按住他的头,密集的吻不停地落在他脸上:"听话听话,不要反驳我,快点听话。我爱你,我最爱你,你就是我的心肝宝贝儿。"

邵淮抱住她翻了个身,把她压在身下:"那你会回家的,对吗?"

"会的会的,岸上有你,我当然会回家。"

夜穹漆黑有月,连烬只觉得脑子里绕了一根弦,密密匝匝一圈圈拧紧,直叫他呼吸不得。整个屋子像是密不透风的塑料袋,他被困在这里了,氧气耗尽,近乎要窒息。

他拳头狠狠捏紧,咬住牙关,棱角分明的下颌线绷紧,整个人无声地战栗,往墙上砸了一拳,转身朝门口走去,步伐沉重。

他来到邵淮的房门前。此处遐州僻壤,游客也不多,住酒店的旅客寥寥无几,走廊静悄悄的,昏黄灯光幽静倾照,连烬静静站着,身姿挺拔,如一杆笔直的枪,他也没出声,半合眼细听里头的动静。

酒店房间隔音做得很好,什么也听不到。

过了半个小时,他终于忍不住,抬起手敲门。

一分钟左右，门才从里头开了条缝。邵淮细碎的头发散搭在额间，半挡住眼帘，没了平日的肃穆正经，五官出众，眉眼清冽，看起来年轻了许多。

"有事吗？"邵淮也没将门彻底打开，只是开了一条缝隙和连烬讲话。

连烬顺着微敞的门缝看过去，试图窥探屋里的情况，却什么也看不到。

"我姐呢？"

"她睡了，怎么了？"

"我有点事情想和她说。"

"很着急？"邵淮又问。

连烬没说话。

邵淮一只手把着门，没有让连烬进来的意思，扭头对还在床上的连煋喊话："元元，连烬有事找你。"

"什么事？"连煋刚脱了衣服，贪恋被子里的暖意，不想出来，探出头回话，"大晚上的，有什么事啊？"

"姐，你出来下，我有事和你说。"连烬朝屋里喊。

连煋缩在床上不愿下来："你那些乱七八糟的事情我也管不了，真有事和你姐夫说一声，让他转告我就行。"

"姐夫"二字一出，邵淮不禁嘴角上扬，神情缓和许多，但没出声，默默等待连烬的下一步动作。连烬明显受了刺激，嘴唇张了张，话到嘴边又咽下去了，扭头就走。

邵淮关上门，折返到床边，一把扯掉上衣，上了床，半跪在连煋身侧，手伸进被子里。

连煋问道："他干吗呢？"

"不知道，走了。"

"每次都这样，奇怪得很。"连煋搂住他，亲在他的唇上。

"姐夫？你让他叫我姐夫？"邵淮还在琢磨这两个字，莫名有了充实感。兜兜转转这么久，他才是连煋心里得到认证的人。

"我又不是那种不负责任的人，说了要对你好，就一定对你好。"

"好，我信你。"

距离荷兰港最近的民用机场，冷湾机场，航班很少，要想离开这里，要么得等合适的航班，要么坐船前往朱诺港口。朱诺是阿拉斯加的首府，朱诺机场的航班稍微多一点儿。

连煜看了冷湾机场的航班动态，要从此地中转到国际机场，最少也得等五天。

"姐，那你到底什么时候才回家？我在这里帮你一起淘金吧，等你回的时候我再一起回。"连烬道。

连煜当然不可能让他留下："这么大个人了还不懂事。你不回去，公司怎么办？钱不挣了？我出来一趟也挣不着几个钱，家里也不能全靠我啊，你不回去管公司，靠我一个人能养得起家里？"

"我不是这个意思，我就是担心你，出海太危险了。"他靠近她，手背和她相蹭。

"就会瞎担心，在陆地上就不危险？开车还会出车祸呢，坐飞机还会有空难呢，这么怕危险，你干脆一整天待家里算了。"

连煜催他收拾行李："就你事儿多得很，多跟你姐夫学一学。你也老大不小了，别总是一惊一乍的。"

从荷兰港坐车到冷湾机场，也就三个小时。考虑到要等五天才有合适的航班，连煜跑到船上和竹响商量："有两个免费的劳动力，你要不要？"

"什么意思？"

"我小情人和我弟弟，他俩的航班要等五天后，现在也没事做，闲着也是闲着，我就想让他们上来帮我们洗金。"

竹响迟疑不定，看了眼琳达，不敢轻易应下："之前说好的，船上不能让男人上来，你信得过他俩，我们可信不过，万一发生骚扰什么的，我们以后还做不做朋友了？"

连煜明白竹响的顾虑，又道："我让他俩自己租一条渔船跟在我们的淘金船后面。白天他们上来帮我们洗金，晚上再让他们自己坐船回港口，不和我们一起过夜，这样行吗？"

竹响又去和琳达商量了一番，回来问道："我们这边可不发工资啊，他俩真的愿意来？"

"肯定愿意啊。他俩就是上赶着来给我干活儿的，只要和我待一会儿，他俩就高兴，美得不行，还在乎什么工资啊。"

竹响总算点头:"行,那就带他们玩几天吧。"

连煜通知了邵淮和连烬,让他俩赶紧去包一条船。邵淮出钱包了一艘中型游艇,艇长十三米,两层甲板,最大载客量八人,内部有卫生间、小厨房和两个休息船舱。

这种游艇是港口专门租给游客出海游玩的游艇,还配有一名艇长和一名水手全程跟着服务。

安排好一切,连煜上了淘金船,让邵淮和连烬坐着游艇,跟在她们的淘金船后面。

淘金地点是姜杳提供的。姜杳的银鸥号打捞船在这里打捞两艘潜水艇,作业过程中发现底下的泥沙有一定的金属含量,这才打电话让连煜她们过来。

连烬刚开始以为,连煜出来淘金是为了好玩,毕竟她也不缺钱,家里的资产这段时间他大部分都转移到她的名下了。如今头一回和连煜出来淘金,他才意识到,连煜是真的在拼命赚钱。

淘金,真真切切是个苦活儿。

抵达淘金地点后,连烬和邵淮从游艇转移到淘金船上,连煜和竹响先换上潜水衣,携带金属探测器和橙色尼龙绳下水,确定好吸沙点后,用尼龙绳头部铁钩扎进泥沙里,做好标记,才又游上船来更换氧气瓶。

她们换过氧气瓶,再带上吸泥管下水。

随着吸泥机的启动,海底的泥沙顺着水管被抽上来,先被送到机器后方的电动筛吸网,进行第一轮粗吸,粗洗后的金沙集中收集到桶里,再由人工用洗沙盘清洗。

邵淮和连烬有潜水证,但都只是初级潜水证,没达到可以在水下作业的资格,竹响不敢冒险让他们下水吸沙,只让他俩在甲板上帮忙洗金。

六月份了,阿拉斯加州进入夏季,天气回暖了不少,今日出了太阳,气温在十七八摄氏度左右,比她们刚到时暖和了不少。

连煜和竹响下水了,船上只剩下琳达、尤舒,还有邵淮和连烬。

琳达不太爱说话,带着修理工具到吸泥机后方修理早上刚换下来的电控箱。早上,连煜和竹响下水吸沙时,不小心吸上来一团废弃渔网,吸泥泵被卡住了,电控箱也坏了,还好船上有备用的。

尤舒走到吸泥机旁边，提过来一桶刚经过粗洗的沙子，来到船头甲板，取出几个洗沙盘，不太确定地看向邵淮："董事长，你们也要帮忙洗金吗？"

邵淮挽起袖子，接过一个洗沙盘："嗯，你教我吧。"

"好。"尤舒拿水瓢舀了一瓢沙子，倒进洗沙盘，再将水管拉过来，放水进盘中，不停转动洗沙盘，沙子和淤泥随着水流的转动，缓缓流出去，金子颗粒不浮于水，会慢慢沉在盘底。

不断重复这样的转盘动作，就能把淤泥和沙子都洗出去，只留下盘底的金子，这时如果有石块也沉在盘底，还需要手动剔除。

尤舒又到船舱里，拿出两双袜子、两双雨鞋给他们："换上这个鞋吧。我们船上没有男鞋，你们的鞋要是湿了，可就难受了。"

换过鞋子，邵淮和连烬坐在船头的塑料椅上，跟着尤舒一起洗金，洗了不到一个小时，手指冰冷，腰也僵了，脚都微微发麻，一直盯着洗沙盘，海风不停地呼啸，连带着眼睛也干涩。

"你们来淘金后，每天都这样干吗？"邵淮问。

尤舒一边说话，手里的活儿还在不停地忙碌："嗯，差不多吧。连煜她们五月中旬到达白令海峡那边的诺姆港后，就开始淘金了，我比她们晚了十天才过来的。"

"这样一天能赚多少钱？"连烬问道。

没经得竹响和琳达的同意，尤舒也不好透露太多，只是含糊道："这个说不准，看运气吧，有时候多，有时候少，金子还没彻底去杂，我也不太清楚。"

见她不想多说，连烬也没再多问了。

"连煜她们什么时候上来？"邵淮看向波澜不惊的海面。

"还有十分钟左右吧，再过十分钟，她们该上来换氧气瓶了。"

过了一会儿，尤舒主动和连烬搭话："我听你姐说，你帮我姥姥联系了医生，真的很感谢你。"

连烬低头忙碌，动作熟练了很多："没事，是我姐让我帮忙联系的。"

正说着话，水面传来响动，"哗啦"一声，连煜从海面冒出头来，两只手扒住甲板边沿，踩着软梯爬上来。她摘下面罩，打了个哆嗦："冷死我了,我应该穿干式潜水服下去的,这套湿式的太冷了。"

尤舒从一旁的架子上取过毛巾递给她:"快擦一擦,先去换衣服吧,我煮了姜糖水,还温在炉子上,换好衣服了你去喝点。"

竹响也在连煜身后上了船,她总是动静很大,弄出"哗啦啦"的水声。

邵淮起身,对连煜道:"我去帮你换衣服吧。"

"你做饭去,厨房里都有菜,你做饭好吃,去给我们烧几个好菜,今天不想吃火锅了。"连煜给他下任务,又看向尤舒,"尤舒,你带他去厨房,你休息吧,让他来做。"

"哦。"

尤舒把邵淮带进厨房。里面陈设简陋,但该有的设备都有,还有个很大的冰箱,里面存储了不少菜和肉。

尤舒用火钳扒拉了一下火炉,放了几块炭进去,不确定地问:"董事长,你会做饭吗?我们一般是用电饭锅煮饭,但烧菜是用火炉。"

"交给我吧。"邵淮四处看了一圈,先把电饭锅的内胆拿出来洗。

"好,我就在外头,你有事就叫我。"

"好。"

邵淮的厨艺称得上一绝,几个家常菜炒得味道很不错,烟笋炒肉、手撕包菜、老姜炒鸡肉,还有一个西红柿鸡蛋汤。

他在做饭时,连煜她们还在甲板上洗金。

连煜饿得不行,催连烬也进厨房帮邵淮一起烧菜。连烬进了厨房没一会儿,就从船舱探出头来:"姐,你进来一下。"

"叫我干吗?"

"你过来。"

"就你事儿多。"连煜嘀咕两声,放下洗沙盘,偏身进入船舱。

连烬用个小碗,把鸡腿单独装出来,递给她:"饿了吧,先吃这个。"

连煜当即黑了脸,横眉冷对地骂他:"你这是干什么?不懂事,船上的菜都是按大伙的分量买的,你把鸡腿单独留给我,竹响和尤舒她们呢?我多吃一个鸡腿,她们就得少吃一块肉,这不公平。"

连烬低下头,什么也没说。

邵淮还在一旁切西红柿,连煜把鸡腿放到菜板上:"把鸡腿切成块,别留这么大,让大伙都能吃到。"

"好。"邵淮拿起鸡腿,利落地斩成块状,丢进锅里,重新翻炒了几下。

连烬站在一旁,面露委屈,目光哀戚地看向连煜。和以前一样,以前每次被连煜骂了,他也这样惶恐,然后讨好地看向她。

连煜端起长辈的作风,长篇大论地教育他:"你看你,这就是我不带你出海的原因。出海了,船上的人就是一个团队,大家要互相团结,要为对方着想,人人都像你这样藏着小心思,总想着多吃一块肉,那这团队不就散了!"

"我没想多吃肉。"连烬细声反驳。

"你是没想多吃,但你偏心了呀。不管是偏心自己还是偏心别人,在海上都是自私自利,不能这么干,听到了没?"

"听到了。姐,对不起。"

六个人一块在船舱里吃饭,竹响吃得津津有味,暗地里用胳膊碰了碰连煜:"可以可以,厨艺不错,比你强多了。"

邵淮抬头看向连煜,对她挑眉。

太阳即将落山之际,邵淮和连烬就要回港口了。连煜没和他们一起回去,今晚她们的淘金船得停在海上,四个人得轮流值班,如果她和邵淮他们回岸上了,竹响她们每个人轮流值班的时间就得延长,这样太累了。

"要不我留在船上?来来回回麻烦,在船上也方便帮你们做事。"邵淮道。

"不行不行,你们快点回去,不要耽误我的事。都让你们留下来了,还叽叽喳喳不懂事。"连煜催着他们快点走。

在连煜的再三催促下,两个人只好先行离开。游艇不断远去,海边的夕阳彻底陨落时,游艇的踪影也消失在海天一线中。

连煜抱着枪,形单影只地坐在甲板上。皎洁的月光一圈圈铺洒在她身上,宁静而漂亮,她给姥姥打电话报平安。姥姥后知后觉地提醒她:"元元,奇怪得很嘞,这段日子你弟也不来了,邵淮也不来了,他们是不是偷摸着要坏你的事啊?"

连煜忍俊不禁:"姥姥,你这个后勤做得不到位,那两个小子都来海上找到我了,你这才发现。"

姥姥大吃一惊，着急得不得了，觉得自己任务失败了，生怕坏了连煜的计划，慌里慌张地惊叫："哎哟喂，那这可怎么办呀？是姥姥不好，他俩之前说要回城里，我该有所察觉的，都怪姥姥，没能提前通知你。"

连煜笑声若银铃："没事了，他们就是来看一看我，没坏我的事。"

姥姥这才放松，还是自责："这次的确是姥姥工作做得不到位。前段时间他俩整天拐弯抹角跟我打听你的下落，我居然大意了，失策失策。"

"没事，他俩来了也不耽误我的事，还多了两个免费劳动力。"

"那就好，那就好。姥姥就担心没看住他们，搅乱你的计划呢。"

姥姥在院子里偷偷接电话，和连煜聊了好一会儿，才朝厨房的方向喊话："商曜，你要不要和元元讲话，元元打电话过来了！"

商曜正在厨房收拾锅碗瓢盆，腰间的珊瑚红围裙鲜艳惹眼，也不精心打理头发了，以往精细整齐的发型早没了形状，气质越发平和，前两年随时随地破口大骂的戾气被村中一草一木擦除，老实贤夫的气质更浓郁。

"姥姥，我来了，先别挂电话！"商曜放下水桶，步子快到残影虚晃，几个箭步冲出厨房，跑到院子里。

姥姥递给他手机："给，我和元元已经聊过了，接下来都给你聊。"

"谢谢姥姥，您辛苦了，快回去睡觉吧，我和元元腻歪一会儿。"

"行，你们聊吧。"

商曜坐在院角陈旧的碾盘上，笑容祥和干净，声色柔和宁静："元元，想我了没有？"

"想啊，每天都在想你。"连煜看向皎月。时差的原因，她这里是阿拉斯加晚上九点，算起来，商曜在国内应该是下午两点，他看不到她现在看到的月亮。

商曜是个有头无脑的人，这会儿都没察觉到邵淮和连烬早已身赴海外去找连煜了，反而得意扬扬没人和他抢手机。

"元元，我和你讲，邵淮那小子，无情无义，王八蛋一个，你以后可别念叨着他了。他才等了你几天啊，这就等不住了，早就回城享大福了，他才不管你呢。"

连煜抿嘴笑："不念他，就念你，你才是最好的。"

"还有你弟，也是个薄情寡义的，邵淮一走，他也跟着跑了。现在家里就剩我和姥姥,我和姥姥一天到晚种菜,他们也不来搭把手,没用的东西。"

"商曜,你真好,我以后会对你好的。"

翌日,天边乍现第一缕朝晖,邵淮和连烬的游艇就开过来了。尤舒和琳达已经起来了,正在用塑料扫把清扫甲板上的水渍,连煜和竹响还在船舱里酣梦。

看到两个男人过来,琳达也没打招呼,只是放下搭桥,让他们从游艇转移到淘金船上。

邵淮提了个不小的锅,里头是煮熟后滤出来的面条。他问尤舒:"你们吃过早饭了吗?"

"还没,我们也是刚起。"

连烬手里也提了一些东西,都是早上刚在港口买的新鲜菜类和水果,朝尤舒问道:"我姐呢?"

"她还没起呢。"

邵淮看向宿舍船舱的方向,淡声道:"我去给连煜弄早饭,煮点面条,你们要不要?"

"你自己带的面条吗?分量够吗?"尤舒瞄他带来的锅。

"够,带了够你们四个人的量。"

"那太好了。董事长,谢谢你。"说完,尤舒又跑到船尾告知琳达,说今早不用只吃面包和牛奶了,邵淮给她们煮面条。

连煜和竹响总是最后临门一脚才起床,起来后如热锅上的蚂蚁,动静极大,天翻地覆地找衣服、找帽子、找袜子,整个船舱里都是她俩的声音。

"哎,我昨晚放在床头的毛衣呢?尤舒,你看到我的毛衣了吗?怎么找不到了!"连煜跪在床上,动作杂乱地往身上胡乱套衣服。

竹响在她的下铺,同样乌七八糟,顺着床缝摸出连煜的毛衣,一把丢上去:"连煜!你的东西天天往我这儿掉,帽子也掉这里来了。"

连烬在外头听到声响,喊道:"姐,我给你带了一套衣服过来,你要不要穿我带来的这套?"

连煜一愣,朝外探头:"你来这么快啊,邵淮呢?"

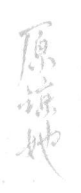

"他也来了,在厨房做吃的。"

"哦。"连煜套上毛衣,还没洗漱就跑出来,"把衣服给我,我看看。"

连烬递过手里的袋子,连煜打开看过一眼。她在海上漂泊太久,对衣服没有什么美丑之分,随便翻看几下,就丢到衣帽间层层堆积的衣服堆里去。

邵淮在港口买了意式酱料,面条重新过了热水,做了四份酱面,煎蛋、火腿都各自准备了四份,不偏不倚。

四人在海上吃饭都是应付式饱腹,只要能补充能量,不在乎味道。连煜吃得香,一大碗面条吃得干干净净。竹响三人也是如此,出海后,头一回吃到热乎乎的早饭。

邵淮接过连煜的空碗,便要拿去洗。连煜对连烬抬下巴,使唤他:"连烬,你去洗碗吧,别光干站着,一点儿眼力见儿都没有。"

"哦。"

连烬从邵淮手里接过连煜用的空碗,走到水龙头边上,压了洗洁精,将碗洗得很干净,回到厨房摆放好。他这个人偏狭隘,洗过了连煜的碗,但对竹响三人的碗视而不见,完全不理会,似乎与他无关,镇定自若地坐到连煜身侧。

连煜嫌弃得很,用手肘戳他:"你这个人真的是,把大家的一块儿洗了。"

"哦。"连烬这才起身收拾桌上的空碗。

尤舒觉得不好意思:"还是我去洗吧。"

"我去。"连烬端着三个空碗,再次来到水龙头边上。

邵淮和连煜在这里帮忙了五天,从早到晚,几乎没有闲暇,一吃完饭就得淘金。

淘金小分队这几天斩获丰硕,这块淘金点没人跟她们抢,还有姜杳偶然顺手相助。姜杳的打捞船设备精良,船上的潜水员出类拔萃,下水检测到有金沙了,顺手用船上的打捞机械臂帮她们铲上来,给她省了不少力。

邵淮和连煜明天就要走了。

琳达拿刚炒出的金子称重,来姜杳这里后,她们淘到了将近三斤的金粒。琳达扭头问连煜:"要不要付工资给你那两个朋友?"

"不用不用,他俩是义务式打工,心理上满足得很,不用给钱。"连煜盯着金灿灿的金子反复端详,兴奋难耐。

次日一早,连煜在港口包了一辆出租车,送邵淮和连烬前往冷湾机场。

邵淮确实不得不回去了,公司的事情已经积压得不能再拖,各个股东的电话每天十万火急地打过来。

连烬倒是还有点闲时,他还想留下来帮连煜淘金,但连煜不让。

在候机时,邵淮和连煜在角落拥吻,他干燥的嘴唇贴着连煜的耳朵讲话:"我回去后尽快把事情处理好,大概一个星期后就来找你,等淘完金了,再一块儿回去。"

连煜推他往前走:"做好自己的事情,别总是把心思放在我身上,给我点自由,你越是管我,我越是不想回家。"

"我不会阻止你的理想,但你也要把我放心上,好吗?"

"好好好,当然好。"连煜仰头亲他,"我肯定把你放在心上,你就是我的心上人。"

两人黏糊片刻,连煜目送邵淮过了安检,才又神神秘秘地回到连烬身边,将手里的袋子塞给他:"连烬,我买了点特产,你回去后,给你姥姥一瓶,给你姐夫一瓶,别自己私吞了。"

连烬打开袋子看了一眼,是两瓶阿拉斯加州的特产——桦木糖浆。

他不明白连煜为什么不直接把糖浆给邵淮,但也没多问,任何关于邵淮的事情,他都懒得深究:"好,我记住了。"

连煜大大方方地搂住他,用力拍着他的背:"好了,快走吧,我会想你的。"

连烬也回抱她:"姐,那你到底什么时候回家?"

"下个月,下个月就回,别再来找我了。我就是来淘金,又不是干坏事,我有我自己的工作,你也老大不小了,别老是黏着我不放。"

"我很爱你。"连烬悄无声息吻在她发梢。

从冷湾机场出发,航班又在安克雷奇中转,再前往西雅图,最后才飞回国内江州市。

一下飞机,连烬就把一瓶桦木糖浆给了邵淮:"我姐让我给你的。"

邵淮接过,闪过疑惑,同样不明白连煜为何不在送别时,直接把糖浆送给他。

两天后，连煋往家里打电话，商曜鬼哭狼嚎：“怎么能这样，那两人去找你了，我居然不知道，他们都不带上我，我要疯了！”

"别闹，这里鸟不拉屎的，你来这儿干吗？"连煋沉声训他，"你要是来了，谁照顾姥姥？再说了，我都给你买礼物了，让连烬带回去给你了，你别不懂事。"

"礼物？什么礼物？"

"一瓶桦木糖浆啊，可甜了，我觉得好吃，心里一直挂着你，就买了两瓶，让连烬带回去给你和姥姥每人一瓶，他没给你？"

商曜想起来了，昨晚上连烬回来时，确实带了一瓶糖浆，但只给了姥姥，根本没他的份儿。

"没有啊，他没给我，这小兔崽子肯定是私吞了！我这就去找他！"

须臾，连烬重新给连煋打电话：“姐，糖浆只有两瓶，一瓶给邵淮，一瓶给姥姥了。”

连煋扶额拍头：“你这个脑子，我是让你给商曜，你给邵淮干吗？怎么办事的？”

连烬：“你当时说的，一瓶给姥姥，一瓶给姐夫，我以为是给邵淮。”

连煋哀声连连，又嫌弃他没眼力见儿："你这情商，商曜整天忙里忙外给我照顾后方，你就自己看看，邵淮和商曜，哪个更有姐夫样？"

连烬暗笑，只要连煋继续三心二意，他心里就舒坦，情人来来去去，但弟弟只有一个。

"姐，对不起，是我不好，那糖浆……"

连煋活得节俭，每个礼物都得精打细算："你去找邵淮要回来，还给商曜，那是我送给商曜的。"

"好。"

等挂断电话，连烬头一回对商曜语气舒缓了些："不好意思，那瓶糖浆是我给错人了，我姐让我给你的，我当时没听清，给了邵淮。"

商曜压眉板脸，挥挥手催他："你赶紧去拿回来给我，这么点小事也能弄错，多和你姐学学吧。"

第十六章
原谅我

连烬还真去找了邵淮，丝毫不含糊，还挺有礼貌："邵淮哥，不好意思，那瓶桦木糖浆你开了吗？"

"只拆了袋子，但还没开封。怎么了？"

邵淮一回来就拆了外头的包装袋，在里头发现了一张粉红小字条，是连烬的字迹，上头有一句俗气的情话：你在我心里和这瓶糖浆一样甜——爱你的连烬。

他把字条取出，细细折叠好，放进随身携带的钱包夹层，糖浆没喝，暂时放在书房。

连烬不好意思地说："邵淮哥，实在是抱歉，那瓶糖浆我给错人了，我姐是让我带回来给我姐夫的，我坐飞机坐太久了，脑子不太清楚，错把糖浆给你了。"

几句话，让邵淮听得云里雾里，给姐夫的糖浆，给他反而是给错了？

看到邵淮脸上的诧异，连烬窃喜得意，继续道："哥，既然糖浆还没开封的话，就给我吧，我还得带回去给我姐夫。真是抱歉，给你添麻烦了。"

"你要拿回去给谁？"邵淮抿嘴平静地道，情绪隐藏得很好。

"带回去给我姐夫，这是我姐交代的。"他字句清晰地说着，眼尾藏着笑，像是在挑衅他。

"哪个姐夫？"邵淮又问。

连烬又笑了笑:"还能是哪个姐夫,当然是我姐的心上人了。"

"你姐的心上人?"邵淮眼里阴云悄然翻涌,这会儿再也藏不住了。

连烬点到为止,也不告诉他真正的姐夫究竟是谁,而是催道:"邵淮哥,那就把糖浆还给我吧,麻烦你了。"

邵淮浓黑眼睫垂下,转身回书房,拿出那瓶尚未开封的桦木糖浆,递给连烬。

连烬笑意温柔地接过:"邵淮哥,那我就先回去了,还得把这糖浆带回去给我姐夫呢,告辞了。"

邵淮目送连烬离开,关上门,坐到沙发上,猛然间心里有一口气提不上来。在白令海那几天,他以为获得了连烬的独宠,到头来,连烬的甜言蜜语不过是张口就来。她惯会骗人,说一套做一套,她谁都爱,又谁都不爱。

思忖良久,邵淮甚至不太清楚,连烬口中的姐夫是谁,是商曜,还是乔纪年,或者是裴敬节?

但他也不想深究了,不管是谁,反正不是他。

晚上,他单独给连烬打卫星电话,有意无意提到糖浆的事,故作轻松地道:"阿拉斯加的桦木糖浆味道挺不错,早知道带两瓶回来了,真是遗憾。"

连烬的声音伴随着呼呼风声:"有什么遗憾的,我不是还在这里嘛,你给我转点钱,我帮你代购带回去就行了。"

"好,谢谢你。"

连烬笑起来:"谢什么谢,都是一家人,还跟我客气什么。"

和邵淮说完话,连烬又往家里打电话,问商曜:"商曜,连烬有没有去把糖浆拿回来给你,那是我送你的礼物,可一定要拿回来。"

"拿回来了,他刚给我了,我尝了一口,好甜,和你一样甜。"商曜怀里抱着糖浆,甜味丝丝缕缕地荡漾在身体里。

"你看我对你好吧。我说对你好,就一定会对你好,有好吃的都第一时间想起你。"

"嗯,你真好,你是对我最好的人。"

一个星期后,算起来,连煋跟着竹响来到白令海也已经一个月了,和之前约定的时间差不多。

琳达看着装在保险箱的金子,道:"该回去了,淘金的人越来越多,海底都浑了,我们再淘也淘不到什么,回去等明年再来,要么去育空河继续淘也行。"

竹响伸着懒腰:"育空河现在就不去了,还是回去休息吧,把这些金子卖了,都够我今年挥霍了。"

尤舒:"确实该回去了,我也得回家一趟了。"

只有连煋捧着茶杯,坐在折叠椅上一言不发,竹响看向她:"连煋,你呢,想不想回家?"

"不想。"连煋摇头,她喝完最后一口茶,"你们各回各家吧,我还得和姜杳在海上打捞点东西。"

"对哦,我差点忘记了,你还得跟着姜杳办事。"竹响坐到她身侧,好奇地打听,"你和姜杳到底要干吗?是不是有什么挣大钱的项目,带上我呗,我也想去玩。"

"这个我暂时不能说,明天我问问姜杳,看看能不能带上你一起。"

"好。"

四人把船靠岸,琳达在港口租了一辆车,带上她们三个,开车前往冷湾镇出售金子,所有的金子加在一起,一共卖了八十七万美元。

连煋分到二十万美元,琳达也是二十万美元,尤舒因为是后面来的,分给她十八万美元。淘金船是竹响自己出钱买和改造的,她拿得多一点儿,剩下的二十九万美元都归她。

竹响并不打算自己开船回家,而是把淘金船租给新来的淘金人。

连煋问过姜杳,能不能带上竹响一起去找远鹰号,姜杳做事严谨,没同意,连煋也没办法了。

竹响、琳达和尤舒回去那天,连煋送她们到机场。四人坐在候机厅吃面包,竹响揉揉连煋的后脑勺:"你这脑子都还没好,什么也想不起来,就这么单独和姜杳走,靠谱吗?万一她把你给卖了呢?"

连煋用面包片蘸糖浆,吃得津津有味:"不会,她不会卖我的,如果找不到她想要的东西,她只会把我扔海里。"

"这么严重,你们到底要去找什么?"

"不知道啊。"连煜摊开手,"我真想不起来。"

竹响拍着她的肩膀,长长地叹一口气:"如果姜杳真要把你扔海里,你提前给我打个电话,我去给你收尸,放心,我会帮你照顾你姥姥的,你就安心地去吧。"

连煜笑着用拳头捶她:"乌鸦嘴。"

连煜也拉了一个行李箱,里面是各种礼物,她把行李箱交给尤舒:"尤舒,里面有些礼物,每个袋子都写了地址和名字,到时候你帮我送一送。"

"好。"尤舒握住行李箱拉杆,又不放心地问,"姜杳她们不会对你怎么样吧?如果遇到危险了,一定要及时打电话通知我。"

"不会的。姜杳人挺好,你们就放心吧,我过段时间就回去了。"连煜抱了抱她,又嘱咐,"要是邵淮和我弟他们问我的下落,你就说你不知道,别给他们好脸色。"

"好。"

竹响、琳达、尤舒都坐同一个航班,她们要从这里飞往安克雷奇,才能在安克雷奇转国际机场。等她们过了安检区,连煜才一个人从机场孤零零地回来。

姜杳让阿瞒开快艇在港口等连煜,连煜一从机场回来,就随阿瞒一起前往西部海域,上了姜杳的打捞船银鸥号。

打捞船这两天也完成了打捞潜水艇的任务,连煜一上船,银鸥号直接向北继续开,正式开启前往东西伯利亚海的航程。

连煜还是睡在之前的单人宿舍,阿瞒端过来一碗香味浓郁的热汤,面无表情地放到她床前的桌子上:"喝了。"

"毒药?"连煜从床上起来,开玩笑道,"这么快就杀我?"

"人参炖乌骨鸡汤,补脑的。"阿瞒眼风锐利,盯着她的脸看,"你到底想没想起来?"

连煜担心他们会对她不耐烦,谎称道:"有想起来一点点,但不太连贯,再给我一点儿时间,我一定会想起来的。"

"我们可不是带你来玩的,找不到远鹰号,你就等着瞧。"阿瞒又端起汤碗,递到她嘴边,"快喝,我还得去洗碗。"

"哦。"连煋将鸡汤一饮而尽。

尤舒回国了,这让邵淮和连烬几人喜出望外,以为连煋也跟着一起回来了。

尤舒先找到邵淮,将一个粉红色袋子递给他:"这是连煋让我送你的礼物,她还没回来,她说自己还有点事情,晚几天再回。"

"晚几天是多少天?"邵淮问。

"我也不知道,她没和我说。"

"那她现在和谁在一起?"

"和她的朋友在海上,具体是谁,我也不清楚,她只是让我把东西给你。"尤舒说完,便离开了。

邵淮打开袋子,里面有一件廉价的白衬衫、一颗爱心形状的石头、一封信,信上是简要的几句话:一日不见如隔三秋,这是我送你的礼物,爱你,想你的连煋,我会对你好的,等我回家。

尤舒按着连煋给的地址,又来到乔纪年家里,递给他一个袋子,说是连煋送的礼物。

乔纪年打开袋子,同样的,是一件廉价的白衬衫、一颗爱心形状的石头、一封信,信上是简要的几句话:一日不见如隔三秋,这是我送你的礼物,爱你,想你的连煋,我会对你好的,等我回家。

尤舒给邵淮、乔纪年、商曜、连烬、裴敬节都转交了连煋的礼物后,才把最后的行李箱给了连煋的姥姥。

给姥姥的行李箱里满满当当,一件阿拉斯加特产的羽绒服,两份淡干红参,各种各样的营养品,还有一张连煋站在甲板上的照片,照片背后写着:姥姥,不用担心我,我一切都好,等我办完事情就回家,祝我好运吧。

自从尤舒回来后,邵淮几人再也联系不上连煋,只有偶尔姥姥的卫星电话会响起,但频率越来越少。

这天,在一场宴会上。

邵淮遇到许久未见的裴敬节。裴敬节未着西装,只穿了件白衬衫,邵淮觉得眼熟,多看了两眼,发现裴敬节那件白衬衫,和连煋送他的一模一样，袖口处都印有一个非常淡的灰色字母X，一看就是同一个款式。

裴敬节见到邵淮，主动过来问话："连煋这些日子又出海了？"

"嗯。"

"去的哪里？"

"不知道。"

裴敬节笑了笑："你之前不是说，你们要结婚了吗？怎么她去哪里你都不知道？"

邵淮不言语。

一个星期后，邵淮接到一个陌生电话，那边不出声，一直沉默着。他等了很久，问道："连煋，是不是你？"

对方还是不说话。

"连煋，是你吗？"邵淮再次问。

手机那头传来轻微的抽泣声，是连煋的声音："邵淮，原谅我好吗？以前的事情是我对不起你。"

有种莫名的麻意顺着手机传到他身体里，邵淮背脊僵直，恍惚片刻，才缓缓开口："你想起来了吗？"

"嗯，以前的事情真的对不起，原谅我好吗？"连煋的声音很小，说话带着鼻音。

邵淮环视会议室内的高管，握紧手机，对秘书使了个眼色，而后走出会议室，来到外头静悄悄的走廊。从手机里还能听到连煋细微压抑的呼吸，他问道："你现在在哪里？"

"在北冰洋。"连煋小声道。

邵淮进了自己的办公室，将门合上反锁："你要回来吗？我去接你。"

"好。"

"是全部记起来了吗？"

连煋在那头不知道在干吗，沉默了好一会儿，才缓缓开口："今早上我从船上摔下去了，就想起来了一些，但记得不是很全。"

"都想起来了哪些？"

连煋不回话了。邵淮不再追问，而是道："我现在去接你回来。"

"好。"
…………

一个星期前,连煜跟着姜杳来到东西伯利亚海,一路朝东北方向前进。

姜杳带她重走当年打捞远鹰号的航线,试图通过熟悉环境的刺激,让连煜回忆起当年的路线。但连续走了一个星期,连煜还是一问三不知。

今早上,银鸥号上再次起了内讧,几个老船员认为连煜在故意装傻充愣,开始闹起来,表示找不到远鹰号,也该杀了连煜泄愤。

毕竟是六十多吨的黄金,众人当初费尽心思才打捞上来,后来连煜消失了三年,大家又都在千方百计寻船。这些年来,众人债务累累,连姜杳现在这艘打捞船的尾款都还没付,就等着找到远鹰号了,才能回血。

老水手指着连煜骂道:"别给我嬉皮笑脸,当初打捞远鹰号,死了那么多队友,那些队友的家人至今还没拿到赔偿款,你当我们是带你出来玩的?"

另一个水手上前推了连煜一把:"大家都是上有老下有小,所有身家都押在远鹰号上了,再找不到那批黄金,全家老小跟着喝西北风去吧。"

姜杳站在桅杆下,目光沉重,没有出来维护连煜。

姜杳压力也大,开来的这艘打捞船的尾款还未付,当年在打捞远鹰号的过程中,死了十二名水手,按照当初签订的出海合同,她得赔付给每位死者家属三百万元,这些赔偿金至今还没给。

面容沧桑的老水手抽出匕首,在麻衣袖子上擦了擦,对姜杳道:"老板,我看这死丫头就是装的,肯定是她把远鹰号藏起来了,不给她点颜色看看,她还以为我们是带她出海旅游呢。"

姜杳看了眼被众人围在中间的连煜,依旧保持沉默。

混乱的争执中,连煜落入水里,浪花席卷。

众人往下看,海面只有泛沫的浪花,不见连煜的身影。大伙儿围在甲板上往下探,老水手狐疑道:"连煜这个人精得很,是不是又在要什么花招,可别让她跑了!"

姜杳对一旁的阿瞒使了个眼色,阿瞒脱了上衣和鞋子,迅速跳入水中。

两分钟后,阿瞒从水里捞出额头上磕了个大包的连煜。连煜晕乎乎,眼睛半睁不睁。姜杳过来拍她的脸,往她胸口按压,她这才呛出一大口水,歪歪斜斜地坐在甲板上。

"你怎么样,是不是想起来了?"姜杳问道。

连煋脑子很乱,眼睛乱瞟,四周的海面汇成一幅图案,在风浪中夹缝起航的远鹰号、妈妈的面孔、姥姥站在岸边的身影、连烬幼儿时的稚嫩面庞、邵淮满是血的手……

她想起来了,碎片式的画面在脑海中一帧帧闪现,又连不成具体画像,想起来了,但又想不全面。

"连煋,你又在搞什么鬼?"周围的人咬牙切齿地围住她。

连煋擦了把脸,浑浑噩噩地起身,推开众人,往船舱宿舍走去。她进了自己的单人宿舍,将门反锁上。后面的水手欲追她,被姜杳拦住了。

连煋一个人在宿舍待了很久,头痛欲裂,拼命抓住脑子里的画面,她记起来了一些东西,记起来远鹰号在哪里,记起来妈妈在哪里。

她恍恍惚惚记起来是她砍了邵淮的手指,记起来她撞断了连烬的腿,但具体细节还是模糊的,她需要时间恢复。

众水手在外面骂骂咧咧,对姜杳也产生了不满。

一个小时后,姜杳只好过来敲连煋的门:"连煋,你在里面干什么?"

连煋揉着通红的眼,出来开门:"姜杳,你给我一点儿时间,我会把远鹰号带回来给你。"

"你需要多长时间?"

"不确定。"

姜杳脸色更沉:"连煋,不是我逼你,我现在也很为难,当初遇难水手的赔偿金还没付,我这艘船的尾款也没付,现在船上这些人从当初打捞远鹰号直到现在,将近四年了,都没有收入……"

连煋打断她的话:"我去找人借钱,让你们先解决燃眉之急,给我一点儿时间,我会自己去找远鹰号的。"

"你自己去?"姜杳错愕道。

连煋点头:"嗯,只能我自己去找,你们不能跟我走。"

姜杳还在犹豫。

连煋背过身去,找到了自己的手机,先给邵淮打电话,和他道歉,并让他来东西伯利亚海东岸的佩韦克港口接她。

她给邵淮打完电话，才回到姜杳身边："我会和邵淮借钱，先给你们缓解一下，你们不要着急，我会把远鹰号找回来的。"

"为什么要一个人去找？"姜杳问。

连煋低下头，说："因为我还要去找我妈妈，那是一个秘密，不能让人知道。"

姜杳神情放松了些："我这边现在至少需要两个亿，你确定邵淮真愿意一下借给你这么多钱？"

"我还有很多朋友的，还能借。姜杳，我们都是这么多年的朋友了，你相信我一次，给我一次机会。"

"我是想给你机会，但外面那些人……"姜杳也很为难，"我们现在是真的需要钱，外面那些人不可能相信你的口头支票，你说能借到钱，什么时候借到，得给大家一个交代。"

连煋："我让邵淮来接我了，等他来了，就能给钱了。"

"好，那我们先回港口，等邵淮真的带钱来了再说。"

姜杳离开后，连煋一个人躺在床上。她需要钱，需要很多钱，不仅仅是要给姜杳钱，她想起来了，她还有一条远洋船在挪威的造船厂中，那条船也还没付尾款，她需要钱去带回那条船，才能开着那条船去找母亲。

她又给邵淮打电话："邵淮，你订机票了吗？"

"正在订，你还好吗？"

连煋吸了吸鼻子："我挺好的，直达的机票肯定没有，你先买到海参崴的，再看看有没有中转。"

"好的，别担心，我会尽快去接你回来。"

连煋躺在床上和他讲话："我欠了别人好多钱，怎么办啊？"

"你要多少？"

"至少两个亿，你要是没那么多也没事，我继续找别人借。"

邵淮："他们给你多少时间宽限，我尽可能给你凑，别着急。"

"好，你先过来吧，带一些现金过来，你不来，他们都不信我有能力还钱。"

"好。"

347

连煌所在的佩韦克港口，是俄罗斯最北端的城市，要从国内来到这里，并不容易。

邵淮带着两名助理，转了四次飞机，最后改为坐汽车，花费了六天时间才来到港口。

连煌和姜杳等人一直住在船上，众人把连煌看得很紧，就等着邵淮带钱来。

连煌躺在甲板上玩手机，和裴敬节打视频电话："敬节，我是真想起来了，我没忘，以前的事情我都没忘。你再借我两千万，和之前那八千万凑够一个亿，以后我还给你一个亿整，凑个整数多吉利啊。"

裴敬节坐在书房，怀里抱着一只缅因猫，幽幽抬眉看屏幕里的连煌："你这两天一打电话就问我借钱，到底要这么多钱干吗，买岛建国？"

"一个亿很多吗？我在海上花销大，出去买两件衣服，吃几顿饭就没了，你就借我一点儿吧，好歹是前任，我对你还有感情呢。"连煌往嘴里塞牛肉干，口若悬河地说着。

"你真的想起来了？"裴敬节狐疑道。

"肯定啊，想起来了，我们以前多恩爱，你现在不能见死不救啊，你借我点钱，等我回国了，我们破镜重圆。"

连煌没边儿地胡吹，她现在断断续续想起来了一些，想起了远鹰号，想起了母亲，想起了小时候和连烬玩耍的时光，想起了和邵淮交往的日子，还想起了她带乔纪年出海的画面——可唯独就是想不起来裴敬节。

裴敬节冷笑："我们就没在一起过，你想起来个狗屁东西。"

连煌脸一红，连忙改口："以前没在一起过，但是我以前暗恋你啊，我喜欢你呢，看到你第一眼就心动，想你想得睡不着。"

"怎么个心动法？"

"想和你在一起，想和你一起散步、吃饭、睡觉。"连煌打了个哈欠，"宝贝儿，再借我两千万好不好，你这么有钱，也不在乎这仨瓜俩枣。"

连煌不耐烦了，她已经磨了三四天了，裴敬节还是不愿借钱。

"你先告诉我，你要钱干什么？"裴敬节放下怀中的猫，凑近了屏幕看她被风吹得干裂的脸蛋。

348

"用来和你谈恋爱啊,我想送你戒指、送你手表、送你项链,想和你来一场浪漫的约会,但是没钱。"

裴敬节面无表情地道:"没钱就不要谈恋爱,约个会还得到处借钱,尴不尴尬?"

连煜摸摸后颈:"那算了,我找别人借就是了。不说了,我在俄罗斯,流量贵得很,充话费的钱都没有,再见。"

正欲挂断视频,裴敬节叫住她:"你很急着用钱?"

"谁说我急了,你看到我急了吗?我一点儿也不急。"连煜撇撇嘴,无趣道。

裴敬节端起咖啡,小小喝一口:"往哪张卡打钱?"

"什么?"

"不是要借钱吗?账号发给我。"

连煜笑开了花:"好好好,我这就发给你!"

"回来后记得给我补上欠条。"裴敬节淡声道。

"没问题,我很快就回去了。"

挂了视频,连煜将自己新办的银行卡发给了裴敬节,又划拉着自己手机上为数不多的联系人,筹谋该问谁借钱。

商曜……不太行,她已经记起来了,是她把商曜踢废的,商曜的钱得留着治病,不能借。

连烬的钱不用借,都是一家人,弟弟的钱就是她的钱。等她回国内了,让连烬把所有的钱给她,她拿钱去挪威付尾款,拿到当年自己下单的船,再带着连烬开船出海去找爸妈。

剩下的,就是乔纪年了。连煜想起来,乔纪年家境很不错,凑个几百万给她,估计不是问题。

她又给乔纪年打电话,一直显示无法接通,这两天乔纪年的电话都打不通,不知道是不是出海了。

她收好手机,饥肠辘辘,准备回船舱找点吃的。

前方栈道开来一辆车,一个肩宽腿长的黑衣男人从车上下来,五官精致,气质出众,在灰扑扑的港口中格外亮眼。

"邵淮!"

连煌大喊，一边朝他挥手，一边沿着甲板外廊往船头跑。头上的渔夫帽被风扬飞落地，她也不捡帽子，跑到船头，径直跳上了岸。

邵淮也加快了步伐，连煌体力充沛，跑得飞快，冲过去抱住他，跳起来两条腿夹在他腰上："邵淮，你终于来了！"

邵淮托抱着她，有力的臂膀牢牢托着她："你都想起来了吗？"

"一点点，想得不是很全面，但我想起来我很爱你，我特别爱你，我们回国，你再带我去看脑子，好不好？"

邵淮仰面吻她的下巴："好。"

连煌从他身上跳下，还是抱着他，拉着他的左手，低头看无名指上的疤痕："我想起来了，你的手指是我弄的，但我还没想起来是因为什么才砍了你的手指。你告诉我吧，是为什么？"

"我也不知道，应该是不小心吧。"邵淮搂住她，并不太想提及这件事。

邵淮的两个助理将两个大行李箱从车上卸下，来到二人跟前。邵淮将黑色毛呢大衣脱下，披在连煌肩上，下巴微抬指向两行李箱。

"时间急，现金不好取，更不好带出国。箱子里这些，是我托这里的朋友尽最大能力筹到的。你和姜杳商量一下，看能不能转账。如果一定要现金和金条的话，让她再给我们点时间准备吧。"

连煌脱下邵淮刚给她披上的外套，塞他怀里："这里冷，你穿上，别冻感冒了。"

她拉过其中一个行李箱的拉杆，往前推几下感受重量，又道："不着急，只要你能带钱来就好，见不到钱，他们肯定不信任我。"

连煌放倒行李箱，想要打开，邵淮转动箱沿的密码锁，拉开拉链。连煌鬼鬼祟祟，生怕有人来抢，也不敢大大咧咧地开箱，只是开了一条缝，眼睛贴上去看，里面是一些现金和金条，并不是很多。

邵淮看出她的愁虑，隔着帽子摸她后脑勺："两个亿不是什么大事，就是要一下子拿这么多现金和金条，还要带出国来，这实在是困难。你和姜杳商量一下，咱们给她转账吧。"

姜杳手底下的水手结工资都要现金，姜杳干这行的，来回奔波各个地方，手下员工来自不同地区，身份来回变化，银行卡容易被冻结，员工们结账几乎只要美金。

连煜贴缝看了行李箱里的七青八黄,将拉链重新拉上,立起行李箱,牵住邵淮的手:"我们先去船上,把钱给姜杳,然后回家!"

邵淮微惊怃然,将信将疑,连煜是个喜欢在外东游西荡的人,要哄她回家,比登天还难,不敢相信,这次她居然自己说要回家。

连煜牵住他的手,在呼啸风声中急奔,她先跳上船,站在甲板上,朝邵淮张开手:"来,快跳下来。"

邵淮长腿一迈,也站到甲板上,两个下属顺着旁边的搭桥,拉着两个行李箱也上了船。

甲板上一圈水手盯着连煜看,沉郁粗糙的面庞镌刻着饱经风霜。连煜抬头挺胸,大步在途,硬气起来了。她有钱了,可以给他们结工资了,不用心惊胆战他们会把她扔海里。

连煜让邵淮和两个手下跟在她身后,一块儿去找姜杳。

姜杳、阿瞒、船长正在内舱的小会议室,商量着要不要接新的打捞单子,门没锁,连煜直接顺着微敞的门闯进去:"姜杳,我借到钱了,邵淮带钱来了!"

姜杳放下手中的打捞协议,偏过头看她。

连煜三步并作两步跑进来,重复道:"我借到钱了,邵淮带钱来了。"

姜杳望向她的身后,邵淮英挺的身躯站立在门口,他站得很直,目光微探屋内的情况,并没有进来的意思。

连煜又转身,把邵淮拉进来,有点儿丑女婿见丈母娘的羞俏,介绍道:"姜杳,这是邵淮,我男朋友。"

"嗯。"姜杳只是快速掠过邵淮的脸,视线未作停留。她更在乎的是,邵淮是否真的带钱来了。

两个拉着行李箱的手下也进来了,连煜反锁好门,打开了两个行李箱,崭新美金和金条熠熠生辉,照亮了她的脸。她扭头看姜杳:"暂时只能筹到这些,你先拿着,剩下的给你转账可以吗?"

姜杳蹲在她身侧,翻了翻箱子里的美金,又叫阿瞒把验钞机拿过来。

姜杳点了一个多小时,把所有的钱点完,她又给了连煜一个账号,让连煜把剩下的钱打进账户,凑够两个亿。

阿瞒不太放心，小声对姜杳嘀咕："还是别掉以轻心，万一打了钱，他们又把我们的账户给冻结了呢。"

连煜耳朵尖，听到了，转头道："你还信不过我啊，我是那种人吗？"

"你什么名声，你自己不知道啊。"阿瞒如实回道。

连煜："你这人怎么说话，你老板都没说什么，你别指手画脚的。"

见两人要吵起来，姜杳看向阿瞒，眼风锐利，无声地制止他。

邵淮打电话让人给姜杳打款，钱到账了，就准备带连煜离开。

连煜这次给了姜杳两个亿，姜杳先用邵淮带来的那部分现金给水手们结账，才稍微平复了大伙儿的怨气，众人这才勉强同意让连煜离开。

不过，依旧有人不满。两个亿是不少，但和远鹰号上那六十吨的黄金相比，远远不值一提，倘若连煜离开了，又玩失踪两三年那套，远鹰号能够找到的希望更是渺茫。

连煜给姜杳的约定是，三个月后，她一定会把远鹰号带回来，如果做不到，任由他们处置。

一老水手皮笑肉不笑："你这人说谎成性，万一走了就不回来，像以前一样，我们怎么找到你？你既然想起来了，就该直接把远鹰号的信息告诉我们，而不是藏着掖着。"

连煜故意装糊涂："我只是想起来一点点，具体情况还都云里雾里的，等我回去看看医生，吃点药调理一下才能恢复。"

姜杳冷漠地在一旁听连煜和水手们掰扯，最后道："再给她最后一次机会吧。"

姜杳是整个打捞团队的领头人，有她出面，连煜暂且脱了身。

当天下午，连煜和邵淮离开港口，一路坐车前往机场。这里是俄罗斯最北端的地方，七月份的天气，气温也不到十摄氏度，寒风呼啸着刮来，冷意阵阵。

连煜和邵淮坐在越野车的后座，她握着邵淮的手，揉了又揉，她经常出海干活，风吹日晒是难免，掌面覆有一层薄茧，和邵淮白净匀称的手比起来，显得很粗糙。

她捏着邵淮匀长的指骨，按压他健康圆润的指甲，又和他掌心相贴着对比,邵淮的手比她的大了一些,手指也长了一小截。

"在玩什么?"邵淮低头问。

连煜反复摸他的手:"你这手,不去干活真是可惜了,手指这么长,搬砖头都能比别人多拿两块。"

邵淮轻笑:"干吗非要去干活?"

连煜往他肩上靠:"不干活怎么挣钱?"

"我在公司里也是干活,不去搬砖,也能挣到钱。"

邵淮迫切地想知道,连煜的记忆恢复到了哪个程度,想知道她都想起了哪些。可连煜不说,一提以前的事,她就说头疼,说等回国了再谈。

转了四趟车,又转了三个航班,历经五天的时间,连煜才跟着邵淮回到江州市。

连煜不声不响突然回来,让大家都始料不及。

刚下飞机,连煜就要回乡下看姥姥,邵淮自然也跟着。

两人出现在院门口,正在晒鱼干的姥姥吓了一大跳,她眯细了眼看院门口的两人,十多秒后才反应过来是连煜回来了。

姥姥慌忙跑过去拉住她的手,左看右看:"元元,是你?你怎么突然回来了,也不和姥姥说一声,让姥姥去接你啊。"

连煜抱住她:"想给你一个惊喜嘛。"

大热天的,连煜身上还裹着棉衣,姥姥帮她脱衣服:"怎么穿这么厚啊,捂坏了怎么办。你这是去哪里了,这么热的天还穿得这么厚?"

连煜配合着她脱衣服:"我去北冰洋了,那里很冷的。"

连烬今天正好来给姥姥送东西,这会儿在楼顶晒被子,听到院子里的声响,往下一看,发现是连煜回来了。

他急匆匆跑下楼,箭步冲上前,一把抱住连煜,力度极大,抱得很紧:"姐,你什么时候回来的?"

连煜拍着他的背:"刚到机场就过来了。"

连烬抱着她不放:"怎么不和我说,该让我去接你的。"

"邵淮已经去接我了,我这一路回来得着急,就没提前和你们说。"连煜推他的手臂,"你先放开,热死了。"

连烬放开她,看向一旁的邵淮。邵淮脱了黑色风衣搭在手上,眼底染了一圈淡淡乌青,看来也是疲惫奔波了一路。

连烬收回目光,搂着她和姥姥往屋里走,不停地问:"姐,你这是去干什么了?尤舒都回来了,你也不回,你这次回来了,还要走吗?"

"看情况吧,先休息一段时间,好好陪你们。"

连煜这次回来,的确有一大堆事要处理,得带商曜好好去看医生,把他的隐疾治好。

另外,她还得继续筹钱,筹钱去把当初她在挪威订的那条船的尾款给付了,还需要好好规划路线。她大概想起来了远鹰号在哪里,也知道母亲在哪里,这里涉及很多东西,她需要慢慢捋,才能开船去找远鹰号和母亲。

邵淮站在连煜身侧,和她十指相扣。连烬看到他俩紧握的手,心底躁郁腾升,他故意探头往菜园的方向喊话:"姐夫,我姐回来了,你快过来啊!"

商曜在菜园里除草,闻声惊起,丢下镰刀,急不择路地跑进来,黑目瞪圆看着连煜,冲过来抱连煜,力度大到快要把连煜撞倒。他眼眶湿润,哭腔隐忍:"你还知道回来啊,为什么不带我走,为什么不带我走?"

连煜轻抚他的背:"下次,下次一定带你走。"

连烬过来拉开商曜,显得格外有礼貌:"姐夫,我姐刚回来,累得很,先让她进去喝口水吧。"

一声声的"姐夫",正中商曜的心口,他不由得暗叹,这小舅子什么时候变得这么懂事了。

姐夫不姐夫的,连煜当作在开玩笑,也没在意。

邵淮在她耳边轻哼:"他是姐夫,我呢?"

连煜装作没听见,扶着姥姥走进屋里。

连煜突然回来,商曜开心坏了,跑进厨房忙里忙外地做饭,一道道好菜呈上。他的厨艺越发好了,色香味俱全,满桌佳肴有模有样,姥姥在一旁赞不绝口。

开饭时,他拉过椅子紧靠着连煜坐,偏眼看她瘦削侧脸,面露悲酸,心疼不已:"怎么瘦成这样,你这是干吗去了,这是有多辛苦?"

"不辛苦,你别唠叨了。"

商曜在桌子底下握着她的手:"总是嫌我唠叨,邵淮和连烬之前还去找你了,倒也不见你嫌他俩唠叨。"

"不说这些了,我都饿了,先吃饭吧。"

这是连煜回国后第一顿正餐,许久没吃到家乡菜,被熟悉的烟火气息萦绕,胃口大开,一连吃了三碗米饭。见她吃得香,商曜也开心:"我厨艺还行吧,我去考个厨师证和海员证,以后你出海了带上我,我到船上当厨子。"

连煜不停地往嘴里塞菜,含糊地点头。

当天晚上,连煜和邵淮都住在家里。

皎月辉映,院内死寂。

分明疲意翻涌,连煜却怎么也睡不着,脑子很乱,过往的画面越发清晰,童稚时的玩耍,情窦初开时的取乐,出海的九死一生,母亲的叮嘱……失去的碎片记忆逐渐连为一体,组成完整的旧事陈迹,她开始有过去了。

门被叩响,是商曜的声音:"连煜,是我,你睡了吗?"

"还没。"连煜出来开门,让他进来。

商曜轻步进来,又掩上门。屋里只开了一盏壁灯,忽明忽暗,他走近几步,靠近连煜,细瞧她的脸:"怎么这么晚还不睡?"

"正打算睡呢。"连煜坐到小沙发上,示意他坐到自己的身边。

商曜坐过去,紧挨着她,头轻轻靠在她的肩膀上。

两人沉默着,气息凝滞,恍若回到当初在灯山号上的日子。那时候,连煜偷偷带商曜上船,藏在宿舍里,不敢让他出去招摇,两人就总是这样无声无息地靠在一起,挤在狭仄的宿舍里,透过小小的窗户,安静地看外面的风景。

就这么坐了良久,商曜才轻声开口:"连煜,我总是感觉我追不上你,你走得太快了,我跟不上你。"

连煜手臂绕过来,搂住他的肩膀,揉他的耳垂:"没事儿,下次我带你一起走。"

商曜仰起头,偏过身子和她面对面看着,两只手捧住她的脸,和她额头抵着额头,微微哽咽:"连煜,其实我、其实我以前也不是脾气这么暴躁的,我只是、只是……"

连煋知道他的隐疾,也不戳他的伤口,摸着他的后脑勺:"没事,我和你保证,只要你愿意留在我身边,我会对你好的。"

商曜悄悄抬起手,手背抹过眼角的泪痕:"我会一直跟着你,我也知道,你爱的是邵淮,你想和邵淮在一起就在一起吧,我没关系的,只要看着你开心,我也跟着开心。"

连煋一把搂住他,在他背后用力拍了拍:"说什么乱七八糟的,我现在身上烂事儿一大堆,没心思想儿女情长。"

"那你和邵淮在一起了吗?"

连煋也说不上来,她到底和邵淮是个什么关系。她的记忆还没完全恢复,以前的事情尚未水落石出,哪能轻易给人承诺。

她轻声叹气:"没在一起,就是玩一玩,这事儿等我恢复记忆了再说吧。"

说到恢复记忆,商曜暗里打了个激灵,时刻草木皆兵。连煋要是恢复记忆了,他以前整日骂她那些事,岂不是要被她想起来了。

"元元,我……"他嘴唇嗫嚅,眼神闪躲,"如果我以前做错了一些事,不是个十全十美的人,你还会对我好吗?"

"傻不傻,有谁是十全十美的,我自己都劣迹斑斑呢。"连煋笑了笑,"犯过错没事,只要不犯法就行。"

商曜心里更是"咯噔",他可是有记录在案的,因为骂连煋骂得太过火,被拘留了十五天呢。他干笑了两声,心虚道:"没犯法,怎么可能犯法呢,这太夸张了。"

商曜刚走,没一会儿,敲门声又响起,连煋出来开门,连烬端着一盆姜黄热水站在门口:"姐,我看你屋里灯还亮着,是不是睡不着,我煮了点泡脚水,你泡一泡吧,晚上才能睡得好。"

"好。"连煋拉开门,让他进来。

她坐在床边,连烬把泡脚盆放在她脚边,见她没有拒绝的意思,蹲下撩起她的睡裤裤脚,把她的脚放进盆里,抬起头仰面问道:"水温还行吗?烫不烫?"

"不烫,刚刚好。"

连煋想起小时候,连烬在电视上看到一则给妈妈洗脚的广告,那时他才五岁,连煜八岁,连煜坐在沙发上看动画片,他到卫生间端了一盆热水,摇摇晃晃走过来,热水盆放在连煜脚边,脱下连煜的拖鞋:"姐,我帮你洗脚。"

连煜一脚踢开他:"滚,离我远点,不许靠近我。"

爷爷在里屋听到连煜的骂声,出来训她:"你这一天天都是和谁学的,动不动让人滚,这是小孩子该说的话吗?"

连煜盘起腿,性子很倔:"我都说让他别靠近我了,他非得过来,你管不好你孙子,凭什么来骂我?"

"牙尖嘴利。"爷爷拉起连煜的手,"走,不跟你姐玩,她乡下来的,野得很,别跟她学坏了。"

从那时候起,帮连煜洗脚这事,似乎成了连烬的执念,他开始帮连煜刷鞋子、洗袜子,挨到了大学,连煜出海了,她出海回来很累,一回来就睡一整天,他会趁机端热水进去给她泡脚。

连煜太累了,懒得阻止她,渐渐地,泡脚这事成为姐弟俩心照不宣的谈心时光。每次连烬给她泡脚,连煜会挤出为数不多的耐心,给他指导指导人生。

这么多年下来,连烬按脚的手艺炉火纯青,连煜低头看他,开玩笑道:"这么会按,以后找不到工作了,可以去当技师。"

"不给别人按,只给你按。"连烬富有技巧地按揉她的脚心,抬眉笑着说道。

连煜身子往后躺,脚依旧泡在盆里,任由连烬给她按摩,忽然道:"连烬,你想爸妈了吗?"

"想。当初你失踪后家里只剩我,我就特别想你和爸妈,现在你回来了,就好点了。"

"我很想。"连煜拉过枕头,盖在自己脸上,枕头刚被商曜拿出去晒过,还有阳光的味道,她的声音闷在枕头底下,很小声地说,"我想妈妈了。"

父母很少在家,连煜对父亲的记忆差不多模糊了,但依旧记得母亲,记得小时候母亲带她和连烬去游乐园玩海盗船,记得母亲带她去爬沧浪山,指着远处的灯塔告诉她,只要灯塔还亮着,妈妈就一定会回来。

连烬拿起毛巾帮连煋擦脚:"爸妈也不知道现在在哪里。"

"我会去把他们找回来的。"

连烬在她房里坐了好一会儿,都是讲一些小时候的事,连煋记忆恢复得不全面,听得云里雾里,迷迷糊糊地睡了过去。

连烬细声说话,没得到回应,仔细一看,连煋已经睡着了,他轻轻掩上门。来到外头的小厅,连烬看到邵淮站在楼梯拐角,恍然心虚,绕开他就想走。

邵淮问:"你姐睡了吗?"

"睡了。"连烬闪身进了自己房间,只留了条门缝,透过门缝看邵淮,"你又不是我姐夫,少用这种语气和我说话。"

邵淮不在意他的冷嘲热讽,轻步来到连煋的房门前。细听里头的动静,他未出声,连煋的声音从里头传出:"邵淮,你在外面吗?"

"嗯,我在。"

"进来吧。"连煋道。

邵淮按下门把手,开门进去,又关上门,将连烬阴冷的目光挡在外头。

连煋靠在床头,困顿地望向进来的男人:"你刚才和连烬说什么呢?"

邵淮走到床边,双眸垂下,祥和地看着她:"就是问他,你睡了没。"

"正准备睡呢,听到你的声音,就叫你进来了。"连煋掀开被子一角,伸出手来。

邵淮握住她的手,坐在床沿:"想和你一起睡。"

连煋拉开被子:"上来吧。"

邵淮上了床,和她并肩躺着。他歪头看她的侧脸:"想要玩吗?"

"不玩了,先睡觉吧。"连煋翻身侧躺,抱住他的胳膊,"不过你明早起早点,回自己房间去,让他们看到了不好。"

"他们?"

"别问了,睡觉睡觉。"连煋主要是为商曜考虑。商曜如今不能人道,又对她一往情深,若是他看到她让邵淮来她房里过夜,难免会黯然伤神。

如此想着,连煋暗叹自己真是个好人,时时刻刻为他人着想,她这样的人,再坏应该也坏不到哪里去。这么开解自己,连煋心中甚是宽慰,搂着邵淮,合上眼稳稳入睡。

邵淮也算识大体，翌日天尚未破晓，鸡未鸣，他遵照昨晚连煜的嘱咐，蹑手蹑脚地起身，悄悄回自己房间去了。

连煜起来时，商曜已经做好早饭。三碗面条，面白葱青，荷包蛋煎得金黄，香味四溢。他只准备了三个人的份，他自己的、连煜的，还有姥姥的，没有邵淮和连烬的份儿。

连煜走进厨房，先看向桌面的三份面条，再看刷洗干净的锅底："怎么只有三碗？"

商曜系着粉色围裙，从橱柜找出香醋和酱油，故作单纯道："三碗还不够吗？我的、你的，还有姥姥的。你要是吃不够的话，我那碗再分你半碗也行。"

"不是，邵淮和连烬的呢？"

商曜黑脸沉眉，低头坐到桌边，闷声闷气："我又不是保姆，干吗要伺候他俩。"

连煜摇摇头，商曜好是好，但小肚鸡肠了些，不如邵淮贤德。

最后，邵淮和连烬吃了点面包裹腹，便要和连煜离开了。

连煜对姥姥道："姥姥，我先回城里两天，回去办点事，办完事情了再来看你。"

"好，你去忙你的，不用管我，你舅舅和舅妈都在村里呢，不用担心我。"姥姥握着连煜的手，能感受到连煜手劲的稳定，这是天生出海人该有的力量。

之前邵淮给连煜买的保时捷911，一直停在院里，正好这次连煜把它开回去，用来通行办事。连烬和商曜都有开自己的车来村里，这次回去，他俩也不愿开自己的车，就想和连煜坐一块儿。

回到城里，连煜让邵淮和商曜各回各家，她也和连烬一块儿回到家里。

吃过午饭，她到阳台给裴敬节打电话："是我，我回来了，等会儿去找你一趟吧。"

"连煜？"裴敬节听到连煜回来了，同样惊讶，"你居然会这么不声不响就主动回家，回来干吗了？"

"回来借钱。"连煜坦坦荡荡地道。

"我就知道。"裴敬节笑了,似乎在意料之中,"那你过来吧,我在家。"

连煊挂掉电话,对还在厨房洗碗的连烬喊话:"连烬,我出去一趟。"

"你去哪里?"连烬放下碗,快步走出来问。

"出去见一个朋友,晚上就回来。"她走到门口,弯腰换鞋。

连烬脱下胶皮手套,匆匆朝她走来:"我和你一起去。"

"别凑热闹,好好在家待着,我晚上就回来了。"连煊换好鞋子,车钥匙串在食指上转圈,"我出去是有事情要办,你都老大不小了,别总是跟着我。"

"好吧,那你晚上要回来啊。"

"我知道了。"

连煊下楼,来到停车场。裴敬节也没给她发家里的地址,但她依旧知道路线,过往的路线在脑海中一缕缕编织,拨云见日,越发清晰。

连煊开了一个小时的车,来到科林路的别墅区,她最后一次来这里,同样是三年前来找裴敬节借钱。车子停在16号别墅的锻黑铁栅门外,顺着铁门望去,柳绿花繁,玉树琼枝,庭院式花园景观做得很好。

连煊扫过门内的景致,看向镶嵌在铁门上的可视门铃,正研究怎么呼叫,这时,有只缅因猫顺着铁栏缝隙钻出,喵呜叫唤,热切地往连煊腿上扑。

"迢迢!你还记得我啊。"连煊脱口而出,蹲下来抱住它,手法熟练地挠它的下巴。猫亲昵地往她掌心蹭,舒服地叫唤。

紧接着,一条土狗也跑出铁门,尾巴摇得飞快,冲到连煊脚边,汪汪地叫唤,前脚立起来要往连煊腿上攀爬。连煊眼眶湿润,腾出一只手捞起小土狗放在腿上:"小阿乖!你也还记得我!"

小阿乖不停地舔连煊的手心,尾巴摇出了残影,兴奋地叫着。顷刻间,铁门内争先恐后钻出三个影子,嗷呜叫唤,不停地往连煊身上扑,一只橘猫、一条瘸腿边牧、一条大金毛,所有的猫狗皮毛油亮,眼睛明澈,看得出来被养得很好。

"小金、光光、浪花,你们都还在,你们都还记得我!"连煊喜极而泣,不停地揉着几个小家伙。

渺若烟云的记忆在这几个小家伙出现后，变得清晰许多。她想起来了，这些小家伙都是她出海时，捡到的流浪动物。

两只猫是不知怎么的跑到了船上，等船出海了，大家才发现。剩下的三条狗，瘸腿的边牧是连煜在船只靠岸时捡到的，边牧的腿伤得重，她就带边牧去港口附近的检疫站做了检查，又去宠物医院处理伤口，带它上了船。

另外的金毛和小土狗，是当时遇到一起船只遇险事故，两条狗被颠进了水里，遇险船只得以脱险，旅客都被转移走了，两条狗也没人认领，连煜用抄网把两条狗从海水中捞上船，带它们回来了。

捡到第一只缅因猫时，裴敬节主动提出可以养在他家，后来，连煜陆续捡到的其他动物，都送到了裴敬节家里，她每次出海回来，都会来看看这些小家伙。

连煜手忙脚乱地揉着这些小家伙的头，一袭修长黑影从铁门内慢慢延伸，盖在连煜身上。

"果然是救命之恩大于天，你那么久没来看它们了，它们还记得你。我天天好吃好喝伺候着，这帮捣蛋鬼就会朝我龇牙。"裴敬节站在门内，气质慵懒，笑着说道。

连煜左手抱着橘猫，右手抱着边牧，站起来对上裴敬节明亮的眼睛："谢谢你一直照顾它们。"

"不客气。"他打开铁门，让连煜进来。

两人并肩顺着柏油路往里走，几只动物欢欣鼓舞地跑在后面，影子长长短短，在斜阳金辉下跳动。

进入主楼大厅，裴敬节坐在沙发上，从茶几下找出一根猫条，对缅因猫晃了晃："迢迢，过来这里，这里有好吃的。"

缅因猫跑到他脚边叫唤，裴敬节撕开猫条喂它，头也不抬地问："你都能把它们的名字全部叫出来，这是都想起来了？"

连煜坐在他对面，低头揉小土狗的狗头："也没有都想起来，还没到你这里来时，我都不记得它们，它们一出现，我才想起来。"

"哦，我明白了，就是需要点外部的刺激，你才能记起来，是这样吗？"裴敬节抬起头看她。

"应该是这样。"

裴敬节的笑容令人捉摸不透，目光考究地盯着她："那你现在看到我，都想起什么了？"

"想起来以前我把迢迢它们送到你这里来，想起来我们是老朋友。"连煜灵机一动，眼珠子转了转，装傻充愣道，"但我没想起来以前借你的那八千万，该不会是你诓我的吧？"

"又想赖账了？"裴敬节坐直身子，抽出湿纸巾，优雅地擦手，不咸不淡地叹息，"江山易改，禀性难移。"

连煜被他说得面臊："哪有赖账，我只是说我想不起来，又没说不还钱。"

"等你还钱，除非太阳从西边出来。"裴敬节起身到厨房，给她拿了一罐椰汁，拉开拉环递给她，"说吧，这次想借多少？"

"你就不怕我不还钱？"

裴敬节似笑非笑："我借给你的钱，就没指望你会还。"

连煜在心里估算，三年前，她跟裴敬节借了八千万，前段时间还在姜杳的打捞船上时，又借了他两千万，加起来一个亿整。

好事成双，她现在其实还想再向裴敬节借一个亿，不知道他给不给。

连煜朝他伸出手，比了个"1"的手势："这个数，行吗？对你来说应该不是问题。"

裴敬节上下扫视连煜的装扮，很简单的样式，但都是大牌，挺贵的奢侈品，逗笑道："穿这么大牌的衣服，还天天借钱？"

连煜扯了扯衣角："这不是我买的，是我弟给我买的。"

"不过说句实话，连煜，你一天到晚借这么多钱干吗，还上亿上亿地借？我记得，当初你从邵淮身上也搞了不少钱吧，他的身家都快让你掏空了，你到底要这么多钱干吗？"

"有点小事情，以后再和你说。"

裴敬节朝她凑近，眨眨眼睛："你不会进了什么传销组织吧？"

"哪有，我有自己的事情要做。"

她需要一艘自己的远洋破冰船、一个深海载人潜水器，以及潜水器的母船，这三样至少需要八十亿，而她当初只从邵淮身上拿到了五十亿，五十亿全都拿去交定金了,现在还需要三十亿左右,愁死了。

"我把钱借给你,至少得让我知道你拿钱去干吗吧?"裴敬节跷起二郎腿,气定神闲地坐着,"拿了那么多钱走,这些年也没见你搞出事业来,全都打水漂了?"

"你要是不借,我就走了。"连煜站起来,"帮我照顾好迢迢它们,我先去筹钱,过几天再来看它们。"

"没说不借,不过你要这么多钱的话,国内账户不好走,你弄个国外的账户吧。"

"好!谢谢你,等我以后赚到大钱了,一定会还你钱的。"连煜笑意灿然,有点儿不太好意思,抿抿嘴靠近他,"这钱我不是白拿,是借的,等我以后发达了就还你,你别到处和别人说我坑你的钱,对我名声不好。"

"我也没到处说。"

"那当初我向你借的那八千万,是怎么流传出去的,当初明明说好,天知地知,你知我知。"

连煜也委屈,那时候都和裴敬节谈好,是私下借的钱,不往外说,结果现在好像周围的人都在说她以前坑了邵淮,又坑了裴敬节八千万。

"反正不是我和外人说的,怕是你自己和哪个老相好说漏嘴的吧。"

"老相好……"连煜琢磨着这三个字,以前的事情很多细节她都想不起来,到底是哪个老相好呢。

连煜和裴敬节暂定了再借一亿,但是要走国外账户,等账户弄好了,钱到账了,她再写欠条。

裴敬节要留她吃晚饭,连煜心想着,管人家借钱,也得给人家个面子,就同意了。

别墅里只住着裴敬节、一名住家保姆和一名管家。

吃饭时,饭桌上只有连煜和裴敬节,连煜随口问道:"对了,你知道乔纪年去哪里了吗?我给他打了好几次电话,都打不通。"

"你找他干吗,借钱?"裴敬节舀了一碗排骨汤,推到她面前。

"不是,就是问问而已。"

裴敬节问:"你现在和谁在一起,邵淮?他原谅你了?"

"没有,我和商曜在一起呢。"连煜随口乱说。

裴敬节差点被呛到,笑出了声:"和商曜,你原谅他了?"

"我为什么要原谅他?"连煜一脸茫然。

第十七章
商曜的难言之隐

裴敬节淡定地剥了一只虾，放到她碗里，抽出纸巾慢条斯理地擦手："你不是说你想起来了吗？"

"没彻底想起，需要点刺激，你知道的。"连煜往嘴里刨了几口饭，定睛盯住他，"快说清楚，什么叫我原谅他了，他是不是做了什么对不起我的事？"

连煜迫切地想知道，商曜到底干了什么，她这么疼他、爱他，到头来这小子竟是白眼狼？

裴敬节说话总喜欢装腔作势、拖拖拉拉，也不给个痛快，半歪着头，潋滟着水光的桃花眼微眯，蓄满看热闹的笑意："他的确是做了点败坏你名声的事，但我猜，应该是你先对不起他的。"

"败坏了我的名声……"连煜重复嘀咕，双目瞪圆，"是不是以前我和他在一起了，他给我戴绿帽子？"

裴敬节忍俊不禁，笑出声："你为什么什么话都能扯到这方面来？"

"不然扯到哪里去。"

连煜小声说，她和这些男人纠葛不断，无非就是两件事，第一借钱，第二调情，除此之外还能有什么志同道合的事吗？

连煜还想追根问底，裴敬节又装得清清白白："你自己好好想吧，想不起来就去问别人，别再问我了，我不喜欢在背后说别人坏话。"

连煜嗤之以鼻,裴敬节这种人最坏了,阴坏阴坏的,明明是他主动提了一嘴,叫人抓心挠肝,最后又两袖清风地站在干岸上,说不喜欢讲别人的坏话,把自己择得干干净净。

真装。

她在裴敬节家里吃过饭,和几只猫狗道过别,便离开了。

那条叫浪花的瘸腿边牧很聪明,尾巴摇晃似陀螺,绕着连煜不停地转,咬住连煜的裤脚不放,尤为兴奋地想和连煜一起玩。连煜把它抱起来,低头蹭它的耳朵:"浪花,是不是想和我出去玩?"

浪花似乎听懂了她的话,叫唤得更兴奋。

裴敬节在浪花后背轻抚:"没事的话,带它去玩几天吧,它很想你。当年你走了之后,它自己跑到港口的灯塔下待了三天,我劝了很久才把它带回来的。"

"好,就让它跟着我玩几天吧,等我要出海了,再把它送回来。"

裴敬节敏锐地捕捉到话语中的关键,眼睑微合:"你又要出海?"

"没有,暂时不打算出去,短时间内还是留在国内的。"连煜一手抱着浪花,一手拍他的肩,故作轻松,"我好不容易记忆恢复了些,还是得好好休整一番,也抽出时间陪陪你们。"

"倒也没见你来陪我。"裴敬节抱起缅因猫,大步跨出去,往一侧的卧室走去,"等我一下,给你拿点东西。"

离开别墅的铁闸门,连煜把浪花放在保时捷的后座,裴敬节手里拎着一个浅蓝布袋,站在车侧,将袋子递给她:"这是浪花的零食和狗粮,够三天的量,等它吃完了,你再来我这里拿。"

"好,有什么要交代的事,就给我打电话或在微信上发消息都行。"

"知道了,走吧。"

连煜开车离开别墅区,没有直接回家,而是绕到枫叶路的老房子,这是小时候她爸妈的房子,现在被她低价租给尤舒一家了。

车子停在小区外面,打开车门,她从方才裴敬节给的布袋中找出牵引绳,系在边牧的脖子上,带它下了车。边牧的前左腿有点儿瘸,但依旧行动自如,跑得很快,跑在林荫路下,散着强劲的生命力。

走到单元楼下,上了电梯,到熟悉的家门口,她按下门铃,很快里头传来脚步声，尤念出来开门。一看到站在门口的连煜，小姑娘雀跃地扭头喊话："姐，连煜姐姐回来了，你快出来啊！"

尤舒从厨房快步走出，看到连煜，也是喜溢眉梢："连煜！你什么时候回来的，怎么不提前和我说一声？"

"昨天刚到，这次也是回来得着急，就没提前告诉你们。"

尤舒把她拉进来，看着连煜的脸，连煜脸颊上的脱皮发红还没好，还在白令海淘金时，连煜的脸就脱皮得很厉害，和姜杳去了北冰洋后，情况又加重了些。

"你和姜杳出去那一趟，很辛苦吗？"尤舒拉她坐到沙发上，让尤念去给连煜倒水。

"也不是辛苦，就是冷，西伯利亚海那边的风比我们在白令海大得多了，吹得我人都傻了。"

连煜又问了尤舒的近况，询问家里情况如何，姥姥的病情怎么样了。

尤舒说连烬之前帮忙联系了新的医生，医生说情况不算太严重，做个小手术还是能够恢复的，手术顺利的话，以后就不用坐轮椅了。

连煜问："那你的钱够不够？不够的话就跟我借。"

"够的够的，那个手术最多也就二十万，我们之前去淘金赚的钱已经够了。"

尤舒最近气色好了不少，那趟淘金之旅她分到了十八万美金，折合下来一百三十万人民币。拿到了这笔钱，她暂时不用像以前一样不停地出海，总算有时间好好休息一次。

尤念蹲在地上，用小玩偶逗连煜带来的瘸腿边牧，问道："连煜姐姐，它叫什么名字啊？"

"叫浪花，是我出海捡到的流浪狗。"

"以前捡到的？"尤舒恍然一愣，随即反应过来，"你记得这狗的名字，那以前的事你都想起来了吗？"

"想起来了一些，但想的不是很全，慢慢来吧。"

尤舒点头："对了，你和姜杳出去那一趟，没人欺负你吧？感觉姜杳船上那些水手都挺凶的。"

连煜嘚瑟地抬高下巴，毫不在意，耀武扬威道："在陆地上，我确实要夹着尾巴做人,但到了海上有谁敢欺负我!"

在尤舒家待了一会儿,连煜带着浪花走了。

她打电话给邵淮,问他在哪里,邵淮说他在公司,连煜随后又前往邵淮的公司。

邵淮的这家公司以邮轮服务为主,写字楼矗立在市中心最繁华的地方,寸土寸金,蓝银色的建筑外表宛若一艘竖起来的帆船,极具艺术感。

连煜找停车场停好车,抱着浪花往写字楼的方向走,尚未进入大厅,还在外头的大盆栽下时,有个老保安叫住她:"你是干吗的?"

"我来找邵淮。"连煜抬眼看向写字楼大厅,"就是这公司的老板。"

老保安上了年纪,年轻时是做水手的,这几年精力不足,才回来做起了公司的保安。他上下打量连煜,觉得这人面容有些熟悉,但又说不上来在哪里见过,年纪大了,记性也不好了。

"你来找我们老板干什么?"

"我是他女朋友。"连煜脱口而出。

老保安笑得满脸皱纹堆叠,淡讽道:"开什么玩笑,我们老板现在是完完全全的清心寡欲,不会有伴儿的。听叔一句劝,你还是趁早死了这条心吧,我们老板不可能和你好的。"

"为什么这么说?"

连煜来了兴致,很多事情她都是雾里看花,靠道听途说,和自己残缺不全的记忆,大抵是知道自己坑了邵淮,但具体是怎么坑的,这些细节她都还没想起来。

"这我可不能乱说。"老保安摇摇头,拎着保温杯转身就打算离开。

连煜上前一步拦住他,悄悄往他手里塞了几张崭新的钞票:"跟我说一说呗,你也不想看到你们老板孤独终老吧。"

"别人的事情,我怎么好嚼舌根呢?"老保安装模作样地推却,凹陷的眼睛里却是毫不掩饰地露出想要说三道四的八卦之心。

连煜循循善诱:"叔,您就跟我讲一讲吧。我现在在追你们老板,也不知道能不能成。你和我讲讲他的事儿,也让我心里有个数,别到时候竹篮打水一场空。"

老保安本就是个藏不住事的人,嘴碎得很,上下嘴皮一碰就能犁两亩地，对连煊招招手，进入保安亭，口若悬河地讲起当年的事情。

"大概四五年前吧，那时候我还是水手，一直在邵家的邮轮公司工作，邵家公司底下的邮轮，每一艘我都在上面工作过。

"我年轻时也是意气风发，最开始只是在船上做厨子，后面做轮机工，后来又做普通水手，靠着自己的努力，一步步做到了水手长的位置！"

老保安眯眼透过保安亭的玻璃窗，看着外面的车水马龙，一声接一声叹息："如果一切顺利的话，我应该能够当上三副，再当上二副，再当上大副，最后再当上船长！可天不遂人愿，我读书不行，每次考试都通不过，英语也学不好，唉……"

连煊算是明白了，这老头表面上说聊八卦，实际上是想吹嘘自己的风光岁月呢。

她轻咳一声："那个，叔，我主要是想知道你们老板的事，您要是不说我就走了。"

老保安好不容易找到个人可以唠嗑，可不想让连煊走，急忙言归正传："你先别着急，我这就跟你讲。"

他鬼鬼祟祟地半捂着嘴："不过我和你讲了，你可千万别随便外传啊，这是人家的私生活，说人长短也不太好。"

连煊坚定地点头："我肯定不讲，我这不是在和他交往嘛，总得知道点底细，好有个心理准备，不然以后吃亏了可就不好了。"

"好，那我就和你讲一讲。"

老保安打开保温杯，喝了一口枸杞温水，润润嗓子，这才娓娓道来。

"小姑娘，叔看你长得挺精神，真心诚意劝你，别把心思放在我们老板身上了，你和他好不长久的，别白费力气了。"

"为什么这么说？"连煊耐心地询问。

老保安又是声声叹息："唉，我们老板啊，他已经被女人伤透了，伤透心了，现在再也不会相信别人了。"

"他被哪个女人给伤了？"

老保安："他那个为非作歹的恶毒前妻呀，他就是被那个女人伤透了，现在呀，特别不近人情，已经没有人能够再走进他的心了。"

连煊在心里暗笑，这老头说话跟演电视剧一样，还挺搞笑。

老保安接着道:"我们老板以前有个未婚妻,订婚宴的前一天,他的未婚妻和他兄弟约会,被他当场抓住了,这顶绿帽子戴得,大伙都知道了。"

这种细节,连煜根本想不起来,赶紧问:"是哪个兄弟?"

"就是他们圈子里的那个,叫商曜,你知道吗?商氏集团也挺厉害的,你应该知道这个人吧,长得特帅,跟我们老板差不多。"

老保安笑容更加兴奋,神神秘秘地道:"这个人身上啊,还有个特别大的瓜,咱们先按下不表,先讲完我们老板再讲他。"

连煜好奇心不断翻滚,顺着老保安的话:"好好好,咱们一个一个地讲,不着急!"

老保安:"接着刚才的,在订婚宴前一天,我们老板去酒店捉奸,逮了个正着。本来这事儿吧,就不该原谅,但是我们老板呢……"

老保安"啧啧"两声,虽然热衷扒这些有钱人家的私生活,但邵淮毕竟是自己的上司,语言不好太过尖锐,只能折中了下,温和道:"戴绿帽子这事儿吧,确实憋屈,但是我们老板这个人,怎么说呢,比较能忍、比较善良,最后还是原谅那个未婚妻了。"

连煜点头赞许:"确实大度,很善良,如今这世道,这样的好男人不多了。"

"谁说不是呢,我们老板确实是个老实人!"

老保安两手一拍,继续往下说:"被戴绿帽子之后,我们老板咬牙原谅她了,两人重归于好。"

说到这里,老头咬牙切齿,仿佛被背叛的是自己,他用力一拍大腿,义愤填膺地看向连煜:"等重归于好之后,你猜怎么着?"

连煜缓声道:"爱情是需要考验的,经过这次考验之后,他们应该能好好过日子吧。"

老保安再次激动地拍腿:"你可真是太小瞧那个女人了,踏实日子过了没几天,那女人又卷了他的钱跑了,害得他差点坐牢!"

他停顿下来,激愤地看着连煜,等待连煜接话。连煜顺着他的意思,做出嫌恶的模样:"咦,这女人人品不太行啊。"

老保安得到满意的反应,旋即道:"不是不太行,是非常不行!我们老板那次也原谅她了,后来两人都准备结婚了,那女人又另攀高枝,联合新欢，把他搞得差点破产！"

连煜听得发愣，这个"新欢"她怎么一点印象都没有？

连忙问道："这个新欢是谁呀，也是圈里的人吗？你说说看，说不定我也认识呢。"

老保安又喝了一口水，摇头晃脑："不是圈里人，就是个无名小卒，排不上号的，染着一头黄毛，流里流气。"

他颇为恨铁不成钢："那个小黄毛，又染头发又文身，没钱没本事，就会开着摩托车到处跑，和我们邵老板能有什么可比性？也不知道那个女人到底看上小黄毛什么。"

连煜继续附和他："就是，也不知道看上人家什么。"

"我们老板的这个前妻呀，唉，真的不行，我们老板是真的被她伤透了。"老保安看着连煜，"你自己好好掂量掂量吧，那位前妻在我们老板心里分量太重，你和这样的人在一起，恐怕难以修成正果啊。"

连煜："嗯，我明白了，会好好考虑的。"

老头摸着下巴，瞄见保安经理从大厅出来了，连忙起身，整了整衣领，戴好帽子："不跟你说了啊，我得到外面巡逻，不然又要挨骂了。"

"好，你去吧，我也该走了。"连煜抱起卧在她脚边，也在听八卦的边牧。

老保安刚一踏出门槛，又扭过头来，似乎想起了什么，瞳孔急速放大，目光诡异，眼睛牢牢盯住连煜，嘴巴张张合合，但也没说出什么。

连煜被他看得浑身不自在："干吗这样看着我？"

"你、你……"老保安抬起手，伸出手指指着她，"我怎么觉得，你长得好像一位故人，好熟悉。"

连煜尚未回话，老保安一拍自己的脑袋，这才恍然大悟："你！你怎么和我们老板那个恶毒前妻长得一模一样啊？"

他上前一步，凑近了围着连煜转悠："我的亲娘呀，真是一模一样，你该不会就是……"

连煜自己也尴尬，干笑了两声，抬起下巴，指向玻璃窗外："保安经理来了，你还不快出去巡逻，不然要被扣工资的。"

老保安绞尽脑汁，在脑海中过了一圈又一圈，才想起老板那个恶毒前妻的名字:"你就是连煜,是不是?你还没死,你又回来了?"

连煜没说话。

老保安兴奋地打探消息:"你说你和我们老板在交往,你们又破镜重圆了,我们老板又原谅你了?我的老天,这下子估计又有好戏看了。"

"回头再说啊,我先出去了。"连煜抱起边牧,快步走出保安亭。

她刚一出来,口袋里的手机响起,她拿出来一看,是邵淮打来的电话。

连煜按下接听:"喂,怎么了?"

"不是说来我公司吗?这么久还没到?"

"到了,到了,马上就到了,我现在在楼下呢,马上就上去!"

连煜抱着边牧走进大厅,和前台简单说了两句,前台带她来到后方的高管专用电梯,告诉她,总裁办公室就在二十三楼,等出了电梯,往左边走就能看到了。

连煜道谢,进入电梯,按下二十三层楼的按钮。

等电梯门开了,她牵着边牧走出去,往左边的方向一瞧,都不需要寻找,邵淮就站在董事长办公室的门口等她。他站姿没有以往那么端正,显得很轻松,微微靠着门框,长腿随意支起,正低头看手机。

"邵淮!"连煜朝他喊道。

他抬头看过去,看到了她,眼底的笑意不由自主地泛起。他收起手机,朝她走过来:"你从家里来的,这么久,路上堵车吗?"

"也不是堵车,就是遇到了个熟人,和他聊了几句。"

"熟人?又想起什么了?"

连煜:"不是以前的人,是尤舒。"

"哦。"邵淮搂住她的肩,又低头看向她脚边的边牧,"怎么还有一条狗?"

他蹲下来看,发现边牧有一条腿是瘸的,恍然回神:"这是浪花?你去找裴敬节了吗?"

"对,我去找过他了。"连煜不好意思说,她又去问裴敬节借钱了,便拿以前那八千万来搪塞,"以前我不是向他借了八千万嘛,这次就是去谈八千万的。"

"他让你还钱?"邵淮剑眉微敛,"我之前找过他了,说那八千万我来帮你还，当时他自己说的不用还，怎么现在又让你还钱了？"

"这事不好说，毕竟是我借了人家的钱，我也不占理，他说要谈一谈，我总得过去吧。"连煜搂住他的胳膊，推着他往前走，"他也没说让我还，只是让我去看看浪花它们而已。"

"应该把浪花和迢迢它们送来我这里养的，我之前去问了他几次，他都不给。"

来到办公室，关上门，连煜放下牵引绳，让浪花自己转悠。

邵淮两只手抱住她的腰："这次回来，姜杳那边拿了钱之后，事情是不是就能告一段落了？"

"嗯，我这次回来，就是要好好休息一段时间，暂时不会再出去了。"

邵淮低头吻她的唇："那和我好好在一起，好吗？我真的很想你。"

"好，我也想你。"

连煜牵着他的手，坐到沙发上，问起关于裴敬节的事："对了，邵淮，我去找裴敬节的时候，他说以前借我那八千万时，他都没和人说过，本来挺私密的一件事，怎么就流传出去了，变成我坑了他八千万呢。"

"这个我也不知道。"

连煜苦着脸，握住邵淮的手，摸他青筋微鼓的手背："裴敬节说，估计是我自己和哪个老相好说的。"

她眨眨眼睛，看向邵淮："我以前也就和你最亲了，我该不会是和你说了，然后你往外说了吧？"

"怎么可能，你就没跟我提过这事。"

这都好几年前的事了，邵淮仔细回想了下，这事应该是从商曜嘴里传出来的，应该是连煜自己和商曜提过借钱这事，后来商曜找不到连煜，天天在外人面前骂她，把这事给捅出来了。

毫不客气地说，连煜现在名声这么烂，很大程度都是出自商曜之手，商曜当时骂连煜的确骂得太凶了，弄得尽人皆知。

邵淮握起连煜的手，在她手背亲了亲，不确定地问："你有想起来，关于商曜的事了吗？"

"想起来了一些。"

连煜的确是想起来当初和商曜是怎么相遇的，以及不小心踢坏了他，但关于商曜骂她一事,她是真不知道。

她当时已经出国了,在海上手机没信号,那个时候忙得团团转,根本没时间注意国内的事。

邵淮也不知道该不该把商曜的老底抖出来,若是他主动说出,倒显得小肚鸡肠了。而且,他也不清楚商曜骂连煜的原因。

"对了,乔纪年呢?他这段时间去哪儿了?我给他打电话都打不通。"连煜又随口问。

"他出海了,好像是跟汪会长手下的一条货船,听说是去运橄榄油,这几天应该快回来了。"邵淮把她抱在怀里,"你想他了?"

"没有,就是随便问问。"

连煜确实是想找乔纪年,主要有三件事情。

一是,她想问他再借点钱。

二是,当年她经常带着他一起出海跑船,想和他聊聊以前的事,帮助自己快速恢复记忆。

三是,再等两个月,她得开自己那条破冰船再去一次北冰洋,需要个帮手,乔纪年现在已经是大副,让他跟着自己出海,能帮上不少忙。

逐渐恢复的记忆越发汹涌,连煜被这些过往绕得头疼。

这些问题盘根错节,都快将她绕晕了,她暂时忘记了中午出门时答应连烬要回家吃饭的事。

现在邵淮说要带她出去吃晚饭,她想都没想就答应了。

他们来到一家可以带宠物进入的餐厅,灯光流丽,钢琴声轻缓,邵淮帮她拉开椅子:"这家餐厅以前我们也来过,有印象吗?"

连煜环视周围的装修格局,有一点印象,但又不清晰:"有想起来了一点。"

"没事,慢慢来。"

点的几个菜,都是连煜以前的偏好。吃到一道芦笋炒牛肉时,连煜心底涌起异样,似乎记忆是和自己过往的生活习惯联系在一起。

她失忆之后,也吃过芦笋炒牛肉,如今再次尝到熟悉的味道,觉得比以往吃到的都要好吃。

就像是面对邵淮,她失忆后,是喜欢邵淮的,邵淮的外表正中她下怀,现在慢慢想起以前的事,这份喜欢又蒙上别的东西,也是爱,可没有再那么着迷。

她在灯山号上迷恋邵淮,是因为新奇,对邵淮的一切都保持着好奇。现在呢,过往画面正在排山倒海编织而成,邵淮的一切就没有新鲜感了,她以前已经得到过了,如今再续前缘,反倒是少了些新鲜和热烈。

不过,这些问题,连煋暂时不需要去纠结。

她还有更加重要的事要做。

她得去找远鹰号,去找母亲,小情小爱和这两件事比起来,不值一提。

吃过饭,两人来到外面的公园遛狗,牵着手,漫无目的地走着。

连煋的手机响了,是连烬打来的电话:"姐,饭都做好了,你什么时候回家?"

连煋一挠头,把这事给忘了:"我刚忘记和你说了,我已经在外面吃过了,你不用等我了,自己吃吧。"

"你和谁一起吃的?"他总是像个家长一样,事无巨细地询问。

"和你姐夫一起吃的。这种事情你就别多问了,赶紧吃你的。"连煋不耐烦地催着,"对了,我今晚不回去了,不用等我了。"

连烬在那头握紧手机,呼吸凝滞,声调突然变得低沉:"不回来,那你要在哪里过夜?"

"在你姐夫这儿,别问这么多。"

"哪个姐夫?"

连煋:"还能是哪个姐夫,邵淮呗。不说了,我挂了啊,你赶紧吃饭吧。"

连烬坐在餐桌前,一桌子刚出锅的热菜还冒着白气。连煋不回来,一切都没味道,他没谈过恋爱,实在是不明白,为什么情人会比亲人更重要。

如果连煋更加倾向于注重情人,那他是不是也可以……

他缓缓抬头,侧目看向挂在墙上的全家福。照片上是连煋和他,还有父母。瞳孔聚焦盯了许久,他又站起来,站到了照片跟前,凑近盯着看。

他目光锐利地一寸寸扫视着照片上四个人的脸,每一个细微的五官都不放过,连煋脸上能够很轻易地看出父母的影子,眼睛像妈妈,嘴角翘起的弧度和爸爸一模一样。

而紧挨着连煋站着的他,却丝毫看不出两位大人的影子,既不像母亲,也不像父亲,和连煋看起来也不像姐弟。

是不是真的应该去做个亲子鉴定,他还在犹豫。

连煋和邵淮沿着公园走了一圈,九点多时,两人才带着浪花回家,回的是邵淮之前买的婚房。

连煋出去淘金后,邵淮自己忙活着装修房子,准备了两个猫窝、三个狗窝,打算后续和连煋彻底安稳后,把裴敬节家里的猫狗都接过来。

邵淮撑起放在角落的狗窝,对连煋道:"今晚让浪花睡这里吧。"

"好。"

连煋蹲下,解开边牧的牵引绳,又打开裴敬节给她的布袋,浪花的喝水器、饭碗、狗粮、零食、玩具都在里头。

她先喂了狗,又玩了一会儿,浪花钻进狗窝里趴着,半耷拉着眼睛,显然是困了。

邵淮去找来给连煋准备的睡衣:"让它睡吧,你先去洗澡。"

"你先去洗,我坐一会儿,都累死了。"

"也好。"

连煋坐在沙发上,卫生间淅淅沥沥的水声传来,她还在思考白天老保安嘴里的八卦,是否对不起谁,是否犯了错,这个轮不到旁人指摘,当事人都不介意,旁人更没有立场让她道歉。

她的确是拿了邵淮的钱,但说到底,也不是违法。她当初和他说好是借的,只是后来她出了海,联系不上他们,这才成了"老赖"。

还有一个问题,她的名声为何这么烂,坑邵淮和裴敬节的那些破事,怎么连姜杏他们都知道了,邵淮和裴敬节都不是什么大嘴的人,以这两人的性子,也犯不着添油加醋去抹黑她。

"到底是哪个老相好坏我名声呢?"连煋不由得自言自语,是那个她还没记起来的小黄毛,还是……

她身边这些老相好,嘴最碎的要数商曜,可商曜这么单纯,这么爱她,处处为她着想,没理由给她泼脏水啊。

连煋越想越心乱,索性暂且将此事搁置,朝卫生间走去。

磨砂玻璃门上雾气弥漫,隐约能看到里面的人影,连煋屈指敲了敲玻璃门:"开一下门,我洗个手。"

邵淮用手抹了一把脸上的水珠,将浴巾围在腰间,走过去开了门。

连煋盯着他看,邵淮身材保持得很好,宽肩窄腰,腹肌块垒分明,手臂肌肉线条流畅,水珠落在白皙肌肤上,又缓缓下流。他的外表的确出众,不管是脸,还是身材,处处透着"矜贵"二字。

"要洗手?"他的声音夹杂湿气,低沉性感。

"嗯。"连煋走到盥洗池边,打开水龙头,两只粗糙的手任由水龙头冲刷,又扭头看邵淮,目光落在他腰间的浴巾上,"还避着我呢?"

"没有。"邵淮走到花洒前,扯开浴巾,扔到一旁的架子上,打开花洒继续冲澡。

连煋洗个手洗了很久,余光直白地审视他:"你那里还脱毛啊?"

"不是你要求的吗?"邵淮被她这样毫不掩饰地盯着,血管在鼓动,血液在发烫,某种气息在身体里叫嚣。

"好像是这样。"

对于这些细节,连煋总需要提点,邵淮这么一说,她就想起来了。

她二十岁就正式和邵淮在一起了,她那时候无知无畏,精力旺盛。

那时,她和连烬都还住在邵家,她晚上悄悄去找邵淮,邵淮很多时候都避着她,因为他之前被连嘉宁私下约谈过一次。

他和连煋之间,实际上是连煋十八岁成人之后才开始暧昧的,连嘉宁和赵源常年不在家,他们以为邵淮趁连煋年龄小,勾引她的。

连嘉宁尚且还给他点好脸色,只是旁敲侧击地说:"你们差了五岁,连煋不懂事,你也该懂事,谈恋爱应该找同龄的。"

赵源脾气暴,气得青筋凸起:"你比连煋大了五岁,你自己算算,你到底什么时候勾引的她?如果她还是未成年,你就教她乱搞,我现在直接去报警!"

连嘉宁和赵源在外见惯人心险恶,他们有强硬的规则,男方不能大女方三岁,再大就是丧尽天良。

邵淮沉默了许久,才道:"是连煋成年后,我才喜欢她的,没有那么不堪。"

赵源道:"不管怎么样,连煜就算谈恋爱,也应该和她同届的人谈。你不要仗着自己比她大,就以'成熟稳重'去引诱她,你们以后不要再来往了。"

被提点后,邵淮对连煜冷淡了些,无视她热烈的目光,吃饭时,连煜在桌子底下勾他的腿,他也不做回应。

晚上,连煜自己撬锁来他房里找他,她很恶劣,站在床边,抬脚踩他:"老男人就是骚,我出海几天,你就这副脸色,是不是给我戴绿帽了?"

邵淮握住她的脚,使劲按着,连煜反而被捏得发痒,憋不住笑:"就说你这人不正经,老不正经。"

"我不老,我也就二十五岁。"

连煜抽开脚,爬上床坐在他身上:"反正比我大五岁,就是老,老不正经勾引小姑娘,你要不要脸?"

"你爸妈不让我们在一起。"

连煜晃着脑袋:"我是个乖孩子,乖乖听妈妈的话,我才不和老男人在一起,玩一玩你而已。"

她俯身吻他,野性十足,又打开了灯,屋内一下子通亮,她捧住他的脸:"让我看看我的玩具,哦,真老,一点儿也不新鲜,真是委屈我了。"

被连煜骂了几次,他开始自审身体的每个部位,脱毛美白,尽量让她满意,也低劣地希望,能用这些低俗的手段勾住她,不让她老是出海。

他魔怔地觉得,连煜天天出海不顾家,就是他魅力不够。

浴室雾气氤氲,连煜眼前也雾蒙蒙的。邵淮冲好澡,关掉花洒,低沉的声线将愣神的连煜拉回来:"在看什么呢?"

连煜露羞,挠挠头,两只手揪住衣摆翻上来,脱了上衣:"你洗好了吗?我也要洗。"

邵淮披上浴衣,移步让开位置。连煜脱了个精光,走到花洒底下,按下开关,在水底下淋着,头发被打湿一缕缕贴在脸上。邵淮往手里挤了点沐浴露,往她肩上抹:"我帮你。"

"好。"

邵淮知道她想要什么,在她身上打了一片泡沫,取下花洒对着她冲。

冲干净后,他随意丢开花洒,仰头注视她的眼睛,缓缓俯下身,花洒孤零零地在一旁晃荡,水滴悠悠滴着,一滴、两滴、三滴……

十分钟后,邵淮起身抱起她,朝卧室走去。他用毛巾擦干净她身上的水渍,大拇指按着她饱满的下唇:"舌头伸出来。"

连煋握住他的手,侧头往他虎口上咬一口:"你自己伸舌头,狗才伸舌头。"

邵淮俯身吻她,舌尖启开她的牙关,探进她嘴里。

连煋醒来时,外头的天灿白耀亮,九点多了,卧室被邵淮收拾得很干净,她身上也被他擦过一遍,很干爽。

"邵淮!"她喊道。

邵淮从客厅过来,手里还端着一杯咖啡,身上是很休闲的居家服,闲闲地倚着门框,半笑着看她:"饿了吗?"

"有点,你先找衣服来给我穿。"

邵淮进入卧室,将咖啡放在桌上,去打开衣柜,里面是琳琅满目的女装:"都是按照你以前的风格买的,不知道你还喜不喜欢。"

"喜欢啊,我都还喜欢你,就说明口味没变。"连煋无拘无束,掀开被子就下床,拿了两件衣服往身上套。

她去洗漱时,邵淮如影随形进了卫生间,站在门口看她。连煋洗完,走到他面前,歪头看他:"总是跟着我干什么?"

"我喜欢。"

连煋跳到他身上,两只臂膀搂住他的肩,咬着他的嘴唇和他吮吻,清脆笑声在追逐碰撞的唇齿之间跃出来。

连煋并不打算回家,她出去了这么一趟,需要好好休息,待在邵淮这里,更为舒适。连烬找了过来,在门口按门铃。邵淮去开门,看到连烬提着一个洗漱包和一个布袋站在门口。

"我姐起来了吗?我给她送洗漱用品和换洗的衣服。"

邵淮扭头,视线落在正看电视的连煋身上。连烬径直推开门,跨步进去,笔直地来到连煋面前,低声唤道:"姐。"

"你来这里干什么?"

"来给你送东西。"连烬半蹲在她面前,打开洗漱包,乖巧地说,"担心你用不惯邵淮的东西,我就把家里的给你送来了。"

"你事儿真多。"连煜粗鲁地拎起洗漱包,和装着衣服的袋子,丢在沙发上。

"你吃早饭了吗?"连烬又找话头。

"吃过了。"

"我也吃过了。"他坐到连煜身边,"对了,大伯家要办喜事,堂姐结婚了,让我们今晚一起过去呢。"

"堂姐?"连煜印象里有个模糊的面容,又不真切,"好,我去。"

连煜想要看看以前的亲戚都是什么样,打算和连烬一起去参加婚宴,邵淮说他也要去。

下午四点,三人出现在酒店的喜宴会场。

连煜从小到大就是亲朋故里的话题中心,她小小年纪就经常出海,周围人七嘴八舌,纷纷扰扰,有说她欠钱跑路不敢回来,有说她去当了海盗,还有人说她参加了什么秘密组织……

一个个面容逐渐变得熟悉,连煜的记忆急速涌现,逐渐拨云见日。看着这些人的脸,她就想起来了,在场大部分人都是父亲赵源那边的亲戚,她小时候见过,大致能记得一些。

连煜一进来,众人目露精光,视线齐刷刷地聚集在她身上,看热闹的心思四起。不少人已经低头窃窃私语,不同版本的谣言正在铺天盖地地酝酿。

大伯母和大伯穿着喜庆,放下酒杯就朝连煜三人走来,注意力只放在连煜身上。

"连煜,你回来了啊。之前你弟说你没死,我们还以为是假的,回来就好,回来就好!"

连煜笑着:"之前出了点事,太忙了就没回来,好久没见到大家了。"

"没事没事。"

婚礼还没开始,大家都在闲聊。连煜坐到椅子上,几个亲戚速速移动椅子围着她坐。大伯端视她少顷:"连煜,你在里面,没人欺负你吧?"

"没有啊,没人欺负我。"连煜听得云里雾里。

大表姑好奇地摸摸连煜的肩头,又摸摸她的胳膊:"哎呀,手臂这么结实，国家改造过的啊，就是精气神好。"

大伯点头："就是就是，这坐姿端端正正的，在里面是不是得天天训练啊，听说里面的生活，和当兵的一模一样的，是不是？"

大伯母握着连煜的手，长声叹息，好言相劝："连煜啊，过去的事就过去了，既然出来了，就好好改头换面，别再干那种事儿了啊。"

上了年纪的二大爷抹着眼泪："唉，我早说过了，不能让孩子当留守儿童，你爸妈还不听，整天就在外面跑，你们看，让这孩子走歪路了吧！"

连煜听得一愣一愣的，抬头看邵淮，又看连烬，二人同样面面相觑。

大伯母又问："连煜，你到底判了几年啊，算起来，现在三年多了，有减刑吗，你在里面表现怎么样？"

连煜干笑两声："到底是谁传出来我坐牢了的？"

"大家都这么说啊，你三年没回来，你弟又说你没死，这不就是进去了吗？"大伯道。

"我没进去，我在外面工作呢。"

大伯母拍她的手："我们懂，我们都懂，这事搁谁身上谁都不好意思说，可惜了，以后不能考公务员了。"

二大爷："不可惜，公务员是吃国家饭，她早吃够了。"

连煜汗流浃背，这些谣言怎么越传越离谱。以前最多就是说她干传销去了，干海盗去了，怎么现在变成她坐牢去了。

"我真没坐牢。"连煜的辩驳毫无力度，暗想，按这个情况，她估计只有考上公务员，才能洗刷冤屈了。

大伙儿七嘴八舌地聊了一会儿，大姑父拉着邵淮到一旁去，神神秘秘地道："小淮，你又和连煜在一起了？她的案底不会影响你吗？毕竟是进去过，你还是好好考虑吧。"

"她没进去过。"邵淮淡声道。

大姑父打量着邵淮，压低了声音："你以前天天和连煜混在一起，你该不会也……"

邵淮："我也没进去过。"

舞台上婚礼司仪的声音暂时打断众人的议论，司仪简单开了场，新郎先出现在台上，新娘又从水晶路引道走出。连煜看过去，一看到新娘的脸，她就想起来了，她八岁时从乡下来到城里，经常和这个堂姐一起玩，跟在她身后，和她一起跳橡皮筋。

堂姐方才一直在后台候场，这会儿出来了，才见到连煜，她在台上顿住脚步，又惊又喜："连煜！怎么是你，你出来了，什么时候出来的？"

"我就没进去，我这些年在外办事而已，不是他们说的那样。"连煜起身，绕过人群，来到路引台底下。

堂姐俯身握着她的手："太好了，我就说你没犯事，你那么聪明，怎么会一时糊涂呢。"

"好了，你快去吧，等仪式结束了我们再谈。"

连煜坐回自己的位置，认真地看完整个流程，邵淮坐在她旁边，一直和她十指相扣。

仪式结束，堂姐回后台换了秀禾服，重新回来和新郎敬酒，她挪来一个椅子，和连煜紧挨着坐，仔细看连煜的脸，满目心疼："可怜的元元，这是去哪里了，怎么晒成这样，耳朵都脱皮了。"

"我前段日子还出了一趟海呢，没事儿，过几天就好了。"连煜凑过去和她咬耳朵，"姐，怎么大家都说我坐过牢啊，这事谁传出来的？"

"我也弄不清了，反正都是乱传，好多人说你是狂徒，到处犯事儿呢，大家都说你被判了死刑，后来又改无期了，我去问连烬，连烬也不说。"

连煜："我没犯事儿，怎么可能坐牢呢。"

堂姐想了想，眼睛亮起："我想起来了，你刚离开那时候，有人天天骂你，后来这些谣言就乱七八糟传开了，我当时还截图了，想要发给你，但一直联系不上你，给你打电话也无法接通。"

"谁骂我？"

邵淮在一旁默默听着，知道商曜的好日子到头了。

堂姐摸身上，没找到手机，对站在旁侧的新郎道："明群，我手机好像落在化妆间了，你去帮我拿一下。"

"嗯。"新郎看着很高冷，简单应一声，回去帮堂姐拿了手机回来。

堂姐不停地翻阅相册，终于找到当初的截图。这些截图她一直都有好好保存，以防连煜将来要维护名誉，而没有证据。

"找到了，你自己看吧，这个叫商曜的，天天骂你，骂得可难听了。"

堂姐把手机递给连煋。

连煋低头看,大吃一惊,上面全是商曜在骂她的话。

△连煋,这辈子别让我再看到你,不然弄死你!有种你就躲在外面一辈子,别回来,不然我真会弄死你!

△骗子连煋,有本事害人,还没本事回来?狂徒,天杀的连煋,有种你就回来!

△谁有连煋的联系方式,这人犯了大事,本人花重金找她,求告知线索。

连煋一张张翻阅截图,除了这几张,还有更过分的,都不带脏字,但句句歹毒,骂她无法无天,骂她人面兽心、两面三刀,骂她上楼拆梯、过河拆桥。

发了朋友圈之后,商曜尤其喜欢在评论里兴风作浪。别人问他,连煋到底干吗了?他回,反正连煋就没干过一件人事;别人问他,连煋现在在哪里?他回,不知道,应该是进去了,坏事干多了总会遇见鬼……

邵淮在旁侧,掠过手机屏幕,再次看到这些恶言泼语,又不禁皱眉。

连煋把手机还给堂姐:"姐,你可以把这些图片发给我吗?你加我的新微信,以前的号找不到了。"

"行。"

连煋和邵淮,还有连烬坐在一桌吃席。

准备离席时,几个老亲戚拉住连煋的手,长吁短叹,言恳意切:"连煋,既然出来了,以后要好好做人啊,不能再走你爸妈的老路了。"

"我爸妈怎么了?"

亲戚:"你爸妈不是也进去了吗?"

连煋暗中头疼,在外人眼中,她这一家子除了连烬,都是法外狂徒啊。

离开酒店,来到外面的停车场,连煋那辆保时捷落满皎洁月辉,她进入驾驶位,连烬拉开车门,自然而然地坐进副驾驶座。

邵淮立在月光中,身量挺直,轮廓分明的面容格外出众。

连煋道:"我今晚回家,你自己回去吧,要不我送你回去也行。"

来酒店时,三人里只有连煋开了车,她开着自己的保时捷,载两个男人过来。

"那你送我回去吧。"邵淮拉开后座车门,抬腿迈进去。

连煋一路上都在想商曜的事,没心情闲聊。车子平稳地行驶,一条条流光溢彩的街景急速倒退,连烬不知道是不是心情不好,靠在椅子上装睡,邵淮也是一路沉默。

一路开过来,连煋忘记了拐弯把邵淮送回家,不知不觉,开到了自家小区单元楼下的停车场。

停了车,她透过后视镜看到邵淮还在后座,这才一怔,忘记把邵淮送回家了。她一拍脑袋:"我这个记性真的是,老是记不住事儿,你们怎么也不提醒我。"

她伸手推还在副驾驶座装睡的连烬:"醒醒,你先上去,我送邵淮回去。"

连烬睁开眼,解开安全带,抱怨地道:"把钥匙给他,让他自己开车回去不就行了,真麻烦。"

连煋犹豫着,回头看向邵淮片刻,邵淮也道:"时候不早,不用送我了,我自己回去就行。"

"来来回回的,真麻烦。算了,你别回去了,今晚和我一块儿睡吧。"

连烬刚推开车门,伸出去的脚顿住,回头看连煋:"姐……"

"他是你姐夫,在咱家住一晚,这不是挺正常嘛。"

连烬:"你不是说,商曜才是我姐夫吗?"

一提到这个,连煋就来气:"没看到他以前天天骂我啊,这样的人配当你姐夫吗?"

连烬暗觑后方的邵淮,低声道:"他不配,邵淮也不配。"他在心里道,只有他自己才配。

连煋下了车,嘴里还在埋怨:"你们也真是,我都回来这么久了,居然都没人告诉我这事儿。看着我被商曜耍得团团转,你们很开心吗?"

邵淮默默跟上去,拉住她的手:"我当年报过警,起诉过他了,他被拘留了十五天,后面就没怎么发疯了。"

"算了算了,反正你们就一直骗我吧,这些破事我也懒得计较了。"

三人回到楼上,连煋让邵淮进了自己的房间。没他的睡衣,她去找连烬:"给我一套你的新衣服,宽松点的。"

连烬露出疑惑。

连煜又道:"给你姐夫穿的。"

"我没有新衣服。"

"连烬,你一天天的,就要和我对着干,是吗?"连煜心情不好,脾气也躁了。

连烬这才回屋里,磨磨蹭蹭找了一套没穿过的运动装,拿出来递给她。

入夜,连煜搂着邵淮,辗转反侧,喉中如卡了一根刺,上不去下不来,万般不是滋味。她那么疼爱的商曜,那么宠的商曜,之前还撸邵淮的金表送给他,冒险把他藏宿舍里,恩赐他同甘共苦的机会。

她这样优秀的人,能够和她同甘共苦,这是多大的福气啊,邵淮都没这样的福气。

到头来,她却是疼了只白眼狼。

"你说,商曜为什么要那样骂我啊?"连煜喃喃自语。

邵淮吻在她额角:"我也想知道。"不仅是他,乔纪年、连烬、裴敬节等人都想知道商曜为什么会性情大变,为什么会天天对连煜破口大骂。

连煜仔细琢磨,现阶段恢复的记忆碎片都串联起来,她恍然大悟,怎么把这个原因给忘了呢。

她伸手,从床头柜摸出手机,再次打开堂姐发给她的那些截图,不断看下去,草蛇灰线藏在字字句句中。

△连煜,我的一辈子都被你毁了,你个禽兽不如的东西!

△你对得起我吗?我还这么年轻,你到底要不要脸!

△我不会放过你的,一辈子都缠着你。

…………

"哈哈哈,我居然没想起来是这个原因!"连煜一掌拍在邵淮身上,大笑出声。

邵淮在黑暗中看着她模糊的脸:"什么原因?"

商曜是不道德,但连煜也不能把这事到处吹,这可是人家的痛点。她关掉手机,倒扣在床头柜:"这是我和他的秘密,不能外泄。"

"什么秘密,连我也不能说?"

"就是不能说。"连煜歪头靠在他怀里，"睡吧睡吧。"

安静不出片刻，她又撑起身子，昏暗之中视线如箭，警惕地盯着男人的脸："你以前没有骂过我吧？"

"绝对没有。"邵淮矢口否认。

"那大家怎么都在传，我坑了你，卷走你的身家？"

邵淮："他们这么传的时候，我有澄清过，你没拿我的钱，他们都不信。"

"行吧，反正你也喜欢骗我，谁知道你嘴里是真是假，还是等我自己想起来吧。"

邵淮公司有事，一大早就起来了，连煜也一同起床。两人洗漱完，连烬已经买了早餐上来了，是三个人的份，整齐地摆在桌上："姐，过来吃早饭吧。"

连煜领邵淮坐到桌边。

连烬又道："姐，我去给你收拾一下屋子？"

"随便你。"连煜睡意未退，摆摆手道。

连烬进入房间，不知在捣鼓什么。十分钟左右，连煜看到他抱着被套和床单出来，进入卫生间，很快，洗衣机运作的声音"嗡嗡"响起，他这才回到餐桌前，和连煜一起吃早饭。

"你洗床单干吗？"连煜问。

他什么也不说，低头闷声喝豆浆。

连煜把邵淮送走，便风风火火要去找商曜问个清楚。邵淮原本想推掉工作，和她一起去，被她严厉拒绝。她去找商曜，谈来谈去，终究还是扯到裤裆里这点事，还是别让邵淮看笑话了。

连煜找上门时，商曜正在屋里发脾气，对着几个手下怒骂："这么久了，连个靠谱医生都找不到，养你们干什么，一群废物！"

一个手下道："老大，再等等，别着急，我派人去宁市那边问，听说那儿有个老中医，专门治这个的。"

"我急了吗？我有说我急了吗？"商曜目光又锐利了几分，"是我朋友急，不是我急。"

助理顺着虚掩的门进来："老板，你的朋友来了。"

"让他滚，我没有朋友！"商曜嫌恶道。

助理："老板，是连煜来了。"

"不早说！"商曜咬牙切齿地踹过去，助理灵活地躲开。

几个手下知情识趣地退出去，连煜紧接着进门，问道："商曜，你怎么这么喜欢骂人？"

商曜脸色转换得极快，摆上笑脸迎她："没有啊，我没骂人，我怎么会骂人呢。你怎么过来了，也不提前说一样，是不是想我了？"

"是想你了。"连煜坐到沙发上，面色平静地拿出手机。

商曜贱兮兮地走过去，下巴抵在她肩头看她："怎么有空来看我了？不玩邵淮了？还是说，已经玩腻了？"

他握住连煜的手，虔诚地吻在她手背上："元元，我不像邵淮他们那么自私自利，我很大度的，只要你开心，你去玩他们也无所谓，记得回家就行。"

"你看看，这是什么？"连煜调出堂姐发给她的那些截图，将手机递给商曜。

商曜瞳孔骤然收缩，笑容飞速收敛："你怎么知道的？"

"我都想起来了。"

"不是这样的，元元，你听我解释！我的账号被盗了，这些东西不是我发的，我也不知道怎么回事，我这么爱你，怎么可能这样对你，不是我。"

"你都骂我骂到被拘留了，还在狡辩！"连煜越想越气，"明明是你被警察抓了，现在外面反倒都在传我进去过，大家都说我这次回来，是因为表现好才减刑了。"

左右是瞒不住，商曜跪下，痛哭流涕："我该死，元元，都是我的错，是我该死，我嘴贱，是我对不起你。"

"你说你，骂一两句也就算了，天天骂天天骂，你自己看看你发过的那些，有替我考虑过吗？"连煜气急败坏，伸手掐他的脸，"你阳痿的事情我都没到处说呢，你就天天骂我。"

一谈到这个，商曜面色惨白："这个你也想起来了？"

"嗯。"

商曜眼眶发红，猛地站起来指着连煜："你还好意思说！我为什么

387

阳痿，还不是因为你。你把我搞成这样子，我就得忍着受着，一句话也不能说？"

他几乎咆哮起来，歇斯底里："你知道我这些年是怎么过的吗？我还是个处，就被你弄成这样，你说会帮我找医生，结果呢？自己带着钱跑了，我到处找你，给你打电话你也不接，我真的要疯了，连煋！"

连煋："那你也不能那么骂我啊。本来我也不是什么大坏人，被你这么一搞，名声全烂了，我上次出海，大家都信不过我，差点把我扔海里了，你知道吗？"

"谁要把你扔海里，我现在去阉了他！"商曜声音很大，震得连煋耳膜发疼。

连煋压住情绪，眼皮懒懒地抬起："行了，你把裤子脱了，让我看看到底伤成什么样子了。"

"看了你又嫌弃我，我知道，我比不上邵淮他们，我就是个废人。"商曜颓废地坐到沙发上，"别看了，连我自己都不想看。"

两人坐在沙发上，商曜痛苦地低下头，将脸埋在双臂中，隐忍压抑的抽泣渐渐传出。连煋挪动身子，俯身去看他，不确定地问："商曜，你哭了？"

商曜不为所动，依旧埋头抽泣。连煋抓住他的头发，提起他的头，让他抬起脸。

他眼眶润湿，泪眼蒙眬，整个人仿佛突然间被抽走了精气神，脊梁都塌了，再也没了支柱，半分力气都没有，像个泡了水的麻袋，唯一让他撑起身子的，就是连煋抓着他的头发传递而来的力量。

"商曜，你真哭了，不至于吧？"连煋凑近了，盯着他看，大眼对小眼，莫名滑稽。

商曜哭得眼皮都发肿了，也盯着她明亮的眼。屋内一片死寂，静静对视十多秒，商曜猛地凑近，抬起脸想亲她。

连煋气得抓紧他的头发，抬手想要打他。

商曜没脸没皮，主动抬起脸，白皙无瑕的面颊贴上她的手："来来来，打吧，往死里打，反正我在你眼里，连条狗都不如。"

连煋的巴掌落下，也没真的打，不轻不重地碰了下，意思意思就行。

商曜反倒是来劲儿了，握住她的手抬起来，主动扇自己巴掌："来啊，继续打，我一点儿也不怕，你越打我越开心，继续打。"

连煜用力抽回手，坐正了身子，双手抱拳："懒得打你，怕把你打爽了。"

她看着商曜，又道："你也别怪我，你这嘴这么贱，也是活该，当初不是你整天乱开黄腔，我也不至于踢你。"

商曜稍稍复燃的气焰再次无声无息地熄灭，长长叹息，懒懒散散地靠着沙发靠背，眼圈再次发红，不知在想什么，继而往连煜怀里倒去。他这次不再藏着掖着了，毫不压抑地大放悲声。

连煜坐着不动，冷眼旁观。商曜本性不改，又开始骂她："连煜，你还是个人吗？有没有想过我，我这么年轻就这样了，禽兽不如的东西，你有本事把我弄成这样子，没本事负责？"

他缓缓抬头，悲腔如洪水冲坝，哭声嘶哑："你当初一声不吭就离开，你刚走的时候，知道我是怎么熬过来的吗？我去医院都不敢白天去，只能晚上偷偷摸摸去，你害苦我了！"

连煜坐了一会儿，被他的哭声弄得头疼，伸手一揽，搂住他的脖子，把他按到自己怀里："别哭了，我会给你找医生的。"

"治不好的，我都看过好多医生了，什么方法都试过了，治不好的。"

连煜也闭上眼睛，收拾好自己的情绪，良久后才缓缓道："商曜，我最气的不是你坏了我的名声，而是……"

她顿了顿，才继续说："而是，我很失望，我以为你和邵淮他们不是一类人。"

商曜还在哭："当时我真的很慌，我以为你嫌弃我了，就不要我了。"

连煜指腹无意识地摩挲他的耳垂："还在灯山号上时，每个人都在骗我，邵淮、乔纪年、裴敬节，甚至是连烬，他们都在骗我，都不告诉我的身世。我以为你和他们不一样，我以为你是我过去最好的朋友，结果，你居然也在耍我玩。"

"我没有耍你玩，我是真的爱你。"

商曜侧过身，双手捧住连煜的脸，目光深邃地看着她，声线里哭腔未褪："可是你让我怎么说，难道见到你的第一面，就告诉你，我是个太监吗?"

一字一句,都是把结痂的伤口撕开给她看。他凑近和她额头相抵,眼泪砸落到她的脸上:"连煜,你不明白,我是个男人,这种事情我说不出口,我真的说不出口。"

连煜伸手在他后背轻抚:"商曜,先这样吧,我们都冷静冷静。"

她推开他,站起来:"我来找你,只是先告诉你,以前的事情我都想起来了,也没别的意思。"

说完,她往门口走去,商曜叫住她:"你说要一辈子对我好,你说过很多次,还算数吗?"

"我不会丢下你,会给你找医生的。"连煜只留下这么一句,出门去了。

连煜独自走在外头的林荫道上,现在是七月中旬,正值夏季,苍穹火伞高张,路边的棕榈叶子像漂了层油,反射着炙阳的气息。连煜心里很不是滋味,对于邵淮等人,她一直都保持警惕,玩归玩,但没真心信任过,她可以玩够了,毫无负担地跑掉,像当初偷偷去淘金,她也是不告而别,就一走了之。

可对于商曜,商曜在她心里的位置不一样。

且不论男女之情,她是真心实意把商曜当朋友,把他放在心里。她偷摸着跑出去淘金时,除了告诉姥姥,就只给商曜留了一封告别信,连最合她胃口的邵淮都没这个福分。

然而到头来,商曜却是骂她骂得最凶的一个。这让她有种好心被当成驴肝肺的悲哀,她那么在意、那么疼爱的一个人,背地里竟是这样的人。

连煜一路走,一路想,暂时不打算给商曜好脸色了。况且,阳痿的男人容易心理变态,万一这人哪天又对着她发疯,搅乱她的计划,那可就糟了。

现在是七月中旬,她最晚也得九月份出海去找母亲,时间再拖,等到了冬季,北冰洋越发寒冷,冰面很厚,就算是有破冰船,前进的航行也会受阻。

光靠她一个人,开不了破冰船,她至少需要一名大副、一名轮机工,还有一名水手。她暂时的打算是,带上乔纪年和连烬,也不知道竹响愿不愿意跟她一起去玩。竹响有丰富的远洋经验,还能自己改造淘金船,如果竹响能帮她,那是再好不过。

这么想着,连煜又回到家里。

连烬在家办公,没去公司,正在书房对着电脑处理文件。书房的门虚掩着,连煜脚步没有声音地走进去,来到他身后。连烬警惕性很强,连煜出现在门口时,他就注意到了,但没出声,只是静静等她来。

连煜悄然站到他身后,看向他的电脑屏幕。上面是一些股市数据信息,隔行如隔山,连煜什么都看不懂。

"连烬。"她自己先开了口。

"姐。"他转动椅子,转过来面对她,抬起下巴仰视她的脸,握起她的手,也没敢真的握,只是捏她的指尖,"你去找商曜了?"

"嗯。"

"你们怎么样了?"

连煜:"没怎么样,他都骂我骂成那个样子,我们还能怎么样。"

"姐,我从没骂过你。"

连煜歪了头看她,眼镜镜片后方的眼睛犀利,他长着一张典型的精英脸,薄唇深眼,才二十三岁的年纪,就显现出罕见的刻薄,像个劣绅。

连煜大大方方地反握他的手,在他掌心里捏了捏:"没骂过我,这算值得提出来谈的优点吗?我也没骂过你啊。"

说着,连煜又笑了,有点不好意思:"我可不是什么坏人,当初撞断你的腿,那是不小心。那时候也怪你,我都说别跟着我了,你还一直追车,这不是碰瓷嘛。"

连烬笑着点头:"是,都是我不好,是我碰瓷了。"

连煜又把话题拐到正题上:"连烬,咱家里的公司,现在最多能拿出多少钱,我想要点钱。"

"你要多少?"

"你先和我说,你能给我多少?"

连烬如实道:"套现的话,最多能拿十亿出来。"

他这个公司,是从当年父亲赵源持有股份中,逐渐吞并了赵家家族的小资产,之后进行重组拼起来的公司。

三年前连煜离开后,这个公司才正式起步。现在表面上看着规模不小,但资金有一定缺口,连烬就算尽最大力,也只能拿出十个亿。

"如果直接把公司卖掉呢,能卖多少?"连煜又问。

"这个不好说,得看有没有公司愿意收购,收购的流程也很长,至少半年才能拿到钱。"他悄无声息地和连煜十指相扣,握得很紧,"姐,你要钱干什么?"

"没事,我就问问。"

连煜再次犯难,她需要三十个亿,才能去挪威把她的破冰船拿到,而且这三十个亿,得一个月内凑齐才行,不能再拖了。

不知道邵淮这棵帅韭菜,还能不能再榨出点金币来。

她发誓,绝不是坑他,等找到远鹰号上那六十多吨黄金,她就能大赚一笔,就可以还钱了,事情办完,再把破冰船转手卖掉,估计也不亏。

当天晚上,连煜和连烬说了声,又去邵淮那里过夜。她到时,邵淮还没从公司回来,告诉了她门锁密码,让她先进去。

连煜躺在沙发上睡觉等他,敲门声响起,她嘴里嘀咕着去开门:"敲门干吗,不会自己进来吗?真麻烦。"

连煜去开了门,却发现是商曜,他额上还蒙着一层汗,一看到连煜,就跪在门口:"元元,我受不了你不理我,给我一次机会,求你了,我很爱你。"

连煜拉他起来:"你干吗这是?这不是我家,快走,别让邵淮回来看到你。"

"那你原谅我,我再不会骂你了,我已经得到教训了,邵淮都把我送进派出所了,原谅我好不好。"

连煜一见到他,心里就不好受,自己往卧室的方向走,淡声道:"你走吧,我暂时不想看到你,给我点时间。"

商曜靠在门口站了片刻,蹑手蹑脚地走进来,把门关上,悄悄随她进了卧室,又跪在她面前:"连煜,原谅我一次,求你了。"

连煜坐在床边,这是邵淮准备的婚房,床单也是全新的红色,她伸手搡他:"你快走,等会儿邵淮回来了,又要和你吵起来,我现在很烦,一听到你们吵架我就头疼。"

"不吵，我不会吵的，我很乖的。"

好巧不巧，邵淮的声音在外响起："元元，你在卧室吗？"

商曜脑子简单，一心只想讨好连煋，不愿触怒邵淮，不愿惹连煋不开心，他不知怎么想的，俯身趴下，钻进床底，露出个头："元元，你放心，我不会给你添麻烦的，不会破坏你和邵淮的感情的。"

"元元，你在里面吗？"邵淮走进来，商曜紧急缩进床底下。

连煋被搞得一脸蒙，只好先站起来，对邵淮道："嗯，我在这里。"

邵淮进了卧室，搂住她的腰，低头亲她："今天一直在想你，给你发消息，你也不回我。"

"我忙呢。"

"忙什么？"

连煋眼神闪躲，瞟向床下："忙着照顾浪花。"

"哦，它很黏你。"

邵淮将她抱得很紧，压在床上，自然而然地吻她的唇，顺着她的脖子吻，牙齿咬开她的衣领。连煋紧张地抱着他，脑子乱如麻，商曜还在床底下藏着呢。

一片漆黑中，商曜趴在地板上，上头传来窸窸窣窣的衣服摩擦声、逐渐发重的呼吸声、还有亲吻的水响声……他试图幻想，连煋坠入迷情的脸。忽而，他双目瞪圆，血液深处腾升出久违而诡异的冲动，像蛰伏在冰雪地下的蛇，正可怕地苏醒了，手往下摸，惊愕地发觉，他似乎可以了。

三年来毫无动静的地方，似乎有感觉了。

连煋心跳得飞快，商曜还在床底下趴着，她可没心思和邵淮来这茬儿。

"邵淮，邵淮，先别急，我都饿了，先去吃饭。"连煋手忙脚乱地按住他，又捂住他的嘴。

邵淮眼波流转，微眯着看她，以为她在和自己调情，在她掌心暧昧地舔着，抱得她更紧了。

"我没和你开玩笑，我真饿了！"连煋推开他。

邵淮往她小腹摸了摸，嘴角勾起漂亮的弧度："还真是饿了，我去做饭。"他又亲在她的嘴角，给她整理歪斜的衣领，站起了身。

连煋拉住他的手，借力从上床起来，也要和他一起走："别做了，我们去外面吃。我看网上有人推荐，说是韵海区那边有家新开的火锅店，特别好吃，我们去吃火锅吧，我想吃火锅。"

邵淮哪里会拒绝她："行，那走吧。"

连煜很急，推着邵淮出卧室，到门口匆匆换鞋。出门后，她脚步也很快，走在邵淮前面，一直拉他向前。

邵淮都快跟不上她，不禁问："怎么这么着急？"

"我饿了，我是真的饿了。"

"家里还有面包，要不要先回去吃点面包垫垫肚子？"

连煜挽住他的胳膊，扯着他进入电梯，迅速按下楼层按钮："我想吃火锅，要留着肚子吃火锅呢。"

来到地下停车场，邵淮坐进驾驶位，正打算把车子开出来，连煜突然道："哎呀，我耳机落在床上了，我回去拿一下，你等我，我马上下来。"

"我和你一块儿去吧。"邵淮欲解开安全带。

连煜手顺着车窗进去，按住他："不用，你在这里等我，我马上下来，我跑着去，很快啊！等我！"

说着，她已经往电梯的方向跑了。她马不停蹄地回到门前，按下密码锁开门进去。客厅寂静无声，落针可闻，连煜压低声音喊道："商曜！"

没得到回应。她又小跑进入卧室，放眼环视，也没见到商曜，再次喊道："商曜，你躲在哪个地方了，快出来！"

这时，床底下传出轻微声响，商曜的声音有些奇怪："我在这里。"

连煜趴下，掀开垂落的绸质床单，看到商曜以一个别扭的姿势趴在床底。床底很暗，她看不清他的脸色，也看不清他到底在干什么。

"我引邵淮走了，你还一直藏这儿干吗，是不是傻！"

商曜爬了出来，连煜这才看清他的真面目，怪，非常怪。商曜面颊潮红，眼神怪异，裤头的皮带居然还解开了。

连煜迅速打量他现在的状态，猜疑到了什么，继而大怒，眉头皱得很深："你刚才在床底下干什么呢？"

"我……我没干什么啊。"商曜结结巴巴，仓皇局促地整理好自己的裤子。

看他这闪躲的样子，连煜更是嫌恶："你该不会是……你恶不恶心啊商曜！"

"我没有，不是你想的那样子！"商曜涨红了脸，急得脸红脖子粗，"连煜，你先听我说，我也不知道是怎么回事，刚才突然有反应了……"

"怎么会有反应？"

"我也不知道，突然就有了，很奇怪的感觉。"

连煜细思，鄙夷更甚："你是听到了我和邵淮抱一块儿……"

"好像是这样。我刚才一想到你们要做那种事情，特别生气，特别嫉妒，然后就有感觉了。"

即便羞耻难堪，商曜还是如实托出。这件事只有他和连煜知道，除了连煜，无人可倾诉，他被困在这个泥潭中三年多，急于把自己的痛苦和变化倾吐出来，把连煜当成虚无缥缈的支柱。

连煜目光下移，盯着他那里看："什么乱七八糟的，你去找那种片子看，肯定也有感觉，多看几部片子，说不定就能治好了。"

商曜急于解释："我以前就试过了，没用了，我电脑里全是那种片子，什么类型都看过，还是一点儿反应都没有。"

"那这次怎么会有反应？"

"我也不知道。"

连煜思忖稍许，又问："到底是怎么有反应的，能够正常起来了，还是只是有感觉？"

"有感觉，非常奇怪的感觉，身体很热，像是青少年时期那种冲动。不过，我正想自己摸一摸，看看能不能行呢，你就回来了。"他事无巨细地说着，很诚恳，像病人在和医生报告病情。

连煜环视四周："那你再弄弄，看看能不能好，如果可以，以后你可就没理由拿这事儿压我了啊。"

"好，我试试。"商曜被惊喜冲昏头脑，觉得自己一定能够重振雄风，迫不及待想要试一试，当即就要解裤子。

连煜眼里的嫌弃都要溢出来："你这个人真是的，去卫生间啊。"

"哦，不好意思。"商曜眼露纯情，匆匆扣好解开的皮带，往卫生间的方向走去，掩上磨砂玻璃门。

连煜也走过去，蹙眉靠在门口听动静，听到了皮带扣响的声音，十秒，二十秒，一分钟……两分钟过去了，商曜也没动静。

她忍不住问："到底行不行啊，这么久？"

"再等等，再给我一分钟。"商曜低哑的声音传出。

连煋又等了三分钟，邵淮估计是等急了，给她发消息问她好了没，连煋只能应付着给他回复：刚找到耳机，我上个卫生间就下去，马上啊。

邵淮：不着急，你慢慢来。

连煋把手机收回口袋，拍打玻璃门："又在骗我，我赶时间呢，你别磨磨蹭蹭的。"

商曜不回话了，门内隐约有抽泣声和粗重的呼吸夹杂在一起。门没有反锁，只是虚掩着，连煋等得不耐烦，一把推开门进去，只见商曜一只手撑着墙，背脊弯似弓，头低低垂着，表情痛苦，另一只手在动，动作非常粗鲁。

他病态地沉浸在自己的世界，连煋进来了，他都没有察觉到。连煋好奇地走过去。

"你进来干吗！"商曜这才注意到连煋进来了，吓了一大跳。

"到底行不行啊，用得着这么长时间？"连煋收回目光。

商曜加大力度，额间都冒出细汗，慌乱地给自己找借口："本来快可以了的，你不声不响进来，吓我一跳，又被你给吓到了。"

连煋不由得再次瞥向他："不行就别弄了，用得着使那么大劲儿吗？"

"再给我两分钟，两分钟就好。"商曜急得脖子上青筋暴起。

连煋靠在洗手台边上看他，撇嘴道："不行就算了，正常男人哪里需要像你这样弄半天？看看人家邵淮，根本就不需要像你这样，你这个就是不正常。"

商曜幽幽抬起头，眼神复杂，近乎是咬着牙说："你就非要拿我和他这么比吗？是我想这样的吗？我就不痛苦吗？我就不自卑吗？"

连煋知道戳中人家可怜的自尊心了，缓和了点语气："我说的就是事实啊，有病咱们就去治，大大方方去治，别老纠结这些。"

"我大方不起来。"商曜自暴自弃地顺着瓷砖壁滑落在地，狼狈地坐在地上，手上的动作更加粗暴野蛮。

连煋都担心他这么搞下去，会彻底无药可救了，扯住他的衣领，把他拉起来："起来，回家去等着，我会给你想办法的。"

商曜又哭了，浑浑噩噩地起身，手指无力地整理裤子。连煜推他到洗手台跟前："赶紧洗手，然后回家去。"

商曜默默听她的话，洗完手，和她一起出来，来到外面的走廊。连煜嘱咐道："我先下去，你到楼梯口那里等个十分钟，等我和邵淮开车出去了，你再走，别让他看到你。"

"嗯。"商曜脑袋垂着，毫无精气神。

连煜正准备走，想起了什么，又扭头问："对了，你怎么知道我在这里？"

"我去你家找你，连烬告诉我的。"商曜抿嘴，片刻后才道，"他说，他心里只认我这个姐夫，还告诉我，你心里还是有我的，让我别放弃。"

"这个事儿精。"连煜嘀咕着，"行了，我走了啊，你回去后往那里擦点药，搞这么粗鲁，都肿了吧。"

"我知道，你快去约会吧，不用担心我。"

连煜乘电梯到地下停车场，邵淮还在车里等她。她假装匆忙地坐进去："耳机掉到床底下了，我找了很久，烦死了。"

"那我们走吧。"邵淮帮她系好安全带，往她脸上亲了亲，这才将车子开出去。

路上堵车，车子像蚂蚁一样停了一大串，连煜无聊地往窗外看，遥遥看到商曜的影子，他从路边的药店走出，拎着个塑料袋，模样颓废，行尸走肉一样。

"在看什么？"邵淮也顺着她的视线看过去，"是商曜啊。"

连煜没有回他的问题，而是没来由地说："你有没有觉得他很可怜？"

"谁可怜？"

连煜："商曜。"

"我也很可怜。"邵淮缓声道。前方车子挪动了，他回正目光，把车开动起来。

第十八章
再次出海

两人来到火锅店,根本不是什么新开的店,这是个当地的老店。连煜拉着邵淮的手进去,没有要解释的意思,邵淮也没有点破,静静吃着东西。

连煜一天到晚跑上跑下,食量不小,吃了两碗米饭,大部分的菜也都被她吃了,邵淮一直帮她涮菜,格外安静。连煜也注意到他的情绪,恍然意识到,婚房里客厅是有监控的,不过卧室没有。

邵淮很有可能知道商曜进入房子了,还和她在卧室待了一阵,按照当时的情况,她和商曜从卧室走出时,商曜还在整理裤子。

要不要问,要不要解释,连煜一下子也难办了。这事情要真解释起来,也是山路十八弯,她要怎么说呢?难道要说,商曜来找她,谈了点正经事,然后因为邵淮回来了,商曜害羞就藏到床底下去了?

这个说法,一说出口,毫不意外让人浮想联翩。更何况,她和商曜是有前科在的,当年已经被邵淮在酒店"抓奸"过一次了,这次怕是越解释越乱。难不成让她彻底坦白,说是因为她把商曜踢废了,三年前酒店抓奸,和这次藏在床底下,都是因为这事?

顾及商曜的心态,连煜还是暂时说不出口。算了,反正邵淮向来很擅长原谅她这种"作奸犯科"的行径,他早该习惯了吧。

邵淮拿出纸巾,给她擦拭嘴角的辣酱,大拇指按在她的下巴处:"抬一下头,还没擦好。"

连煜仰起脸，让他擦。

这时，几个修长的身影立在两人的桌子前。为首的男人笑声痞气，长腿一迈，坐到连煜这边的沙发："哎哟，这不是大名鼎鼎的连煜吗？你出来了？可喜可贺啊。"

"什么叫我出来了，我就没进去过。"连煜往里侧挪，同他拉开距离。

男人拿起一旁的一次性纸杯，自顾自倒了一杯柠檬水。

他先是别有意味地看了一眼连煜，嘴角缓缓扬起嘲笑的弧度，又看向邵淮，笑道："哥，又破镜重圆了？这次要幸福得久一点儿哦，不然我会心疼的。"

邵淮嘴角不着痕迹地抽动，很快敛住情绪，眼神保持如旧的淡漠。他拿起手机看了眼，微抬下巴对连煜道："吃好了吗？我们走吧。"

痞子男堵在连煜这边的沙发前，一只手撑起头，偏脸看向连煜："狂徒，刚出来就开始收割韭菜了？不忘初心，可以的。"

"不知道你在说什么……"

连煜和他对视，仔仔细细看他的脸，试图回忆这人到底是谁，有个很模糊的印象，但又不真切。她只好问："你叫什么来的？"

"老相好真是忘性大，这才多久，就不记得我了？"对方笑得玩味，又装得无辜，有种怪诞的滑稽，"是因为我当初没给你钱，你才记不住我吗？真是抱歉。"

连煜看向邵淮，眼神询问这人是谁。邵淮默契地明白她的意思，淡声道："盛启廷。"

连煜的记忆正处于恢复状态，被邵淮这么一点，她立马想起来了，不由得头皮发麻，盛启廷，凌迅集团的二公子。

凌迅集团，连煜一想起这个，再次发愁。她细细捋着当年的事情，按照外人看来，当初就是她偷走了凌迅集团最高级别的船舶技术文件，还挪动了五个亿的公款。

可内幕并非如此，虽然船舶技术文件是她拿的，钱也是她拿的，但她都是听从盛启廷的姐姐盛祈玉，还有海运协会会长汪赏的指挥。

她看向盛启廷："以前的事情你不懂，叫你姐姐过来和我谈。"

盛启廷依旧一副痞傲的模样："我姐出海了，现在家里我做主，本来以为你回来了，会登门道歉说清缘由，结果你一直藏着，就别怪我不客气了，等着我这边的律师函吧。"

"我哪里藏着了，我整天大摇大摆在街上逛，你自己不来找我的。"

连煜心里也发慌，挪用的公款是拿去造潜水器了，至于船舶资料文件，则是潜水器母船的设计图，这实际上是她和盛祈玉的合作，她拿的公款和船舶资料，都有盛祈玉的签字文件。

但这些文件现在在……连煜一拍脑袋，想起来了，被她藏到太平洋的一个无人岛上去了。连煜暗恼，或许有些事情就不应该想起来，秘密知道得越多，越是麻烦。

看着她愣怔的模样，邵淮担心地问："是不是想起来什么了？"

"没什么。"她义正词严，"我不是坏人。"

"我知道。"

连煜轻咳一声，再次看向盛启廷："你先别急着起诉我，先让你姐联系我，这事儿是我和她的合作，你别乱插手。"

"都跟你说了，我姐出海了，现在家里的公司归我管，你就等着吧！"

盛启廷从小就是个外强中干的混子，急于证明自己，现在盛祈玉出海了，他必须趁此机会证明自己！

第一件事，他就是要拿连煜开刀，把连煜这个人人喊打的法外狂徒捉拿归案，追回当年被连煜私吞的公款，找回被连煜盗走的秘密文件。

如果他能单独干成这件大事，整个盛家，再也没人看不起他。

盛启廷手指敲打着桌面："我这次过来，就是给你个下马威，你要是识相点，现在就还钱！"

盛启廷站起来，痞里痞气，像在小树林约架的小孩子："还有，最重要的是，赶紧把当年的技术文件交出来，你要是好好配合，我们可以不用法院见。"

"让你姐给我打电话，不然没什么好谈的。"

"行，我们法院见。"盛启廷指了指她，嚣张地离开了。

连煜站在原地，拿出手机，终于在脑海中回忆出了一个号码，这是以前盛祈玉的卫星电话号码，但现在拨过去，显示无法接通。

"走吧，先回家。"连煜收起手机，拉住邵淮的手。

两人出了火锅店，坐进车里。

邵淮才问："要怎么应付盛启廷？你失踪的那三年，凌迅的人也一直在找你，说要起诉你。"

"我当初拿的钱和文件，都是经过盛祈玉的同意，现在只要联系到盛祈玉，她肯定能给我做证。"

邵淮："她会帮你做证吗？去年凌迅给你发了律师函，因为找不到你，发我这里来了。我去找过盛祈玉谈话，她说她和你不熟。"

连煜揉揉太阳穴："这是我和她的秘密。先给我点时间，我好好想一想。"

回到家里，连煜落落穆穆。

因为盛启廷的出现，她想起了更多线索。在北冰洋有一座镶嵌在冰层底下的金矿，她这些年拼命筹钱造破冰船，就是要去找那座冰下金矿。远鹰号上面的六十多吨黄金，和那座金矿比起来，根本不是一个量级，如果她能找到那座金矿，今后再也不用为钱发愁了，这是一个伟大的冒险。

她的父母，当年也是和考察队去找这座金矿，才一去不复返。

"你在想什么？"邵淮抱住她，埋头在她锁骨上亲吻。

连煜摸着他的头："邵淮，其实我挺喜欢你的。"

"怎么突然说这个？"邵淮撑起身子，将被子拉上来了些，把她抱在怀里。

"就是喜欢你啊，别人我都是开玩笑的，但对你，我是真喜欢。以前就喜欢，现在也喜欢。"

邵淮头一回得到她如此正式的表白，反而有点不真切："不嫌我是个老男人了？"

"也不老了，很帅。"她搂住邵淮的脖子，翻身压在他身上，"年纪大点好，稳重，宽容，不容易吃醋，可以打点好家里。"

"也不是不会吃醋。"他吻住她，密密麻麻地啃咬，过了好一会儿才分开，"我希望，我是你心里最爱的那个人。"

"是的，我最爱你。"

"再也不会丢下我？"在昏黄的壁灯中，他盯着她的脸，试图将她的轮廓都刻在脑海中。

"再也不会。"连煋轻轻松松地答应。

连煋让邵淮帮忙打探消息,看能不能联系上盛祈玉,只要盛祈玉出来做证,就能证明连煋没有挪用公款和偷窃技术机密。

但盛祈玉出海了,听说是去南极做考察项目,一时半会儿联系不上。趁着盛祈玉不在,盛启廷更是想要干出一番大事。

第一天,连煋就收到来自凌迅集团的律师函;第二天,经侦队的人找上门来了。连煋没办法,让连烬先出点钱,先填一填当初她所谓的挪用公款。

可盛启廷并没有罢休,他要的是三年前被连煋偷走的船舶技术图纸。连煋等不及了,她必须要去太平洋一趟,把她藏在无人岛上的文件拿回来。她记得,她在一个岛上埋下了一个保险箱,里面是凌迅集团技术机密文件、一份可以去北冰洋找金矿的电子海图,还有一个她当年用的手机。

她让邵淮帮忙和盛启廷周旋,而后开始偷偷收拾东西,准备再次出海,来回的行程应该是半个月。

正好,乔纪年刚结束一趟行程回来了,连煋找到他:"乔纪年,要不要出去玩?"

"你都想起来了?"昨天刚上岸,乔纪年看着还很疲惫。

"想起来了一些,但也不全,我需要出海一趟,你跟不跟我走?"

乔纪年抬起两只手,干燥粗糙的掌心搓了一把脸,拖着略显疲态的步伐,往卧室里走。

连煋跟在后头追问:"什么意思啊,到底答不答应,我这次可是带你去赚钱,都是为你着想。当初咱俩天天一块儿出海,你就不想重温旧时光?"

乔纪年从床底下拖出行李箱,往箱子里扔衣服:"我这不是在收拾东西了吗?对了,你和邵淮说了没?"

"还没说,我打算离开了再说,不然他肯定不让我走。我懒得和他告别,不想看到他伤心的小模样。"连煋坐到小沙发上,看着乔纪年熟练地收拾行李。

"就我和你吗?"乔纪年又问。

"还有连烬。我们先到琉球群岛往东的一个无人岛上,找一个东西,找到之后,我们南下去菲律宾,让连烬先回国,我们俩自己前往挪威。"

连烬做好了打算,先去琉球群岛找藏在岛上的文件,再南下到达菲律宾,让连烬拿着文件回国,帮她洗刷凌迅集团指控的罪名。

而她则是和乔纪年,从菲律宾坐飞机前往挪威,去交涉她那艘破冰船的尾款。

等拿到破冰船后,竹响和琳达会来找她,和她一起去找远鹰号,再去找金矿。

乔纪年又问:"你要去琉球群岛找什么东西?"

连煜蹙眉弄眼,噘起嘴:"还不是那个盛启廷,他找经侦队的人来查我了,我再这么干等着,迟早要被警察抓进去拘留。"

她无奈地两手一摊:"我当年把一些文件藏在琉球群岛那边了,只要去拿到那些文件,就能证明我不是挪用公款,也没有偷机密,都是盛祈玉签了文件让我干的。"

"那去挪威又是干什么?"

连煜眼睛又亮起来:"找黄金,带你发大财!"

她声音小了些,又补充道:"还有找我妈妈,我很想她。"

"你知道你妈在哪里?"

连煜用力点头:"知道。所有的航线数据我都藏在琉球群岛了,只要去拿到航线图,我就能去找我妈妈。"

"行吧,别搞砸了就行。"说话间,乔纪年收拾好行李,将行李箱立在墙角。

连煜:"对了,你这段时间是跑哪条航线了,我去淘金回来后,就没看到你。"

"是汪会长手下的货船,到美国运橄榄油。本来我不想去的,但汪会长亲自开口,说手底下缺人,我只能接下了。"

连煜自然知道汪赏,她以前和这位老太太关系密切,但信息太多,一时半会儿捋不清,只能先放弃想这些。

连煜和乔纪年临时买了一艘杂散货船,以去菲律宾运输坚果和椰子为由，成功获得了出海许可证。

连煜只和姥姥，还有尤舒做了简单告别。晚上，连煜就开车带连烬前往港口，乔纪年已经提前上了船，登记好了手续，正在码头上等姐弟俩。

商曜的直觉敏锐，隐约猜到连煜要离开，背着包堵在半路等她，连烬开车很快，差点把他撞飞。商曜逼停了车，跑过来拉车门："元元，带我走，求你了，我要和你一起走。"

"我是去给你找医生，你跟着我干吗，快回家去！"连煜大声骂道。

"连煜，我求你了，我想和你一起走，你别再丢下我了。"

本来天气预报显示无雨，这会儿骤然雨滴飘落，一滴滴落在商曜脸上，他最近压力挺大，瘦了不少，现下被雨打湿，看起来更憔悴。

"算了，上来！"连煜推开车门。

商曜上了车，和她坐在后座，抬手抹了一把湿漉漉的脸，将背包摘下，抱在身前。

连煜道："正好，我的船上缺个厨子，你去了就负责做饭，别想着当大少爷，不然我把你扔海里喂鱼。"

"我都听你的，我爱你。"他牙关打战，沙哑回话。

来到码头，乔纪年打着手电筒在等他们，看到商曜也来了，不由得皱眉："怎么还带上他了？"

"反正人手不够，把他带上，到了菲律宾后，让他和连烬一块儿回来。"连煜把车上的几个大包都搬下来，又问，"怎么还下雨了，应该没有风吧？"

"就是点小雨，不影响的，我们快点。"乔纪年先跳到了前甲板，往锚链舱去了，"快上船吧，我先去收锚。"

连煜扭头看还站在水泥坝上的连烬和商曜："愣着干吗？赶紧下去，我在这里扔东西，你们在底下接应我。"

雨滴越发密集，三人都全部淋湿了。连烬和商曜都没正经儿干过跑船的活儿，生怕会惹连煜生气，对她言听计从，纷纷跳到了船上。

连煜把几个防水背包往甲板上扔："送到船舱里去，快点！"

随后，连煜又去打开车子后备厢，先后提出四个物资包，往船上扔。海浪突然涌来，连烬和商曜在船上没防备，被荡得栽倒在甲板上。

浪花还在不断打来，连煜在水泥坝上喊道："把挡水板升起来，开关在船壁右侧那个红色摇臂上，往左边摇就行，别让水进到船里。"

连烬找到甲板壁上的摇臂，不熟练，这会儿又是晚上，还下着雨，怎么都没能把挡水板升起来。

"我就说不该带你们两个来，全部是废物！就会拖累我，什么事儿也干不成，当是来玩的吗？废物，全部是废物！"

连煜急着要离港，这会儿也来了脾气，连烬和商曜都没有海员证，算起来，是偷偷带他们出海的，得赶紧离开，不然港口的巡查员可能会来检查。她把最后两个物资包丢到甲板上，自己也跳进去，一把推开连烬，自己去升起挡水板，嘴里还在不停地骂人。

乔纪年在船舱里，听到连煜把连烬和商曜当狗一样骂，出来问道："怎么了？"

"没事，可以走了！"连煜脱下完全湿透的外衣，擦了一把脸，"你去开船，我把缆绳解开。"

"好。"乔纪年又回了船舱。

"在这里干站着干吗，淋雨好玩吗？滚里头去！"连煜又骂道。

连烬和商曜提起物资包，往船舱里搬。

连煜站到甲板最前方，心急地解着固定在水泥坝上的缆绳扣。突然，密集雨幕之下，一道亮白的手电筒光照在她身上，她抬起头，看到是邵淮，他还穿着西装，刚从车上下来，头发全湿了，雨水顺着下颌往下淌。

他站在坝上看着她，又蹲下，手往下伸，握住她的手腕。

"我得走了！"连煜在雨中喊道，脸上布满了雨水。她说话时，眼睛眨得很快，减缓雨珠滴入眼里的酸涩。

"连煜，我以为我这次会幸福得久一点儿。"他缓缓放开了连煜的手。

他抬眼看去，看到商曜和连烬也从船舱出来了，实在是不明白，自己为何总不在她的选择当中。

连烬拿着手电筒，往连煜这边照："姐，乔纪年问缆绳收好了没？"

连煜快速收回绳子，折了折，丢到甲板上："好了，让他开船吧。"

"好。"

很快，沉闷嗡响从船底传来，发动机启动了，螺旋桨搅乱平静的海水，船体逐渐驶离。连煜一直站在甲板上和邵淮对视,挥手对他大喊:"邵淮,如果盛启廷找你了,你记得帮我还钱。等我这次出海回来,赚到大钱了,我就还你!"

邵淮站在岸上一动不动,微微点头,什么也没说,就这么看着她,直到货船远去了,船上航向灯的光圈一点点变小,变弱。

商曜找了件雨衣过来,往连煜头上罩:"回船舱里吧,别淋感冒了。"

连煜板着脸,低头往船舱里走。连烬打开行李箱,找出干净的衣服给她:"姐,先把衣服换了吧。"

邵淮突然而来的送别,让连煜心里不好受,她接过连烬给的衣服,到另一个舱房去换衣服。很快,她又披着湿漉漉的衣服出来,脾气还没消,看到这两人就来气。

"这么大个人了,还什么都不会,死皮赖脸地跟我出来,就会给我添麻烦。"

连烬面色轻松,并不觉得连煜是在骂他。连煜自己决定带他出来的,可不是他厚着脸皮死缠烂打跟着出来的。商曜一声不吭,没反驳,也没装可怜,低头乖乖听训。

船驶入了既定的航线,乔纪年设置好自动驾驶模式,回到会议舱,看到连煜坐在椅子上擦头发。连烬和商曜也都湿透了,衣角裤腿还在往下滴水。

舱内气压沉闷,似黑云聚绕,三个人看起来脸色都不好。乔纪年走到连煜身旁,清亮地笑了一声,打破窒闷的气氛:"哟,怎么了这是?刚开航就吵架,还有这么远的路要走呢,可不能闹矛盾。"

"没事。"连煜起身,走到一旁的物资包前,打开物资进行分类。

乔纪年斜睨连烬和商曜:"拿好你们的包,我带你们去看房间。"

连烬和商曜各自提起地上的背包。

这是一艘适合十六名海员出行的小货船,里头的住宿舱都是按照十六人的标配,现在他们只有四人,房间绰绰有余。

乔纪年带他们到住宿舱区:"房间多,可以住单人间。这对门的两间,你们一人一间,自己选吧。"

他又分别看着两人:"换好衣服后,去刚才那个会议舱找我。连烬,你打扫一下卫生,把舱内灌进来的水都拖干净;商曜,我会带你去熟悉厨房的环境,以后你来做饭。"

两人都没说话,乔纪年又道:"难道连煜跟你们说,是带你们来度假的?"

连烬这才回话:"我知道了。"

两人各自进了房间,乔纪年重返会议舱,连煜还蹲在地上整理物资。

他蹲到连煜面前,和她一起收拾东西,凑头看她的脸,笑道:"至于这么气吗?他们第一次出海,都是新手,什么都不会,这不挺正常吗?教一教就好了。"

"我没气。"

"还说没气,脸都成苦瓜了。"乔纪年眼波柔和,还在盯着她,"我以前第一次和你出海,犯的错也不少,你那时候也没骂我啊。"

连煜闷声干活儿,过了一会儿才道:"我不是气他俩,我是气邵淮。"

"邵淮?邵淮也上船了?"乔纪年愕然,左顾右盼。

"没,他只是过来送我了,站在岸上,没下来。"连煜用烦躁的语气来掩饰自己的情绪,"天天就知道来找我,烦死了。"

乔纪年把物资包里的干菜都分出来,装进另外的塑料袋:"怪不得,刚刚我在船舱里,听到你喊什么记得帮我还钱,原来是对邵淮说的啊。"

"嗯。"连煜简单应了一声。

乔纪年利落地干着手里的活儿,又道:"连煜,你是不是对邵淮的要求高了点?其实他已经很听你的话了,他只是来送你,又没坏你的事,有必要生气吗?还是说……"

他别有意味地停住,歪头凝视连煜脸上的变化。

"嗯?"连煜抬起头,示意他继续说下去。

"还是说,其实你是对他失望?"

连煜加重了语气:"就是失望,大晚上的还来找我,烦死了。"

乔纪年笑了笑:"你是失望他不听话,还是失望他太听话了?"

"你到底在说什么,也开始装深沉了?"

乔纪年嘴角的笑容如湖面泛波,趣意浓郁:"如果他和商曜一样,死缠烂打要上船,你到底是开心呢,还是会发火?"

"肯定会发火啊,不事先和我报备,就自作主张,这样的人,谁敢喜欢?"

乔纪年:"商曜不就是这样吗?看你多喜欢他啊。"

"我不喜欢他,一点儿也不喜欢他。他心理变态,我可不会喜欢这样的人。"

商曜和连烬分别换好衣服出来了,连烬自觉地听从乔纪年的吩咐,拿起一旁的拖把,默默拖地板上的水渍。

商曜走到连烬身旁,手足无措地问:"那个,我要干吗?"

乔纪年拎起手中的食品袋,又指向角落的一袋大米:"你把那袋大米带上,我带你去厨房。"

商曜扛起大米,跟在乔纪年身后,去了厨房。

这是专业的远洋货船,设备齐全,厨房配置完善,有两个大冰箱,旁侧还连接着一间冷藏库,里面堆放了很多塑料周转筐,筐里满满当当都是些可以长期保存的菜类,大白菜、洋葱、土豆、冬瓜、萝卜、山药……

"你应该会做饭吧?"乔纪年转头看他。

"会的,肯定会。"

乔纪年指向冷藏库:"这些东西是我今早刚买的,大概够我们吃一个月。你作为船上的厨子,除了负责所有船员的伙食,对厨房所有的物资要很熟悉,菜烂了,不够了,你都要做好记录,然后和船长报备,是否需要补充物资。"

他又回眸看商曜:"可不能让我们大家饿肚子,不然就麻烦了。"

"船长是谁?"商曜问。

"我和连烬,你和谁报备都可以。"

"明白了。"

乔纪年又带他看了厨房的生火设备。船上的用电都是靠轮机室的发电机来供给,为了节约用电,也为了保证断电时,伙食能够正常供应,厨房都是靠烧煤做饭。

"好了,你弄点面条给大家当夜宵吧,忙活这大半天,也都饿了。"乔纪年交代道。

"好好好,我明白了。"商曜撸起袖子,开始洗菜,极力证明自己。

乔纪年走到厨房门口，指着镶嵌在墙上的呼叫机："这里有个呼叫机，按下红色按钮就能直接呼叫我和连煜的对讲机，有事情记得叫我。"

"知道。"

乔纪年回到会议舱，连煜还在收拾东西，连烬不在。乔纪年顺着门口看过去，外面云歇雨收，连烬形单影只地拖着地。

"不生气了？"乔纪年问。

"我本来就没生气。"

两人配合默契地分类物资，又一起到轮机室做检查。轮机室每天都要检查，按正常情况，应该有一个轮机员在这里值班的，但连煜和乔纪年经验丰富，两人合作分工就能干好这些活儿。回到驾驶舱，所有仪器都在正常运行，电子海图的屏幕烁光点点。

乔纪年在驾驶舱放置了两张行军床，人手不够，夜里驾驶舱得有人守着，接下来，他和连煜都要睡在驾驶舱，轮流守夜。

虽然是简易的行军床，但乔纪年铺上了很厚的毛毯和羽绒被，枕头也很大，躺下去像被一个温暖软厚的茧洞包裹，非常舒服。

连煜坐在床边，摸了摸被子："挺不错，比我上次去淘金时，条件好多了。"

"你去淘金赚了多少钱？"乔纪年也坐在自己的床上，随口问道。

连煜神秘兮兮不愿透露，故意装穷："赚不到。这年头，钱可真难挣，我出去一趟，也就勉强混个温饱。"

"你要挣钱还不容易，邵淮这三年应该是回血了，再去割他一波不就行了。"他开玩笑说。

连煜瞪了他一眼，也不生气。乔纪年说的是实话，要一下子搞大钱，只能从邵淮身上出。

"我是问他借钱，不是坑他。我在做一个伟大的冒险，一个一本万利的投资，等我成功了，就能腰缠万贯，以后拿钱砸死你们。"

"什么样的冒险？"

连煜半靠着床，透过前方瞭望窗，目光平静地看向远方："暂时不能说。总之呢，富贵险中求，你要是愿意跟着我干，我就带你发财。"

"肯定跟着你啊，当初就是你带我上了贼船。"乔纪年也学她慵懒的姿势，一同透过钢质玻璃遥望外头黝黑的海面，"如果没有你，我可能一辈子都没想过要当海员。"

"你还不好好感谢我，我可是你的人生导师。"

乔纪年想了很久，又问："连煜，你真的全部想起来了？"

"差不多吧。"

"那当初为什么要骗我，我在码头上等了你一夜……"

话刚说了一半，急促的脚步声响起，商曜闯进来："面条煮好了，快去吃吧。"

连煜起身，对乔纪年道："走吧，夜还很长呢，我们有的是时间聊。"

看连煜脸色缓和了许多，商曜也不再战战兢兢了，讨好地问："元元，你们在聊什么啊？"

"船上的事，你不懂。"

"哦。"

商曜已经把四碗面条都端到厨房外面的桌子上，面白葱青，每碗上都有荷包蛋，还有几块鸡肉，汤汁浓郁，看起来很不错。

连烬也进来，四人都坐定，商曜别扭地把其中一碗挪到连煜面前："你吃这碗，这碗没放香菜。"

连煜拿过筷子，搅拌几下，低头吃了起来，发现底下别有洞天，面条里埋着一个鸡腿。她看了眼商曜，也没说什么，面无表情地吃了起来。商曜偷偷看她，看她吃得开心，自己也跟着开心。

晚上，连煜和乔纪年都睡在驾驶舱。

虽然是自动驾驶，但也得随时保持警惕，两人按三个小时的间隔轮流值夜，值夜的人可以小憩，但不能睡得太死。

半夜，乔纪年听到有轻微的响动声。现在是他值夜，他只是闭眼休息，没有深睡，听到响动立马醒了，起来循声找响动的来源，发现是连煜丢在手动舵旁边的卫星手机响了。

来电显示是个奇怪的备注：深情哥。

乔纪年看向窝在行军床上睡觉的连煜，没叫醒她，按下接听："喂，你是？"

邵淮听出是乔纪年的声音，问道："连煜呢？"

"我和她轮流值夜，她刚睡着了。"

"嗯。"邵淮声音小了些，"她这次带你们出海是要干什么？"

"不知道，说是去某个无人岛上拿点东西，她没说仔细，我也没多问。"

邵淮沉默了片刻，不得已卸下尊严，主动问："连煜有没有和你说过，为什么不带我一起去？"

乔纪年笑了："你别想太多，她这是心疼你，不想让你跟着出来受苦。你不知道新水手得干多少活儿，她心疼你，才不带你一起来呢。"

乔纪年说得没错，次日，商曜和连烬总算明白，连煜这样独来独往、来去如风的性子，为何在他们三言两语的哀求下，就带他们上船了。

船体是钢板焊接而成，在远洋途中，空气湿度大，船体很容易生锈。水手的日常工作，就是进行甲板保养维护，除锈补漆，这可不是轻松的活计。

吃过早饭，虽然人员少，但连煜和乔纪年还是按照寻常的跑船流程，开了个早会，来确定一整天的工作内容。今天没什么大事，除了正常航行，就是进行清理甲板和维护保养。

乔纪年去驾驶舱看守，连煜开始教商曜和连烬干活儿。

连煜领他俩去库房，换了连体橙色工作服，穿上雨靴，再带他们到大舱舱盖上方，检查有没有生锈之处。发现有生锈的地方，他们要用气动除锈锤，把锈块敲掉，再用角磨机磨平，清理垃圾，最后进行补漆。

连烬和商曜以前哪里干过这种体力活儿，一上午的时间，在连煜的指挥下，他们汗流浃背，工作服都湿透了。

乔纪年去轮机室检查过后，很正规地做好检查记录，带上来给连煜看。他看了一眼正在敲锈的商曜和连烬，在连煜耳边低笑："还好你把他俩带来了，不然这些活儿，全得我们两个干。"

他伸手撑在后方的栏杆上，望向碧蓝的天："以前我当水手时，最讨厌的就是敲锈了，敲得我都想吐。"

"对了，你什么时候能考船长证？"连煜问道。

"今年再熬一年，资历就够了，明年应该可以考，不过我还不确定要不要考。"

"为什么不确定？"

"出海很累的好不好。一上船了，也没个人说话，时间久了很容易抑郁的。"

连煜看向他，眨眨眼睛："那你现在抑郁吗？"

"还好，和你在一起挺好玩的。"

连烬和商曜敲了一上午的锈，本以为下午可以休息了。结果，连煜早早就去油漆室调油漆，补漆用的油漆各有不同，得自己调，加固剂加多加少都不行，底漆和面漆的调量也各有不同。

连煜调好油漆，把连烬和商曜叫过来："先去涂油漆，把今早敲过锈的地方都补上漆，今天先涂两遍底漆，明天再补上一层面漆。"

连烬和商曜不敢有怨言，提起油漆桶就开始干活儿。

生锈的地方最好不要暴露在夜晚的湿气中，不然会加重腐蚀，所以得在天黑前把底漆都补好。眼看就要日落了，连煜催得很急，一直让他俩快点，连煜和商曜上船了就是水手的身份，水手就得干这些活。

两人干得满头大汗，头一回尝到出海跑船的苦。而且，连煜也是真不含糊，把他俩当成劳工在用，该训的训，该骂的骂，船长的威风拿捏得毫不掉分。

日落了，乔纪年出来，看到这两人还在补漆，问道："连煜呢？"

"她去轮机室了。"商曜道。他腿脚发麻地走过来，低声凑近了些，小声问乔纪年，"每天都得干这么多活？"

"肯定啊，我们都分工好了，这船上，你们两个是水手，敲锈补漆，做好船体的保养维护，就是水手的工作。"

他拍拍商曜的肩膀："现在连煜是船长兼轮机长，我是大副兼水手长，你们别心理不平衡，我和连煜身兼数职，工作强度可比你们大多了。"

"那补漆要补到什么时候？听连煜说，补完底漆还要补面漆，我都听不懂，什么时候是个头啊。"商曜早没了在陆地上贵公子的骄横，这会儿被连煜磨成了老实苦工。

乔纪年笑得慵懒："加油吧。我刚上船时，两个月刷了将近五十桶油漆，习惯了就没那么累了，加油。"

商曜心疼了，但不是心疼乔纪年，而是心疼连煜："我家元元刚上船时,也要受这样的苦吗?"

一想到连煋风吹日晒天天这么刷油漆,他像吞了黄连,又苦又涩。

乔纪年双手抱臂,看向在下方准备换缆绳的连煋。

"连煋还好吧,她是正规统招海事院校出来的甲板学生,对于她那样的学生,船长是把她们往驾驶员方向培养,不是来当水手的,不用专门干这些,普通人才需要从底层水手开始混起来。"

连烬也竖起耳朵听,问道:"我姐现在是什么资历?"

"她有甲一的三副证,不过按她的经验和能力,都可以当船长了。"乔纪年有种从容的自信,扫视连烬和商曜的表情,"你们就放心吧,跟着连煋出海,一定能平安回家。"

在连煋的安排下,前五天,商曜和连烬几乎没有休息时间,被连煋催着干活儿。每天都是一成不变的工作,敲锈、刷漆,两人闻油漆都快闻吐了。

除此之外,商曜还要负责做饭。连煋并没有因为他要做饭,而减轻他的工作量,开早会时,该敲多大面积的锈,该补多少桶油漆,全都安排到位。

下午日落之际,但凡工作没完成,连煋就来催。两人不敢偷懒,咬牙往死里干,腰酸背痛也不敢说,生怕惹连煋生气。

两人刚开始都还有小心思,以为和连煋出来,海阔天空,天高水远,邵淮也不在身边,船上没有什么可打发时间的东西,连煋又是个三心二意的,说不定能和她感情升温,挤占邵淮在她心里的地位。

结果,这么一通高强度的工作压力下,哪里还能藏有什么心思。他们夜夜倒头就睡,身体累得像灌了铅,抬起手指的力气都没有。两人以前都没受过这样的苦,刚出来这几天,又累又晒,跟掉了一层皮差不多。

连煋和乔纪年忙,但肯定比商曜和连烬轻松多了。

他们负责巡逻和检查船舱的各个仪器,只要仪器不出错,不需要调试和修理,他们就不用忙活,甚至还能挤出时间在驾驶舱里打牌。

这天,头一会儿在夕阳未沉时,连烬和商曜把所有的油漆都补完,外头的甲板也清洗干净。

连烬来驾驶舱找连煜,他穿着连体工作服,脚上是长筒雨靴,满头大汗,汗珠一滴滴顺着鬓角滑落,他今早急着干活,胡子没来得及刮,下巴上一圈青涩胡楂,显露不符合年纪的沧桑。

连煜还在和乔纪年打牌,她手里握着牌,扭头看去,被连烬这沧桑面容弄得怔神。在她的印象中,连烬一直是个挺拔俊冷的青年,性子虽然闷沉了些,但帅气清爽,是走在大街上都会让人侧目的青年。这会儿不禁恍惚,连烬怎么一下子变得这么老了,才出海几天,就蹉跎成这样了?

"连烬,你怎么搞成这个样子?"连煜率先开口。

"怎么了?"连烬看了眼自己身上脏兮兮的工作服,以及手上的水泡,"哦,等会儿我去洗个脸就好了,我过来是想说,你中午调的那两桶油漆,都补完了,现在还要干什么吗?"

"我先去看看。"连煜放下手里的牌,朝乔纪年道,"我去看他俩干活干得怎么样了。"说完,朝连烬走去。

姐弟俩来到外头的甲板,商曜正拿着水管在冲洗甲板,看到连煜来了,他关掉水龙头,担忧又兴奋,兴奋于见到连煜,担忧连煜又要让他去刷油漆。

"元元,你怎么出来了,这里多晒啊。"他小跑过来,抬手帮连煜遮阳。

"我去看看你们的工作怎么样,不合格的话,我可是不客气的。"

连煜顺着铁梯爬到上层的大舱盖,生锈的地方,连煜都让他俩敲掉锈块,再用角磨机重新抛磨,有需要焊接的地方,连煜则是自己上手焊,最后才让他们按顺序补漆。

连烬也爬上来,走在她身后,跟着她看了一圈。

"可以,明天和后天你们可以休息两天,后面我再安排新的工作。"

连烬悬着的一颗心总算落下,擦了把汗,目光清澈许多。

连煜回驾驶舱后,连烬头一回用较柔和的语气,主动和商曜说话:"我姐说,没问题了,明天和后天我们两个可以休息。"

商曜几乎要喜极而泣,本来就不怎么适应海上的生活,晚上睡觉也睡不好,再这么高强度继续干活,人都得废了。

商曜去洗了个澡,干干净净收拾好自己,又去厨房做饭,单独给连烬做了一碗鸡蛋羹。大锅排骨还没炖好时,他把鸡蛋羹端到外头的长餐桌,去驾驶舱叫连煋过来。

"这鸡蛋羹是我单独做的,你先吃着,另外的菜马上就好了。"

连煋拿起汤勺,一勺勺挖着吃,想了很久,还是决定问道:"商曜,如果你的问题,一直都治不好,你能接受吗?"

商曜身上还围着白色的围裙,他把手里的几颗蒜摊在桌上,低头沉默地剥着,也不说话。

连煋吃得碗底只剩最后两口:"对了,你吃了没?"

商曜还是不说话,连煋知道,船上的鸡蛋不多,商曜这两天早上煮面条时,都只给她一个人煎荷包蛋。

她将还剩两口蛋羹的碗推到商曜面前:"你吃吧。"

"你不吃了?"

"留着点肚子等会儿吃饭。"

商曜拿起连煋用过的勺子,低头吃起来,他头埋得很低,连煋都看不到他的表情。

须臾,连煋察觉到他情绪不对,凑过去看他:"商曜,你怎么了?"

商曜还是一声不吭,嘴里紧紧咬着不锈钢勺子。连煋伸手去握勺柄,却拔不出来,另一端被商曜咬着不放,他眼里水光微澜,眼眶稍红。

"商曜,松嘴!"连煋另一只手掐住他的两腮,迫使他张开嘴,这才把勺子拔出来。

"你又在发什么疯?"

商曜低下头,悄悄抹眼泪。

连煋又道:"有什么好哭的,你之前不是说有感觉了吗,说不定后面就会好了。再说了,实在治不好也没关系啊,这又不影响生活,不是还能吃还能喝的嘛。"

"你不懂。"

"我怎么不懂,我懂得多了。"连煋坐过来,拍拍他的背,"就这样也挺好,无欲无求,不然整天想着谈恋爱,难成大事。"

"我可以不谈,但我接受不了这样的缺陷。"他看着连煋的眼睛,"还没这样的时候,我觉得自己很厉害,别人说什么我都不在乎,但现在,我总觉得别人在嘲笑我。"

415

"别人又不知道，怎么会嘲笑你呢。"

他握住连煜的手，捏得很紧："我以前从来不发脾气的，自从这样之后，我脾气越来越不好。我以前也从没看过那种片子，阳痿了之后我才去看，看一眼我就吐了，那种东西没有激起我任何欲望，我一直看，一直吐。"

他身体微微颤动，眼泪落在连煜的手背上："连煜，我是个变态，我心理很扭曲的，我……"

他说不出来了，说不出来那天趴在床底下听连煜和邵淮亲热时，竟然有种前所未有的兴奋，不仅是身体上，心里也有扭曲的、诡谲的满足，枯槁的身体里缓缓生出黑暗的枝藤。

他真真切切地觉得自己肮脏又变态，心里、眼里都脏了。他配不上连煜，跟着连煜一起出海，说不定会给连煜带来晦气。

"连煜，我以后不缠着你了，对不起，我该死，我不该总是跟着你的。"他握起连煜的手，不轻不重地扇了自己一巴掌，"这是最后一次，等这次回去后，我再也不缠着你了，我这么变态，不该留在你身边。"

"你在乱七八糟说什么呢？"

"我什么都干不成，我就是个废物，身体有缺陷，心理也变态，我配不上站在你身边。"

"到底有多变态，展示给我看看。"连煜故意逗他，笑着道，"难道还能有我变态吗？"

商曜总算是笑了："那你有多变态？"

"不告诉你，怕吓到你。"

"跟我说说呗，咱俩不是最好的朋友吗？你告诉我，我绝对不告诉别人。"

连煜站起来，傲气地抬高下巴："晚上来我房里，我偷偷告诉你。"

"真的假的？"

"你来了就知道了。"连煜往厨房走去，"还有什么菜啊，我都饿了，你这个厨子不合格，回回都不能准时上菜。"

"马上就好，马上就好。"

一共就三个菜，大白菜炒肉、烟笋炒肉和排骨海带汤。四个人围坐在一起，安静地吃着。连煜吃得很快，排骨汤喝了一碗又一碗，商曜把排骨都挑出来给她:"多吃点,都给你。"

"别总是给我,你们也吃。"

"我们不饿。"

晚上,收拾好厨房,又去洗了澡,商曜就摸到连煋的房间了。还没进去,他就听到连煋在打电话,应该是在和邵淮打,她躺在床上,两条腿搭在床架子上,懒懒散散地讲电话。

"想,怎么不想。哎呀,你怎么不明白我的良苦用心,船上太累了,我才不带你出来的。"

邵淮:"我又不怕累。"

连煋:"可别说大话,连烬和商曜这两天都脱了一层皮了,现在啊,看我跟看仇人一样,鬼哭狼嚎地说要回去。"

"我又不是他们。"邵淮语气很柔,"下次就带我出去好不好,真的很想和你一起出海。"

"下次再说,下次再说。"连煋又言归正传,"对了,盛启廷有没有找我?还有他姐呢,联系上了没?"

邵淮:"他姐还没联系上。盛启廷前两天一直在找你,我找人应付了他一下,这几天他消停点了。"

连煋接着嘱咐:"继续帮我拖着啊,等我这次回去了,问题就能解决了。"

"明白。"

商曜在门口听了片刻,缓步走进来。连煋看到他,抬高下巴,示意他坐在桌前的椅子上。商曜坐下,目光纯情地看着她,默默听她和邵淮聊天。

挂在墙壁上的灯泡一圈圈荡着昏黄的光,连煋还在和邵淮讲话,头往枕头上靠,语气逐渐慵懒:"我肯定是想你呀,就你对我最好了,从来没说过我的不好,我能不记挂着你嘛。"

商曜双眸微漾,觉得连煋这是在指桑骂槐,故意提点他呢。他胸口憋着一股气,委屈,难受,恨不得给自己一巴掌,当初怎么净知道发疯,天天就知道骂人。

骂人也就算了,为何要骂连煋,应该要骂邵淮、骂裴敬节才对啊,都是邵淮把他介绍给连煜,若不是邵淮这一举,他也不会认识连煜,更不会跟着她混,也不会落得如今这个下场了。

"你这两天过得怎么样,还好吗?"邵淮又问。

连煜:"挺好,吃得好,睡得好。"

"船上就你们四个人?"

连煜:"对呀。他们都是我的免费劳工,我天天使唤他们干活儿呢。"

邵淮语气平和,在手机那头轻笑,声线轻柔,像落在春风里的羽毛:"应该让我去的。说到底,我比他们成熟很多,能帮你更多。"

连煜朝商曜抬手,把他的手拉过来,摊开他的掌心,低头仔细端详他的手。

商曜这样从小养尊处优的人,这几日怕是他二十几年来,最苦的日子了,掌心全是水泡,指甲上出了倒刺,手背被晒得脱皮,即便戴着口罩干活儿,脸上的晒痕还是触目惊心。

她捏捏商曜的掌心,继续和邵淮讲话:"我可舍不得你受这样的苦,一通蹉跎下来,变丑了,以后我不喜欢你了怎么办,还是白白嫩嫩的好。"

字句如刀,一句句往商曜心头上割。以前,商曜总觉得自己要比邵淮更胜一筹,他比邵淮年轻几岁,平日又闲暇无事,可以随时追着连煜跑,但现在反眼审视自己,哪里还能和邵淮相比?

脸也比不上了,也不是个正常的男人,论事业能力,和邵淮更是天壤之别。当初连煜一次又一次从邵淮身上坑走那么多钱,邵淮一句怨言也没有,藏着掖着不让人问,自己默默东山再起,就算是被连煜砍掉了一根手指,也什么都没说。

这样心胸宽广的男人,才能配得上连煜啊,商曜在心里想着。

连煜又和邵淮聊了几分钟,货船在海面上漂荡,信号不稳定,手机里传来的说话声卡顿磕绊,伴随雪花声。

连煜这才依依不舍地告别:"先这样了啊,信号不好,明天我再给你打。"

"好。"

连煜放下手机,目光回正放在商曜脸上,两只手捧住他的脸,怔怔地看了他很久。

商曜偏头，握住她的手，吻在她手心，柔声问道："元元，你在想什么呢？"

连煜轻声叹息，头低下来和他说话："商曜，如果一切都是我没恢复记忆时候的样子，那该多好。"

商曜把手放在她的后脑勺，静静听着。

连煜接着道："如果你没有那样骂过我，如果我没有借过那么多钱，或许现在会轻松很多。"

商曜眼圈红了，捧住连煜的脸："我骂你的事情，是我不对，现在随你怎么处置我都行。至于欠钱的事，这不是更简单了，这年头欠钱的，都是老大，你还有什么可担心的。"

连煜还是愁眉难展，郁郁不得志："一想到要还那么多钱，我就很焦虑。"

商曜一脸轻松地安慰她："没事，大不了不还呗，难道邵淮和裴敬节他们还能追着你要债？他们就没错吗？他们把钱借出去，就该做好要不回来的准备，再说了，你就算不还，他们也不会怎么样。"

"但我心里过意不去，我不是那种喜欢贪小便宜的人。"

商曜粗糙掌心覆在她后颈，缓慢往下移，抚过她的脊背："我和你保证，如果他们真要你还钱，我帮你还，倾家荡产也得帮你还。"

"可是你的钱还得留着治病呢。"连煜小声提醒。

商曜眉眼也不见焦虑，对于这事，放松了许多，不愿给连煜压力："我这些年也看了不少医生，觉得是治不好了，没事。"

"商曜，对不起。"

"不是你的错。"

连煜心里也轻松不少，才想起今晚找商曜过来的正事。她起身，从床底下拉出一个纸箱，箱里垫了好几层防摔充气膜，充气膜底下是一瓶药酒。玻璃瓶里是褐黄色药酒，还泡有不少植物根茎。

"这是什么？"商曜问。

"我打听了很久，才打听到这个，听说很神，用了之后阳血大发，一扫肾虚。"说着，连煜用力拧开药瓶，刺鼻苦涩的药味冲出，整个房间里瞬间盈满浓烈的药味。

"上船的时候，我就带来了。那老中医说，得泡够一百八十天才会有药效，今天刚好第九天，我们再等等，等到药泡好了，我就给你喝，说不定就好了。"

商曜看着她，忽然笑了。他知道，这是连煜在笨拙地安慰他，哪里会有什么神药，她不过是先给他一个希望罢了。

他接过瓶子，重新拧紧瓶盖放在一旁。他搂住连煜的肩膀，轻声道："治不好也没关系，只要你还让我待在你身边就好。"

他停顿稍许，才继续说下去："你知道吗？当初你走了之后，我很疯，很闹，根本原因并不是阳痿，而是你不在我身边了，我没了主心骨，就胡乱发疯了。"

连煜心软，被他感动到了，随口给了一个轻飘飘的承诺："商曜，以后我和邵淮分手了，就和你在一起。你等着我，好吗？"

不着调的承诺，让商曜心口残缺的那一块，赫然被填满："好，我会一直等着，等着你和邵淮分手。"

三天后，货船终于靠近琉球群岛。这里的群岛多达上百个，大小不一，混乱无序，像棋盘上毫无章法的棋子。

连煜拿着望远镜，爬上船首楼，拿起望远镜朝远处看，寻找记忆中那座无人小岛。乔纪年把船舶的航行速度调到最慢，也来到连煜身边，遥视远处的风景："还记得吗？以前我们也跑过这条航线。"

"记得，到马尼拉运榴梿，那是你第二次出海。"连煜清楚地回道。

乔纪年侧目看她的脸："我第一次、第二次、第三次出海都是跟着你，第四次你就不让我跟着了。"

"什么叫我不让你跟着，那个时候你只能走近洋航区，我可以走无限航区，你怎么跟着我？"连煜放下望远镜，两手一摊，"你看，你们这几个男的就是这样，说话不好好说，分明是自己的错，到头来又怪我，搞得我是什么十恶不赦的大坏人一样。"

商曜从后头走过来，在一旁搭腔："就是，全是一帮无赖，只有我和他们不一样。"

"他们是无赖，你是什么？"连煜回头看他，鄙夷道，"你还好意思说,要不是你天天骂我,我的名声能这么烂?"

这两天不用干活儿,商曜状态好了不少,又有点得意忘形了。

货船在靠向群岛的航区缓慢前进。

从早上一直找到下午三点多,连煜才找到当初她藏东西的小岛。小岛面积很小,不到五百平方米,四周礁石林立,海浪不停冲刷在石壁上,砸出一片片白沫。此处礁石太多,水下暗礁伏脉绵延,连煜担心把船开过去,会有触礁的危险。

于是,她让乔纪年在距离小岛五百米远的位置,抛锚停船,留在原地等她。她开着水摩托,带着连烬上岛取东西。乔纪年丢了个背包给连烬:"清点一下看东西有没有漏。"

连烬打开背包,里面是用防水袋包裹的对讲机、紧急呼叫机、两件备用救生衣,一把短柄折叠铲,还有一瓶除虫喷雾。

他清点好东西,对乔纪年点头:"东西都在。"

连煜已经用船尾的吊艇机,把水摩托放到水面。她穿着救生衣,对连烬招手:"连烬,快过来,我们要走了!"

"好。"连烬也穿好救生衣,单肩背着背包,朝船尾跑去。

他迎着阳光跑,前面是金光灿烂,背后是微风徐徐,少年恣意的背影在甲板上轮廓清晰。这是他头一回听到连煜说这样的话——连烬,快过来,我们要走了!从小到大,她总是对他横眉冷目地吼——连烬,滚远点,不许跟着我!

这次,她要带着他走,去往她探索过的世界,而不是悄悄离开。

连烬跑得很快,顺着绳梯下水。连煜坐上了水摩托,扶着方向舵,催连烬道:"快上来。"

连烬坐到她身后:"姐,我抓哪里?"他手伸过来,放在连煜的腰上。

"别搂我,不安全,抓后架。"

"哦。"连烬只好收回手,抓住后架。

连煜仰头对上方甲板的乔纪年道:"在这里等我,我拿到东西了就回来,很快!"

乔纪年点头:"小心点。"

连煜启动水摩托，水花一路散开，扬长而去。商曜站在乔纪年身侧，阴阳怪气："看把连烬这小子嘚瑟的，也就是姐弟关系，不然连煜哪里会看他一眼。"

"也许不是。"乔纪年没来由地说。

"什么意思？"

乔纪年闲闲地靠着栏杆，手臂随意舒展："怪不得连煜说你傻，你还真是傻。"

"有病吧你，不想和你们这种人说话。"商曜翻了个白眼，拿着望远镜往另一个方向走。

乔纪年又叫住他："商曜，我和连煜结婚时，你能不能来给我们当伴郎？"

商曜脚步顿住，剑眉紧蹙地走回来："嘴这么脏？"

"我认真的，我昨晚和她表白了，她答应了。"乔纪年挺认真的。

商曜眉头越皱越深，脸越发黑："她怎么说的，原话给我复述一遍。"

乔纪年也不藏着，实话实说："她说让我等等，等她和邵淮分手了，就和我在一起。"

商曜愣了愣，旋即笑得上气不接下气。他捂着肚子，一只手扶住栏杆，笑得眼泪都流出来了。

乔纪年面露不悦："笑什么？"

商曜勉强站直了身子，还在笑："她也和我这么说的，等她和邵淮分手了，就和我在一起。所以呢？我应该是排在你前面，你先来给我当伴郎吧。"

"你嘴也挺脏的。"乔纪年嘴角抽动，面上青白交织，朝驾驶舱方向走去了。

连煜把水摩托停在礁石边上，用缆钩固定好。这里的小岛属于亚热带岛屿，岛屿面积小，地势低洼，地形不算崎岖。连煜先跳到岸上，伸手去拉连烬："快上来！"

连烬握住她的手，长腿一跨也上了岸。两人脱掉救生衣，用防水袋装好，压在石头底下。

连煜顺着记忆中的路线，朝右侧海岸线走去，这里的岛礁阶地以石灰岩为主，灰白色的石灰岩几乎占据了整条海岸线。

连烬从背包里拿出防虫喷雾，叫住连煌："姐，先喷一下这个吧，担心被虫子咬。"

"好。"连煌驻足等他。

连烬手握防虫喷雾，一下一下按压喷头，往连煌身上喷，又蹲下来帮连煌把卷起的裤脚放下，用袜子套住。他也给自己喷上一圈，才将喷雾瓶收起，放进背包。

"好了吗？走了。"连煌道。

连烬点头，跟在她身旁，两人并肩踏在凹凸不平的石面，石缝中零零散散冒出一些绿黄相间的虎尾兰，再继续向前，逐渐有几株长势不错的蚊母树。

连烬用余光扫视连煌，目光向下移，落定在她摇晃的手背上。他垂下手，一晃一晃地跟着她的节奏，不经意间和她手背相蹭，有酥酥麻麻的热流在触碰间流淌。不知在想什么，连烬深吸一口气，突然握住连煌的手，紧紧牵住她。

连煌愣住，低头往下看："你拉我手干吗？"

连烬也不回话，但并不放手。

"神经。"连煌嘀咕了一句，懒得管他，随他去了。

两人手牵着手，穿过那几株蚊母树，前方远远显见了几棵细叶榕和露兜树，连煌抬手指向其中一棵细叶榕："就在那里，我把东西藏那里了！快点！"

她加快了脚步，拉着连烬小跑向前。

连烬低头看向两人相扣的手，想起了小时候。

大概是连煌十岁，他七岁时，放暑假了连煌要到乡下找姥姥玩，他也跟着一起去。连煌带着他在田里用稻草盖稻草屋，两人在稻草屋里睡觉，连煌自己先醒了，跑到隔壁菜田和姥姥一起割油菜，回去时把连烬给忘了。

姥姥也没想起来，以为连烬跟着舅妈他们先回来了。连煌回到家，才想起连烬还在田里的稻草屋。她连忙带着姥姥回去找，稻草屋是空的，找了很久，才找到坐在田坎抹眼泪的连烬。

那时候，连煌骂了他几句，之后牵着他的手回家，那是连煌第一次牵他的手走了那么长的路。

两人来到细叶榕底下,连煜才抽出和连烬十指相扣的手,扯起衣角擦拭手心,埋怨道:"弄我一手的汗,恶心死了。"

连烬笑容很浅,从口袋里找出湿纸巾,撕开包装袋,又拉过她的手,轻轻擦着她的掌心。

"别弄了,赶紧把铲子给我。"连煜道。

连烬放下背包,找出包里的折叠短柄铲递给她。连煜接过铲子,就开始干活,在树下不断挖土,同时看向连烬手里用过的湿纸巾,提醒道:"垃圾收好,别乱扔。"

"好。"连烬把湿纸巾和包装袋都收进背包里,蹲在连煜身边,"姐,我帮你吧。"

"不用,你别碍我的事儿就行。"

连煜手脚麻利,很快挖出一大堆黄土,连烬从包里取出一瓶水,拧开瓶盖等着给她喝。

不多时,连煜从树底下挖出一个保险箱,箱子外面还用防水袋套着,她提出保险箱,拍落上面的黄土。连烬好奇地问:"姐,这是当年你藏这里的?"

"是的。"连煜朝他伸手,"把工具包给我。"

连烬从包里取出工具包,摊开放在地上,里面有折叠军刀、螺丝刀、折叠剪刀等。连煜取出剪刀,先把保险箱外层的防水袋剪开,缓慢转动密码锁,密码是她母亲连嘉宁的生日。

"咔嗒"一声,保险箱开了,这是个母子箱,里头还套着另一个小箱。连煜再次转动小箱子上的密码锁,她记得,里面小箱子的密码,是她自己的生日。她转动密码锁,等数字对应后,箱子果真打开了。

里面的几样东西,同样是用防水袋包裹着,一部智能手机、一部卫星手机、一部老式海航导航器、一张纸质航海图、一个文件袋、一个U盘、两根金条,还有一张全家福。

连煜把东西都倒出来,一个个撕开防水袋,两部手机和导航器早就没电了。她拿起纸质航海图看着,上头有红色字迹,是当年她自己标的,在北冰洋的位置,密密麻麻地标了不少经纬度精确到秒的定位信息。

连烬蹲在她身边，拿起全家福。照片上有连烬和他，爸爸妈妈、姥姥，还有爷爷奶奶，是连煋八岁时，第一次从乡下来城里时拍的，就在他家小区外面的公园。

他静静看着，对父母的印象早已模糊。连嘉宁和赵源那个时候都很年轻，连煋站在妈妈跟前，歪头握住妈妈放在她肩上的手，他则是站在父亲赵源跟前，一脸严肃地看向镜头。

他在看全家福，连煋则在看航海图。

连煋看了有五分钟左右，眼睛都要贴到纸面上，指尖按在当初自己做的那些标记上，一点点描绘，还掐指计算。

五分钟后，她突然丢下航海图，转过来一把抱住连烬的脖子，激动亢奋地搂着他："太好了！连烬，我要发大财了，我要发大财了！我找到路线了，我想起来那座金山的路线了！"

连烬被她抱得很紧，不真实感在蔓延，他甚至能感受到连煋强有力的心跳，顺着两人贴合的胸口传到他这里来。

他身子僵得厉害，随即又反应过来，回抱住她："那真是太好了。"

"以后我就成富翁了，我这次去要把那座金山底下的金子都带回来，还要去接爸妈回来。"

"爸妈在哪里？"连烬问。

"应该还在北冰洋。"连煋摸摸他的头，安慰他，"不用担心，我都想起来了。"

连烬点头："那太好了。"

连煋很激动，又抱紧他，用力拍着他后背："连烬，这次我要干一票大的，你是我弟弟，你要全力支持我，好吗？"

"好，不管你做什么，我都会支持你。"

连煋放开他，又捧住他的脸："等下我们回去了，就直接去菲律宾，你从菲律宾回国，然后尽可能筹钱给我，我去挪威付尾款。"

"什么尾款？"

"我有一艘破冰船在挪威，三年前我去订购的，尾款还没付，这次我要去付尾款，然后开船去找爸妈。还有那座金山，等我回来了就有钱了。"

连烬两只手放在她的肩上："都听你的，我尽量给你筹钱，我的钱都是你的。"

连煜心神荡漾，觉得连烬终于长大了、懂事了，一时激动，亲在他的脸上："我的好弟弟，我会对你好的，你放心把钱给我，我以后会对你好的。"

连烬眼睛忽然没了焦点，她这么一亲，把他弄得慌乱。

不容他多做反应，连煜把东西全都收进保险箱，重新锁好，提着站起来，又拉起连烬："傻愣着干吗啊？快点起来，我们要回去了。"

"哦。"

连烬起身，把背包背好，握住她的手，和她十指相扣。

两人踩在石灰岩上，原路返回，回到水摩托边上。背包里的对讲机响了，是乔纪年在呼叫，连烬拿出对讲机，按下接听："喂，怎么了？"

乔纪年问："你们那边进行得怎么样了，找到东西了没，什么时候回来？"

"已经找到了，正要回去。"

乔纪年："好，注意安全。"

连煜把保险箱塞进连烬的背包，让他背着，又穿上救生衣，开着水摩托载连烬回去。远处夕阳成了一条线，金光把海天染成一片橘黄，连煜开水摩托很快，激起片片浪花。

靠近货船后，乔纪年放下绳梯，让他们上来，又自己下去挂住缆钩，把水摩托吊上船。

连煜二话不说，拉着连烬进入驾驶舱，先把两部手机和导航器充上电，在电脑上插上U盘查看资料。连烬一直站在她旁边，默默看她忙碌。

商曜也进来了，小声问道："元元，你刚才是去找什么了？"

"先等等。"连煜还在盯着电脑屏幕。

连煜打开了U盘，上面是密密麻麻的电子海图，以及一些船舶图纸和资料，全是英文，商曜也看不懂。连煜花了几分钟迅速浏览了所有的文件，确定当初她存的资料都没丢失，这才丢开鼠标，站起来看向商曜，开心地抱住他。

"以后我可就发大财了！我早就和你说过，跟着我混，一定能发财！"

"好，你发财我就开心。"

商曜熟练地抱着她。他和连煋算是抱过很多次，在灯山号上时，连煋把他藏在宿舍里，两人牵手拥抱已经是习以为常。

　　乔纪年从外头进来，看到两人抱在一起，嗤笑道："哟，干什么这么开心？"

　　连烬上手将连煋拉开，低声说："好了姐，可以了。"

　　连煋平复了情绪，对乔纪年道："我们现在可以转航线去菲律宾了，到了菲律宾，连烬和商曜坐飞机回国，我们俩去挪威。"

　　不能跟着连煋去挪威，连烬和商曜都不甘心。乔纪年暗中得意，钥匙环串在指尖转圈，轻轻吹了声口哨，走到驾驶台前，按下几个按钮，设置新的航线。

/ 第十九章 /
金矿和妈妈

抛锚，起航，货船南下向菲律宾进发。

连煜给手机充好电，抱着她从岛上挖到的东西，回到自己的房间，将门反锁上，静悄悄地研究，不让人打扰她。商曜做好了饭来叫她，她也闭门不出，只说让他们先吃，不用等她。

连煜把两部手机都开了机，有些卡顿，上头的 App 忽闪忽退，但勉强能用。她率先打开通讯录，一路往下拉，一串串联系人如同跳跃的线条在屏幕滚动。

终于，连煜不断点动的手指顿住，在备注为"妈妈"的那一行停下，指腹轻点，按下呼叫的按钮，那一瞬间，心跳如雷，恍如有一扇尘封的大门正在启动。

可是，连煜并不知道大门的背后是什么光景。

"您好，您所拨打的电话暂时无法接通……"冰冷的机械女声从手机里传出，基本在连煜的意料之中。无法接通，大概是因为在海上，她出海经验丰富，对没有信号等情况了然于心。

也有一点值得庆幸，只是无法接通，而不是空号，说明这个号码应该还在使用当中。她本想登入微信再看看，但现在没信号，只能作罢。

她又把注意力放在导航器上，这个导航里下载了一份电子航海图，上面清晰地标注了几个位置信息，所有位置信息都指向北冰洋。

连煜喝了一口温水,低下头,手指按揉太阳穴,拼命回忆当年的细节。

当年,她爸妈置办了一艘科考船,租给一支考察队,夫妻俩以船东的身份跟着考察队前往北极,在考察活动中,船只信号缺失,整支考察队都失去了联系。当时,连煜正好跟着汪赏的船出海,走的也是北冰洋航线,从国内出发,载一批仿制品出口到俄罗斯的圣彼得堡。

返航时,她恰好遇到母亲失联一事。

连煜打电话和汪赏商量,想要转变航向去找母亲,汪赏同意了。在找人中途,连煜自己穿着潜水衣下水,却意外发现一座冰山底下,蕴藏着巨大的金矿。

她起先没声张冰下金矿一事,而是回到船上,秘密给汪赏打电话寻求合作,条件是要先找到她的父母,再去开采金矿,汪赏也同意了。

过了半个月,在汪赏的帮助下,连煜成功找到父母,她告诉了母亲关于金矿一事。汪赏拉了个新的合伙人——盛祈玉入伙,决定一起去探索连煜所说的金矿。

连煜、汪赏、盛祈玉三人签了一份协议,找到金矿后,三人平分。

随后,她们决定由连煜作为航向员,带着船队出发。当时,她父母和盛祈玉都跟着船队走,中途却发生了事故,船沉了,所幸没有伤亡。

再之后,汪赏又组织了三次船队出发,依旧是中途频频出事,要么船漏油起火,要么触礁。

最后一次出海时,破冰船撞到了冰山,有几个科学家和专业人员失踪,包括连煜的父母在内。汪赏觉得这条航线邪门,不能再走了,这次采金计划就此作罢,她不会参与了。

连煜不信邪,到处借钱造船,想要自己出海,去找那座金山,也为了去找父母,这也是她当年拿了邵淮那么多钱的原因。

连煜仔细回忆当年去北冰洋时,船只三番五次出事的细节,忽而笑了起来。

"汪赏,原来是你自导自演……"连煜不由得自言自语。

她想起来了,自己为什么消失了三年。这三年来,她在外躲躲藏藏,都是为了躲避汪赏的追捕,却在一起潜水事故中失忆了,并且被邵淮的灯山号给捞上来。

回忆清楚了这一切，连煋关闭导航器，收好手机和航海图，来到外头的甲板上。

海风呼啸如刀，自海面砸门破窗而来，连煋站在甲板上，抬眼遥望远处的弯月。这一路走来，在海上身飘如絮，等这次结束后，该好好休息一下了。

连烬从船舱出来，站到她身边，侧目看她线条分明的面部轮廓："姐，你在想什么？"

"没什么。"

"你要去北冰洋？"连烬又问。

连煋转身往回走："你就先别问了，后面我会告诉你的。"

连煋回到船舱，进入厨房，商曜在炉灶前打瞌睡，灶台上摆着三份小碗菜。

商曜只是小憩，睡得很浅，连煋一进来他就醒了，将椅子让给连煋："元元，你坐着，我给你热菜，都饿坏了吧。"

"好。"连煋坐在塑料椅上，拿起火钳，往火灶里添了新煤。

在厨房吃过饭，连煋又去洗了澡，这才回到驾驶舱。

乔纪年半靠在行军床上看书，看到她进来了，只是略微抬起眼皮，懒懒地问："吃过饭了？"

"嗯。"

连煋走到驾驶台前，习惯性看了一圈数据，回到自己的床上坐着，看向他手中的书本："你在看什么书？"

"随便拿的一本。"乔纪年把书合上，随手丢到一旁，两条腿都收上床，将被子盖好，闭上眼睛，语调平淡地说，"我睡了啊，你先值夜。"

"明明该是你先值的。"

连煋伸手把他方才看的书拿过来，笑了笑，是《荒岛无足鸟》。她翻开第一页，上头有她的字迹"生日快乐"。

这本书是当年她送给乔纪年的生日礼物。

封面有折痕，页脚翻卷，看样子是被反复翻阅过很多次了。

连煋也躺到自己的床上，将被子拉到胸前，把书翻开从序言开始看。

这书不过是当年她从地摊上随手买的,连她自己都没看过。

序言都没看完,乔纪年那边有了点动静。

他掀开被子起来,推挪自己的行军床,和连煜的并在一起,而后躺上去,径直往连煜这边靠,抬起她的胳膊,钻进她怀里。

连煜两只手抬在空中,不上不下地尴尬着:"你这是干吗呢?"

乔纪年什么话也不说,头往连煜怀里靠。

连煜把书放到一旁,推了推他:"你到底干吗呢?有病吧。"

"不舒服。"片刻后,乔纪年的声音才沉闷地从她怀里传来。

连煜问:"哪里不舒服?"

"这里。"他突然握住连煜的手,按在自己的胸口,"这里不舒服。"

连煜在他紧实的胸肌上揉了揉:"活该,谁让你把胸肌练得这么大,适得其反了吧。"

乔纪年并不在乎她的取笑,而是认真地说:"是我心里不舒服。"

"为什么不舒服?"连煜也正经了些。

乔纪年不知从什么时候开始,也矫情起来了:"你和商曜说了同样的话。"

"不要打哑谜,东一句西一句的,我听不懂。"

乔纪年:"你和我说的,等你和邵淮分开了,就和我在一起,但你对商曜也说过同样的话。"

连煜一时之间脑子疼,她随口的胡说八道,他怎么还当真了。

"至于吗?我又不是第一天言而无信,你还没习惯啊?"

"习惯了。"乔纪年暗自收拾好自己的情绪,从连煜怀里钻出,正正躺着,闭上了眼睛,神色安详平静。

连煜探过身子去看他,抬手在他眼前晃了晃:"哎,你生气了?"

"没有,习惯了。"

"乔纪年,你为什么会喜欢我?"连煜问。

乔纪年又不回话了。

连煜自娱自乐,自己接话道:"也是,我这么优秀,谁不喜欢我。我这种人一看就是潜力股,以后肯定能挣大钱。"

她伸手揉乔纪年的耳垂:"乔纪年,你是不是因为觉得我以后会赚大钱,才和我表白的?年纪轻轻就想要傍富婆,你这个思想要不得啊。"

"哼,我要是想傍富婆,还会喜欢你?你也不看看自己这一身的债,喜欢你是需要很大的勇气的好不好?"

连煌也躺着,两只手交叠垫在脑后:"如果没有邵淮,我应该会喜欢你的,咱俩感情其实挺深厚,一起出了那么多次海。"

"你可以在出海时和我在一起,不让邵淮知道,我不说,你不说,谁也不知道。"乔纪年动了动身子,改为面向连煌这边侧躺,"其实知道了也没什么,邵淮那个人……"

他斟酌稍许,选用了个比较温和的词汇:"邵淮那个人挺心胸宽广的,他应该能理解你,在海上的生活这么枯燥,他应该能理解的。"

连煌大笑出声,也侧躺着看他的脸:"你说了这么多,就是想要当小三?"

乔纪年被这个词给羞辱到了,当即拉下脸:"说什么呢,我可不是那样的人,别这么粗鲁。"

"这就粗鲁了?我总结得不对吗?你不就是想当小三?"

乔纪年将被子拉过头顶盖住自己:"烦死了,不和你说了。"

"以后再说吧,我现在太忙了,没空处理这些感情的事。"

乔纪年忽地掀开被子,又问:"意思是,我或许还有机会?"

"谁都有机会,加油,祝你好运,多借我点钱,说不定我就和你在一起了。"

乔纪年神色认真了些:"你到底要那么多钱干吗?从邵淮身上搞的那些钱,你都花哪里去了?"

"养小三去了。别多问,快睡觉吧。"

乔纪年一脸认真:"那养我吧,我不要钱,还会倒贴给你钱。"

"快睡觉吧。"

从这里到菲律宾,只需要三天的航程。

抵达菲律宾的前两天,邵淮给连煌打电话。他现在很乖,不会自作主张就来找连煌,而是迂回着说,他要来菲律宾出差,有空的话或许可以见一面。

连煜其实也想他,答应了。

他们到达菲律宾的马尼拉港口时,邵淮早早就到了,就在口岸外头的航站楼等他们。

连煜和乔纪年的计划是,他们上岸后,就直接把这艘货船卖给当地的船商,不要了。

在卖船之前,他们得把船只清理干净。四人忙得满头大汗,把船上的生活物资和垃圾都清理出来,搬下了船。

之后,连煜和乔纪年又负责打扫驾驶舱、轮机室、锚链舱等技术舱室,商曜和连烬负责打扫外面的甲板、宿舍、厨房等日用舱室。

早上抵港,他们一直打扫卫生到中午才出来。

邵淮想到船上帮忙的,通过口岸上船的手续也不麻烦,做个简单登记就好了,但连煜望向烈焰如火的太阳,没让他上来蹉跎。

在她心里,邵淮那样的人,就该白白净净、体体面面地待在家里等她,她回家一看到自家那么帅气英俊的男人,有助于消解疲劳。

四人提着大包小包从航站楼出来,邵淮就在外头的小广场等他们。

邵淮一身白色休闲上衣,黑色裤子,头发没有像在公司里往后梳得一丝不苟,而是松散着搭在额前。轻风浮荡,额间碎发跟着微掀,底下一双清澈的眼,非常漂亮,有种奇异的深邃感,像是能把人吸进去。

他就那么站着,身边的人来来往往,一眼看过去,俊得过于出众。

连煜出来看到他时,在海上的疲惫一扫而光,喊道:"邵淮!"

邵淮笑容很浅,大步朝她走来,一把搂住她:"晒成这个样子,累坏了吧。"

他卸下连煜背上的背包,低头吻在她额角上,才又接过她的两个大行李箱。

"姐,他怎么来了?"连烬在一旁不太高兴地问。

邵淮循声抬眉看去,这才注意到,跟在连煜身后的那两个男人,居然是连烬和商曜,两人和出发之前,简直是云泥之别。

肤色完全成了东亚肤色,晒得很黑,头发干枯毛糙,脸上都脱皮了,饱经沧桑,仿佛经过了岁月的恶毒洗礼。在岁月这把锋利的刀下,这两人原本的帅气已经被刮得所剩无几。

不仔细看，邵淮都认不出来这两个人居然是连烬和商曜，还以为是菲律宾当地的土著水手呢。

"是你们啊，差点认不出来。"邵淮笑着说道。

他似乎有些明白，连烬为什么老是不让他跟着出海。他这样的普通人，出海跑船也只能从最底层的水手做起，出去一趟回来，恐怕连烬再也看不上他了。

商曜和连烬也意识到他俩的狼狈，尤其是和邵淮比起来，他俩简直毫无形象可言。

这时候，乔纪年做好船舶入港登记手续，带着几份资料也出来了。他的外表还好，和连烬一样，他们两个基本都是待在驾驶舱，不用天天在外面补漆，虽然也晒黑了点，但没那么严重。

邵淮要来菲律宾一事，连烬谁也没说。

乔纪年也不知道邵淮要来，这会儿看到他，只是悻悻一笑："你怎么来了？"

"来接你们。"邵淮平静地回话。

连烬牵起邵淮的手："走吧，我们先去酒店，我都要饿死了。"

邵淮只带了一个助理过来，早已叫好了车。几人分别坐进车里，商曜和连烬跟着邵淮的助理坐一辆车，连烬、邵淮、乔纪年坐另一辆。

连烬和邵淮一块儿坐在后座，乔纪年不知怎么的，也跟着挤到后座，紧紧挨着连烬。

连烬这段时间闻惯海风的咸湿，这会儿靠近邵淮，闻到他身上清新的芳草味，顿时神清气爽。邵淮低头看她，视线和她缠绕，什么也不说。

连烬暗里握住了他的手，在他手心里按了按。

车辆平缓地行驶，向着酒店的方向一路而去。

车里沉寂了许久，乔纪年的声音才打破安静："对了，邵淮，问你个事儿？"

邵淮看向他，并未出声，只是用眼神询问。

乔纪年突然又觉得没意思，拧开矿泉水瓶的盖子，喝了一口水，却什么也没说。

"你要问什么？"邵淮追问。

乔纪年缓缓长叹，用不在意的语气说："没什么，就是想问问你，你和连煜什么时候分手？"

邵淮笑而不语，转头看向连煜，在她耳边道："他为什么会问这个问题？"

连煜装作不知道："这个我哪里清楚？"

乔纪年头往后靠，闭上了眼，像是在自言自语："等你们分手了，我就和连煜在一起。"

"嗯？"邵淮眼中再现困惑。

连煜望向窗外，装作自己没听到。

半个小时后，他们到达酒店。

邵淮让助理订了五个房间，他自己和连煜一间，商曜、连烬、乔纪年、助理各一间。

连烬把连煜拉到角落里问："姐，你要和邵淮一间房，会不会太挤了？要不自己开一间吧。"

连煜还没回话，商曜挤过来呵斥连烬："你别不懂事，他是你姐夫，老是打扰人家的好事干吗？"

商曜算是想开了，他废掉了，或许永远都是废物，整个综合看下来，邵淮算是连煜最好的选择了，帅气多金，心胸宽广，有正宫的作风。

他是这么想的，按照邵淮这个隐忍的性子，连煜和邵淮在一起了，倘若以后他和连煜眉来眼去，邵淮也能睁一只眼闭一只眼，比其他小肚鸡肠的男人好多了。

连烬看向商曜，真是一脸不解。商曜这小子向来是最斤斤计较的那一个，就会在连煜面前耍赖求欢，怎么这会儿这么宽容大度了呢？

连煜不在乎这些男人之间的暗流汹涌，她走进电梯，问道："你们进不进来？"

"进，进，进！"商曜率先跨步进去，身后几个男人也紧随着进来。

一路来到房间，连煜和邵淮进入套房。她出了一身的汗，一进入屋子，就脱了外衣丢在沙发上，往浴室走。

"我要先洗澡，身上全是汗，太难受了。"

邵淮打开衣柜，从里面拿出事先备好的洗漱用品："别用酒店的毛巾，我有给你准备了干净的，用我带来的吧。"

"好。"连煋接过他递过来的洗漱包。

浴室水声淅淅沥沥，邵淮坐着听了一会儿，起身朝浴室走去。浴室的门没关，只是虚掩着，他能够从磨砂玻璃门上，看到里头虚晃的影子。

他只是站在门口，什么也没说，什么也没做。

忽然，门从里面拉开，连煋浑身湿漉漉的，什么也没遮挡，半长的湿发披在肩上，歪头看他："你站在这里干什么？"

"我……"邵淮喉结滚动，舌尖在上颚顶了顶，什么也说不出来。

连煋伸出手，手上还滴着水珠，捏住他的下巴，大拇指按在他形状姣好的薄唇上。连煋把他拉进来，一直拉到花洒底下，按住他的肩，用力往下按。

邵淮仰面自下而上看着她，眼睛被花洒打湿，蒙了一层水雾，水珠在白净无瑕的面部皮肤上滚落，看起来很乖，完全没有平日里的严肃和孤傲。

连煋两只手捧住他的脸，俯下身亲他："邵淮，不管记忆有没有恢复，我都很喜欢你。"

邵淮和她亲了一会儿，拥着她："站好，别摔了。"

连煋往后退几步，靠在水痕淋淋的瓷砖壁上，伸手去抓邵淮的头发，缓缓闭上眼睛享受。每次这个时候，她都很喜欢抓着邵淮的头发。

她忽然想起来，三年前她还没离开时，邵淮说头发长了，该去理发。

连煋陪着他一块儿去，明明和理发师说好的，不要剪太短，要留到可以用手抓起来的长度。

理发师满嘴跑火车说好，结果剪下来，近乎理成了平头，手哪里还能抓起来，摸着都扎手。

刚好那个时候，邵淮一直在催着连煋结婚，连煋脾气大，动不动就发火，这会儿逮到机会了，怒气不停歇，骂他故意的，故意让理发师弄个这么短的发型。

邵淮当时握着她的手，亲了又亲，不停地给她道歉。

连煋还是生气，隔几天后偷偷上船跑了。邵淮以为是发型的问题，连煋一走，他再也没敢去剪头发，留了好长，直到连煋出海回来了，才带他去剪头发。

他似乎总是这样听连煋的话,连煋说什么就是什么。她很有主见,对感情也很有主见,必须要他取悦她。

不然她就闹脾气,她闹脾气可不是小事。

她会跑,她条件优越,资质好,是海运公司抢着要的人才,只要她一生气,就出海跑船,再也不理他。

热雾腾腾,湿气游丝。

十来分钟后,邵淮站起来。花洒的水还开着,他浑身被打湿,薄薄的上衣湿透了,贴着肌肉线条深刻的身躯,勾勒出紧实的身材。他伸手关掉花洒,捏住连煋的下巴,盯着她的嘴唇看,估计这段时间太累了,她嘴唇的颜色不算健康,有些泛白。

邵淮刚要吻下去,连煋偏头躲开,他按住她的肩,还想要亲,连煋继续躲。

"干吗不让亲?在船上和野男人亲够了,回来就嫌弃我了?"他低下头,和她额头相抵,离得很近。

"你先洗澡。"连煋的声音夹杂着水汽,又闷又湿。

邵淮迅速冲洗了一下:"现在可以了吗?"

"可以。"连煋双手抱臂,搓了搓自己的胳膊,有点儿冷了。

邵淮关了花洒,拿过浴巾包住她,擦拭她身上的水珠。他低下头吻她,亲了很久。连煋的嘴唇被他吮得发麻,但还是不想放开,她想要更多,想和邵淮在一起。放在客厅沙发的手机不停地响,连煋以为有人有要事找她,裹着浴巾出来,发现是连烬打来的。

"找我干吗?"连煋按下接听,没好气地问道。

"姐,什么时候去吃饭,我都饿了。"他很小声,有气无力的样子,听起来像是真的饿坏了,有些可怜。

"饿了就自己去吃饭啊,和我说有什么用。"

连烬轻声"哦"了一声,又道:"那你出来呗,我们一起去吃饭。"

连煋也觉得饿了,看了眼站在她身边的邵淮,对着手机说:"行,你在大厅里等我吧。问一下商曜和乔纪年,看他俩要不要吃,要的话就大家一块儿去。"

"好，我问一下他们。"

挂了电话，连烬有种作怪的满足感，自己在连煋心中的地位和商曜他们是不一样的。他是连煋的家人，可以随时随地给连煋打电话，算是半个小东家。

连煋放下手机，又抱住邵淮："我们先去吃饭，回来再玩。"

邵淮横抱起她，朝卧室的方向走，把她放到床上，扯开她身上的浴袍，捏捏她腰间的肉："瘦了，真的瘦了很多。"

连煋无所谓地往后一躺，双臂舒服地伸展成"大"字，气息淡淡，无所谓道："肯定瘦了啊，我又不像你，天天在家睡大觉，我出海很苦的。"

"那为什么不带我一起去，我喜欢吃苦。"他俯身半压在她身上，吻在她的嘴角。

连煋摸了摸他白净的面颊，皮肤质感很好。邵淮确实是得天独厚的天生丽质，五官优越，剑眉星目，是连煋最喜欢的类型。哪怕是失忆后，她第一眼见到邵淮，都会被他的外形吸引。她摸着邵淮的脸，语言匮乏夸了一句："邵淮，你皮肤真好。"

"我下次想和你一起出海。"邵淮将话题拉回。

连煋搂住他的脖子，在他脸上咬了一口："我喜欢你，不想让你出去受苦。你看连烬和商曜，出去一趟都晒成那个样子了，我可不想让你变成那样。"

她凑到邵淮面前，让他看自己的脸："你看看我，我和乔纪年就算每天待在驾驶舱，也还是晒成这样。我不想让你变丑，我喜欢你永远这么帅，能明白我的意思吗？"

"所以，你只是喜欢我的外表？"

"这还不够吗？我这么忙，当然只能看外表啊。"她用手指在邵淮胸口画圈，"等我挣到大钱了，就有闲心来了解你的内在了。"

"其实我是个很无聊的人。"

邵淮反而无事伤秋了，他是个一板一眼的人，沉闷静穆，连煋要离开时，他也没法歇斯底里纠缠，只会在家等她回来，无趣又刻板。他向往轰轰烈烈的爱情，但又做不到大开大合地死缠烂打。

"无聊才好，无聊才能守得住家。"连煋捧住他的脸，又亲了一口。

邵淮吻在她的眉心，起身去打开行李箱，找出衣服，将内衣内裤都取出，放到床上，抬起她的腿，温柔地帮她穿。

连煜小腿抬起，脚顽劣地踩到他的脸上："小邵，你一点儿也不无聊，我喜欢你，很久之前就喜欢你。"

他很像个沉闷的家长，事无巨细地宠溺顽劣的孩子，握住连煜的脚，在她脚心按了按："什么时候开始喜欢的？"

"我忘记了，但我想应该是很早的时候。"

邵淮帮她穿好衣服，又找来袜子和鞋子，单膝跪在地板上帮她穿，仰面看她，突然笑了一声，柔声喊道："老婆。"

连煜被这个称呼逗笑了，又倒在床上，大笑出声："我不是你老婆，才不是。"

邵淮给她穿好鞋子，抽出湿纸巾擦过手，拉她起来抱在怀里："你就是我老婆。"

"但你不是我老公。"

"不管你在海上藏了多少花心思，但是到了陆地，我就是你唯一的老公。"

连煜又乐了，抬头咬在他的下巴："死鬼。"

两人来到大厅，乔纪年斜斜地靠在前台玩手机。

商曜和连烬坐在沙发上，肤色很黑，出海这些天操劳得太过了，细皮嫩肉被这么一摧残，比正常人都要沧桑疲惫，两人的气质和富丽堂皇的酒店格格不入。

看到连煜出来，乔纪年收起手机，走到她身边，眼尾懒懒掀起，瞟向坐在沙发上的商曜和连烬，嗔道："别让他俩跟我们一块儿去吃饭了吧，他俩那形象太差劲了，很容易被警察认成偷渡客。"

"哪有这么严重，走吧，我都要饿死了。"

连烬也站到连煜身边，他把胡子刮干净了，还是难掩疲惫和沧桑。

果不其然，如乔纪年所说，刚走到外面的马路，就有巡逻的警察过来查证件，针对性地只查了连烬和商曜。对于连煜、邵淮、乔纪年三人，警察则是笑脸相迎，把他们当成游客，并祝他们玩得愉快。

来到餐厅，店长又用怪异的目光来回扫视商曜和连烬，并询问他们是否是游客，不过也没为难，只是问了几句就走了。商曜摸不着头脑："为什么每次都只问我和连烬，我们两个看起来很穷吗？"

乔纪年拉开椅子坐下，跷起二郎腿："华裔的面孔在这里很容易区分的，来这里的华人，要么是来旅游，要么是做生意，都是体体面面的。"

乔纪年抬眉略略打量商曜和连烬："你们两人乍一看，就像是经历了千难万险偷渡来的，被查证件很正常。"

"有毛病，有那么夸张吗？"商曜拿出手机，打开摄像头照镜子。

连烬坐到里头靠窗的位置，默默从口袋里摸出一个口罩，慢条斯理地戴上。

连煜伸手把他的口罩扯开："别戴了，本来人家只以为你们是偷渡的，你把口罩一戴上，人家还以为你是不法分子呢。"

连烬摘下口罩，细细折好，又放回口袋。

次日，连煜让连烬带上她从岛上挖出的文件赶紧回国，才能向凌迅集团证明她的清白，她没有挪用凌迅集团的公款，也没有偷窃凌迅集团的船舶机密文件。

她当初拿走的钱和文件，都是经过盛祈玉签字同意的。商曜还想跟着连煜，也被她赶走了。她和乔纪年则是订了三天后前往挪威的机票，去取她的破冰船。

邵淮在菲律宾待了三天，一直陪着连煜。连煜以前也来过菲律宾，但没仔细玩过，趁着现在有点儿闲暇，她和邵淮、乔纪年结伴出去玩。

三人去了城区以南六十公里处的塔盖泰镇，这是个旅游小镇，有个火山口形成的小湖泊，还有一道急流瀑布，景色很不错。

她身边只剩下邵淮和乔纪年。

连煜想起她刚刚被灯山号捞上船时，那时候商曜和连烬都还没登船，她还是个小保洁，整天绞尽脑汁地挣钱，天天跟着邵淮和乔纪年混，想方设法地蹭吃蹭喝。

其实算起来，也才过了半年，连煜却觉得仿佛过了很久很久。三人站在湖边，连煜望向远处："当初在灯山号时，我们也这样一起看远处的风景，那时候我被你俩耍得团团转。"

乔纪年笑道："你要我们两个更多吧，我们那时候哪里知道你真失忆了。"

"别解释了,你们就是故意报复我。"

"我们要是真想报复你,早直接把你扔海里了。"乔纪年靠在栏杆上,慵懒地眯起眼睛,"你就算失忆了,也不忘骗人,今天和我告白,明天和邵淮告白的,就是玩我们的。"

连煜急了,反驳道:"哪里是玩,我那时候是真心诚意告白,那个时候如果你俩谁答应我了,我肯定和谁长长久久,我那时候多单纯,就想找个人一心一意过日子。"

"一心一意过日子……"乔纪年笑着,手指戳了戳她的肩头,"你会一心一意过日子?太阳从西边出来了。"

小镇上有露营服务,连煜想体验一把。这段时间游客不少,邵淮去问了一番,只买到一顶适合全家宿营的帐篷。连煜跃跃欲试:"咱们三个一起住呗,就一晚上而已,将就将就,好不容易有这样一次机会,不体验一番真是可惜了。"

乔纪年没意见,邵淮心里有意见,但嘴上没说。

这样的帐篷,三个成年人住着绰绰有余,乔纪年和邵淮谁都不想挨到谁,干脆让连煜躺中间,两人各躺一侧。

星空璀璨,星光如火,三人透过帐篷顶部的透明棚顶,静静看着满天星斗,从未觉得如此宁静。

短暂休息后,邵淮回国,连煜和乔纪年一起去挪威。

邵淮其实也不知晓连煜此行的目的,但没多问。他已经习惯了,这么多年来,连煜不管出海干什么,都很少会和他说清楚。只是这次,连煜说,等她回来,就会休息很长一段时间,或许可以抽空和他办个婚礼,他信了。

连煜带着乔纪年来到挪威的威恩斯造船厂。这里是挪威最好的造船厂,造船技术在全世界名列前茅。之前刚恢复记忆时,连煜就记得了造船厂的联系方式,并给工程师打过电话。

这艘破冰船是连煜三年前订购的,她失踪的这三年,一直躲在外头,也都和造船厂有联系,只是最近半年因为失忆了,才断了联系。

"连小姐,之前有段时间联系不上你,还以为你出事了呢。"总工程师是一位金发碧眼的白人女士,戴着眼镜,典型的技术人士装扮。

连煜握住她的手:"我之前出了一趟海,海上信号不好,非常抱歉。"

"没事,快来看看你的船吧,已经竣工了,随时可以下水。"

连煜和总工程师去看了船,这是一艘集探险和打捞为一体的工程作业性破冰船,总长六十多米,破冰船采用的纵向短横向宽的原理,船体最大宽度可达十八米。

看好了船,连煜跟着工程师来到办公室,重读了一遍当初的购船合同。

她还没来挪威之前,就陆续付了一些款,现在算来算去,还差二十六亿,她提前和连烬还有邵淮说好了,让他们帮忙筹钱。

这会儿,她打电话过去,让连烬和邵淮从他们公司的国际账户,分批次往挪威这边的造船公司打钱。

前后花了两天的时间,连煜终于把所有尾款都结清了。这条破冰船,也正式交付给连煜。工程师道:"给船取个正式的名字吧。"

连煜站在港口的大坝上,吹着海风,想了一整天,终于定下名字:"叫无足鸟号吧。"

她看向蹲在一旁的乔纪年:"你觉得怎么样,乔大副?"

"为什么要叫这个名字?"

"传说中无足鸟没有脚,只能在天上一直飞,我也想要一直飞,一直飞,飞到很远的地方。"

乔纪年站起来,伸了伸发麻的腿:"我和你一起飞。"

竹响和琳达也来挪威了,还带了一名轮机长和一名水手长,都是女的,都是外国人。国内几乎没有女水手,连女轮机员都很少会有。

她们四人算是连煜雇来出海的,连煜很大方,这次出海给她们一人开了五万美金,全部让邵淮帮忙弄正规的劳务合同,直接从邵淮的公司账户给她们打钱。

"你怎么这么有钱了,还有自己的船,还能开这么高的工资!你有出息了啊!"竹响拍着连煜的肩,想到以前连煜在灯山号时天天翻垃圾桶,又笑起来,"你可悠着点,别把钱花光了,以后又去当乞丐了。"

连煜装得阔绰:"我现在可有钱了。我早和你说了,我是要挣大钱的,你放心,这次出海回来,我再给你们每人十万美金。"

"可以可以,以后我就跟着你混了!"

乔纪年在一旁听着牙酸,连煜对小情人抠抠搜搜,送他们的礼物都是从垃圾桶里捡来的,偶尔送件衣服,也是几十块的地摊货,对自家男人苛刻得要命,对朋友倒是大方得很。

竹响对乔纪年的存在,不太满意,低声问连煜:"怎么还有个男人啊,不太方便吧。这种破冰船,我们五个人就够了,不需要个大副吧,大副、二副、三副的工作,我一个人担任都够了。"

"他是我的朋友,还得他帮我处理一些国内的事呢,带他一起去,没事的。"

"那行吧。"

无足鸟号从挪威出发,穿过巴伦支海,一路向东,来到东西伯利亚海后,在俄罗斯的一个补给港补给了一次物资,再继续北上。

北上航行了三天,他们就遇到冰层了。刚开始冰层还不到一米厚,可以采用连续式破冰方法,靠船头厚厚的锥形钢板和螺旋桨的力量,把冰层撞开压碎,可以每小时行进十公里。

如此过了两天,连续式破冰法不可行了,冰层越来越厚,只能换为冲撞法。

连煜自己上手掌舵,先把船倒退一段距离,再开足马力往冰层上撞,不断碾过去,把冰层碾碎,再后退,再继续撞击。

每撞一次,船体都跟着震动,竹响和琳达被来来回回的震荡弄得没法待,干脆穿着厚厚的羽绒服再套上防风服,下了船,在冰面上等着。

乔纪年也跟着下来了,站在竹响身边。

竹响问:"连煜到底来这里干吗?"

乔纪年耸耸肩:"谁知道她,听她说是来挣钱的。"

竹响:"这地方有钱?"

乔纪年:"可能吧。"

连续这么行进了五天,连煜终于停下。

她准备一个人冰潜下水看看,竹响道:"冰潜很危险的,你行不行?还是别下去了。"

"没事,我就下去看看,我记得的,以前我就在这里下过水,没事,我有经验呢。"

连煜穿上保暖内衣,再穿上专用的冰潜装备,很快下了水。竹响给她系好安全引导绳,担忧地道:"小心点儿啊,有什么不对劲就拉绳子,我们拉你上来。"

琳达过来给连煜检查隔层热水瓶。

冰潜最危险的情况就是呼吸器被冻结,一旦在水下呼吸器被冻住,后果不堪设想,所以下水需要带着热水瓶,如果遇上呼吸器冻住的情况,就要用热水来迅速解冻。

在几人不安的目光中,连煜还是选择下水。她记得,那座冰下金矿就在这片水域底下,她的妈妈,也许也在这里。

连煜下水后,每隔十分钟,就用力拉动安全引导绳,用专业冰潜的"绳语"和竹响保持联系。

她下潜速度很快,半个小时后,终于来到以前探索过的地方,尚未找到以前的金矿,却看到海底嵌着一些巨大的钢板,像是人为的建筑。

她缓缓进入,看到建筑的样式越发多,有基槽,有沉管。

连煜靠近一节两米高的沉管,不禁在心里嘀咕:"像是建造海底隧道才会用的东西。"

难道汪赏已经在开采金矿了?

连煜也不确定汪赏是否找到了金矿的位置,当初她找汪赏合作时,并没有把金矿的具体位置告诉汪赏,她唯一告诉的人,只有她妈妈连嘉宁。

连煜继续前进,看到了三个潜水员,他们在工作,手里拿着水下激光测量器不停地游动。

在这样的冰下,需要开着潜水灯才能前进,连煜一出现,那三名潜水员就看到了她。

他们并不惊讶,因为看不到脸,似乎把连煜当成了同行,只是对她打了个手势,并没有别的意思。

连煜稳住心神,逐渐靠近,想知道这些人在做什么。忽而,一双手拉住她,带她游到沉管另一侧。两人面对面,连煜盯着对方的潜水镜,透过镜片只能看到一双眼睛,那是一双和她一样的眼睛。

444

"妈妈！"连煜心脏狂跳。嘴上戴着呼吸器，她没办法喊话，只能在心里呐喊。她死死盯着镜片后方的眼睛，那是连嘉宁的眼睛，她母亲的眼睛，她永远都记得。

连嘉宁拿出一把潜水刀，割断连煜腰间系着的引导绳，握住她的手腕带她往上游，游动速度迅捷，如游鱼在水。

一直游动了十来分钟，至一处冰窟口，连嘉宁先跃至冰面，又回来伸手拉她。连煜握住母亲的手，另一只手撑住冰窟边沿，也迅速上来了。

一踩到冰面，连煜匆匆扯下潜水面罩，她死死握住面前女人的手，声音混杂着风雪，混沌而嘶哑："妈！"

连嘉宁也摘下面罩，五官立体漂亮，肤色因长年不见阳光而呈现出一种病态的白。她摘下手套，摸向连煜的脸，嘴唇轻微颤动："连煜。"

"妈妈……"连煜无法抑制地痛哭出声，眼眶又热又涨，一把抱住连嘉宁，哭得身子都在发抖。

连嘉宁轻抚她的肩："先别哭，先把装备卸下，妈妈带你去营地。"

"哪里的营地？"

"去了再告诉你。"

连嘉宁熟练地卸下自己的氧气瓶、腰坠等东西，再上手帮连煜也摘下潜水装备，没给她喘息的时间，拉着她就走。

皑冰千里，寒风凛冽，连煜牵着连嘉宁的手，握得死紧，不敢松开一丝。她心里有太多东西要问，连嘉宁为什么一直不联系她，这里的营地又是什么，水底下那些沉管又是在做什么，是为了开采当初那座冰下金矿吗？

她一直被连嘉宁拉着手。风刀雪剑中，茫茫四周白得耀眼，让她的眼睛刺痛。

很快，前方出现了几个人影，还有几辆小型履带式雪地车。很奇怪，这种雪地车外壳也是白色，只有轮胎和外层的履带是黑色，若是不注意看，不太能看到这几辆车。

连嘉宁松开连煜的手，快步朝前走去，低头和一个身穿厚重防风服的人说话，不知在说什么，窸窸窣窣说了好几分钟。连煜在一旁等着，她穿的是冰潜专用的干式潜水服，保暖效果很好，现在站在冰天雪地中，也不算太冷。

等了一会儿,连嘉宁拉开一辆雪地车的车门,朝连煜挥手:"元元,快上来!"

连煜拎起自己的潜水装备,跑了过去。

"上车,坐到副驾驶座。"连嘉宁接过她的氧气瓶和腰坠,丢到后座去。

连煜坐上副驾驶座,连嘉宁也坐到驾驶位,把车子开动起来。

连煜快速环视车子内部,车子的方向盘、仪表盘等都和平常车子不太一样,这种雪地车是全履带式的装备,驾驶器械偏向于坦克的装备。

"妈,你们在这里干什么,要采矿吗?"

"等到了营地我再和你说。"连嘉宁开动车子,目不转睛地盯着前方。

连煜先按捺住好奇心,有点小得意地和母亲炫耀:"妈,我这次来是开着自己的船来的,是一艘破冰船,是在挪威的造船厂造的,性能特别好,我给它取名叫作无足鸟号,这是一艘属于我自己的船。"

"我知道,从你们进入门捷列夫海岭时,我们就注意到你们了。"

连煜暗自惊讶,原来自己早在监视中,怪不得一路过来这么顺利。

"你们这里是谁组织起来的,是汪赏吗?"她问。

连嘉宁点头:"嗯,这里所有的设备和营地,都是汪赏的。我和你爸,也只是她的工作人员。"

"是为了采当年我发现的金矿?"连煜心里憋着一口气,又暗贬汪赏,那么大一座金矿,她居然想独吞,那么大年纪了,花得过来吗!

连嘉宁没有直面回答她的问题,而是道:"等回营地了,我再和你细说。"

"对了,妈,有卫星电话吧,借我一下。我给我朋友们报个平安,他们还在船上等我呢。"

连嘉宁很专注地开车:"等回营地了再打吧。"

车子开了有半个小时,在一艘巨船前停了下来。

这艘巨船,就是连嘉宁所说的营地。

船体和灯山号差不多大,长度超过了三百米,外部是绵延白色,起到很好的隐藏效果。

远远看过去,这艘白色巨船完全和周围的茫茫雪地混为一体,不仔细看,根本分辨不出。

连嘉宁领她顺着舷梯上船,一路上都没遇到什么人,一直来到第四层甲板,连嘉宁用房卡刷开门:"进去吧,里面有暖气。"

连煜走进去,房间里暖烘烘的,格局是常见的大型船舶舱房。一张双人床,一个衣柜,还有两个柜子,一张小沙发,一张桌子,就是房内的全部家具。

连嘉宁打开衣柜,找出一套衣服:"元元,你穿妈妈的衣服吧,应该合适的。"

"好。"连煜接过母亲递来的毛衣和加绒毛呢裤。

母女俩各自脱掉身上的潜水服,换上了常服,这才感觉身子轻松了不少。

连煜坐在地毯上穿袜子。连嘉宁找来毛巾,像小时候一样托住她的后脑:"脸抬起来,给你擦一擦。"

连煜闭上眼睛,任由母亲帮她擦脸。

她童年在村里长大,总是玩得脏兮兮的,姥姥也来不及给她洗,连嘉宁每次出海回来,都会接上一大盆热水,把她里里外外洗得干干净净,再给她换上新衣服。

给她擦好脸,连嘉宁将毛巾放到卫生间,才又回来:"你饿了没,给你弄点吃的。"

连煜把她拉到自己身边:"妈,你快跟我说这是怎么回事,我都要急死了。"

连嘉宁沉默了良久,才缓缓道:"元元,你不该来这里的。"

"是不是汪赏让你们在这里帮她采矿?"连煜摇着连嘉宁的胳膊,眼睛又红了,"妈,我们不采矿了,那金矿我们不要了,都给汪赏吧,我们回家。"

"不是金矿那么简单,汪赏有一个很远大的计划,我们阻止不了她。"

"什么计划?"

连嘉宁又不答了,只是道:"你先在这里住一段时间,过后我找机会送你离开。你离开之后,再也不要来这里了,也不要出海了,妈妈希望你平平安安的。"

"我要你和我一起回去，我都和连烬说好了，我这次出海，就是来找爸妈的，我要带你们一起回去。"

连煋这么一说，连嘉宁才恍然想起连烬。

她对连烬其实没什么太大的记忆点，她常年出海，回家的时间都是从指缝里挤出来的，挂念女儿的时间都不够，哪里还有闲心来在乎那个男孩，连烬又不是她亲生的。

在连嘉宁的印象中，连烬是个温顺乖巧的孩子，怯生生的，不太敢看人。几年过去了，她甚至对连烬的面容都模糊了。

现在连煋提起他，连嘉宁也顺着话问："连烬在家怎么样了？对了，还有你姥姥呢，她身体怎么样？"

"好，一切都好。姥姥很好，身体都很好。连烬现在懂事了不少，会做生意了，我那艘船，他还出了不少钱呢。"

"那就好。"

母女俩正聊着，外头敲门声响起。连嘉宁去开门，进来一个和她差不多年纪的女人，看起来四十多岁。

"连煋终于到了啊，等你好久了。"女人笑着走进来，面相慈爱，声线也很温柔。

连嘉宁给连煋介绍："元元，这是汪恩旗阿姨，汪奶奶的女儿。你叫她'汪小姨'就行。"

"汪小姨好。"连煋站在母亲身边，乖乖地打招呼叫人。

她疑惑地偷偷打量着汪恩旗，从来没听说过汪赏还有这么一个女儿。

汪赏是江州市海运协会的会长，大家只知道，汪赏的丈夫和一对儿女早些年在一次海难中去世了，从那之后她一直独身，从未听闻她还有这么一个女儿。

汪恩旗也在端详连煋。

看了片刻，汪恩旗移开目光，笑着对连嘉宁道："我妈以前就说元元是个有天赋的航海者，如今看来真是不错，居然自己开破冰船找到这里来了，厉害。"

她笑出浅浅的笑纹："她这一来，我们基地又多了一个人才啊。别瞒着她了，好好和她说清楚，反正以后都留在这里了。"

连嘉宁的脸色微不可察地黯淡下去,只是点了点头。

汪恩旗只是来看一看连煜,看完就走了。

她走后,连煜更是摸不着头脑,迫不及待地问母亲:"妈,到底怎么回事,你快和我说吧,我都急死了。"

连嘉宁走到书桌前,展开一幅海下地形图,上面画了很多沉管,这些沉管相互连接,很像是海底隧道。

连嘉宁对汪赏的计划只是轻描淡写。

"汪赏觉得,再过二十年,全球气候恶化,冰川融化,海平面上升,到时候北极的海底是最好的居住环境,她要在这里建造一个海底避难所,万一灾难来临,她就能掌控顶端的资源。"

连煜眼睛睁大。她觉得自己要来北极开采金矿,已经很大胆了,没想到汪赏做的事更加匪夷所思。

"妈,你也加入汪赏的计划了?你也相信她的预言?"连煜稍微缓了缓,尽量压抑情绪波动,皱眉问道。

"我只是觉得海洋有很多地方需要探索。"连嘉宁把连煜垂落的发丝拢到脑后,"连煜,还记得当年妈妈和你说的吗?海洋才是最神秘的地方。"

连嘉宁语气很平静,并不强求连煜的认同,只是在阐述自己的观点。

"人类至今只探索了海洋的百分之五左右,剩下的百分之九十对人类来说都是未知。人类对海洋的认知,甚至比对太空还要陌生。"

"人类建立了太空站,发射了无数人造卫星,但对于海洋,却是陌生的,如今能够下到万米深海的潜水器屈指可数。"她看着连煜的眼睛,淡声道,"海洋比任何东西,比太空都更加神秘。"

"我也喜欢海,我也觉得很神秘,但是要在这里建立一个避难所,这也太夸张了。"连煜可以理解母亲想要探索海洋的欲望,但理解不了汪赏要建立一个海底避难所,这个世界真疯狂,像个巨大的精神病院。

"每一件事情的起初,在外人看来都很夸张。"

连嘉宁把手放在连煜的肩头:"连煜,妈妈无法离开这个深渊了。"

"那我的金矿呢?汪赏开采了没?"连煜是个俗人,什么海底避难所,对她来说太不切实际了,她最在乎的还是自己的金矿。

连嘉宁说:"还没开采。汪赏的计划是等沉管都安装完毕,再通过沉管运输设备来开采,开采金矿只是为了补充资金,汪赏的目的不在金矿上,她是想要建海底避难所。"

连煜估摸着,汪赏现在都六十多岁了,这老太太还能活到避难所建成的那天吗?

"对了,妈,让我打个电话吧。我要和朋友们报平安呢,他们现在肯定急死了。"连煜回过神,一拍脑袋,着急地说。

连嘉宁却不给她手机,而是说:"汪恩旗那边会处理的,你不用管。"

破冰船上。

连煜下水冰潜后,竹响、琳达、乔纪年都围在冰洞前等待。等着等着,竹响发觉引导绳那头没回应了。

她心口一紧,赶紧往回拉绳子,绳子那头轻飘飘的,毫无力度。

几分钟后,她这么拉着,将整根引导绳全部收回冰面。

她低头细看,绳子那头被切断了,切口整齐,像是被极为锋利的刀刃直接切断的。

竹响拎起孤零零的绳头,霎时慌了:"不好,连煜肯定出事了!"

乔纪年抓住绳子,瞳孔收缩,将绳子扔在地上:"我下去找她!"

竹响也头大了,不管是乔纪年,还是她和琳达,还是船上的水手长和轮机长,大家会潜水,但并没有冰潜经验。冰潜过于危险,没有受过专业训练就下水,等于找死。乔纪年跑到船上,拎了一套装备出来:"我下去看看。"

"你能不能行?"

"不行也得试试。"他套上干式潜水服,利落地穿戴装备。

竹响帮他系上安全引导绳,为了防止意外,系了两根:"发现不对了就上来,不然跟葫芦娃救爷爷一样,一个接一个掉坑里,那更得不偿失!"

"我知道。"

乔纪年穿戴好装备,跳下了水。

他刚一跳下去不到五分钟,竹响又发现不对,脚下厚度超过五米的冰层出现了裂缝,裂缝还在以诡异的速度蔓延。

"抓住绳子,先跑船上去!"竹响对琳达喊道。

刚喊完,一声巨响传来,整个冰面坍塌,竹响和琳达也一同栽在水里。

竹响紧紧握住引导绳不放。这是乔纪年的救命绳,一旦放开了,乔纪年很有可能和连煜一样,再也回不来了。

她用牙齿咬住引导绳,在冰水中扒掉自己的羽绒服,以减轻重量,之后往船的方向游。

冰川还在塌陷,隐隐约约有火药的味道,但硝烟味又很快被寒气凝住。

船上的水手长和轮机长也出来了,看到竹响和琳达在冰水里挣扎,连忙丢下救生圈和绳子。

竹响速度很快,抓住救生圈,在一片兵荒马乱中游到船侧的舷梯,牙齿依旧咬住乔纪年的引导绳,顺着舷梯爬到甲板上。

"乔纪年下水了,快拉绳子!"她喊道。

这时,琳达也扒着救生圈,上到了甲板。

几人一块儿拉住引导绳。还好,绳子那头分量不轻,看来还系在乔纪年身上。冰川如沙堆坍塌一般,来势汹汹,撼天震地,几人硬生生把乔纪年拽上来了。

拉上来时,乔纪年头部出血,昏迷不醒,应该是被塌陷的冰层撞到了。

远处冰川还在往下塌,竹响看得心惊胆战,对琳达道:"你带他去处理伤口,我去开船,不能待在这里了!"

轮机长往轮机室去启动设备,水手长和竹响一起前往驾驶舱开船。

剧烈的冰川坍塌让船体跟着摇晃,浪花一排排涌向甲板,琳达一个人把昏迷的乔纪年往船舱里拖。

船往后倒退,顺着他们之前破出的水道后退。

受到前面冰层塌陷的影响,后方的冰层也跟着裂成大小不一的块状,随着水流移动,不停撞在船体,整个场面恍如天崩地裂。

竹响把船速提到最高,在一片惊天动地中往回开。

开了一个小时,周围的响动才消停了不少。

琳达也来到驾驶舱,问道:"我们现在要去哪里,往回走,还是?"

"连煜啊,连煜也不知道在哪里!"竹响急得如热锅上的蚂蚁。

琳达想了想:"先把船停下,等那边的冰川平静了,我们再去找她。"

竹响看了眼腕表,心神不宁。从连煜刚开始下水到现在,已经两个多小时了，就算不出意外，氧气也不够用了。

乔纪年也没有真正昏迷，他头被砸到了，浑浑噩噩睁不开眼，但一直能听到竹响她们的声音，这会儿醒了，他捂住头，踉跄着走到驾驶舱。

"你怎么样了？"竹响走过来问。

"连煜呢？"

竹响双眸垂下："我也不知道。"

时差的原因，国内正是夜间，邵淮还在书房工作，忽然觉得心脏猛烈刺痛，没来由地心慌，额间冒了一层冷汗。

他拿起卫星手机给连煜打电话，打了好几次，能够拨通，说明有信号，但一直无人接听。

一直打了五次，对方才接起，是乔纪年嗓音不稳的声音："喂，邵淮。"

"连煜呢？"

乔纪年咽了咽口水："连煜她，找不到了……"

第二十章
北极死里逃生路

邵淮毫无头绪,手机那头传来轻微的沙响,一声一响都叫他如坐针毡。

"什么叫不见了?"

乔纪年断断续续地说:"她下水了,引导绳断了,然后又遇到了冰层坍塌,我们现在暂时和她失联了。"

"你们还在北极圈内?"

"是的。"

邵淮眼里的沉郁凝滞不散,忽然间头重脚轻:"我现在去找你们。"

乔纪年透过前方的玻璃,看向外面无边无际的冰面,绵延千里,耀眼的白色让人视疲劳。

他定了定神色才道:"你来了也没用。而且这地方一般船没法航行,得破冰船才能进来,你现在也找不到合适的破冰船来这里。"

和乔纪年挂了电话,邵淮盯着办公室的门看了许久,黑褐色木门有种诡异的压迫感,仿佛把他和外面的世界隔成两道鸿沟,也把他和连煋隔开了。

实际上也是如此,他很难和连煋真正站在同一片土地,也很难和她漂在同一片海域。

她总是这样来无影去无踪,没人能跟得上她。

四面平静下来了,万籁俱寂,寒气在冰面上呼啸,像冰冷的铁片。

驾驶舱里寂若无人,只有各个表盘设备运行的滴答声响。

竹响站在电子海图前,屏幕斑驳的红绿光影投在她的脸上,她看了片刻,又看向天气预测的数据。

"该走了,回原地,去找连煋。"竹响道。她精气神衰减了大半,说起话来格外哀伤。

乔纪年走到驾驶台的手动舵前,调整设备,准备倒船。

无足鸟号再次出发,顺着之前破凿出来的水道继续前进,走了不到半个小时,便遇阻无法再前行。

之前的冰川塌陷,不仅仅是冰川表层裂开,还有一处绵延数十公里的冰架崩解了。

冰架的厚度超过三十米,现在分崩离析,整个冰面被塌陷的冰架堆积着,平均厚度超过了五米,有些冰块堆积高度甚至超过十米。

连煋这艘破冰船,可以直接破开的冰层最大厚度是三米。

面对三米以上的冰层,只能先用船体自身重量来挤压冰块,再用船舷边板切割冰块,实在不行的话,还需要再用冰锤,或者爆破器来辅助破冰。

目前的冰层情况,直接破开已绝无可能,只能慢慢开船挤压冰层,再靠船舷边板来切割冰块。

但这样的速度太慢,一天下来,能不能前进十公里都是个问题。

如果慢慢这样破冰前进,说不定等找到连煋,人都硬了。

"我下去找她。"乔纪年穿好衣服,背上装备就要下船。

竹响挠挠头:"我和你一起去。"

"好。"

两人穿戴整齐,就准备下船。临走前,琳达拉住竹响:"遇到事情不要冒险,情况不对了,就放信号弹,我们去救你们。"

"知道了,我比连煋靠谱多了,不用担心。"

竹响和乔纪年离开破冰船,背上厚重行囊,进入冰天冻地中。

两人在冰面上走了一个多小时,按着指北针行进,兜兜转转,总算是来到了连煋之前下水的地方。

之前他们凿除的冰窟,因为冰川塌陷,已经被其他冰块给堵住了。

现在要下水的话,得重新凿开口子,这得花费不少时间。

竹响道:"先别下水了,我们往四周找找,说不定连煜自己上了岸,在别处等我们呢。"

乔纪年颔首答应,也只能这么办了。

如果连煜一直在水里,按这个时长,氧气瓶的氧气早就耗尽了,她那么聪明,肯定是已经跑到岸上了。

连煜一直在连嘉宁房间里,她火急火燎想要给竹响打电话报平安,连嘉宁却不给她手机,遮遮掩掩找借口,说营地的信号基站坏了,暂时打不了电话。

连煜又说想要先开车回去,徒步回去也行,起码要让朋友们知道自己还活着。

连嘉宁道:"这个你不用担心。我们这里有科考员,他们已经去给你的朋友们送信了,会帮你报平安的。"

连煜暂时相信母亲,悬着的心安定稍许。

营地不让她乱走动,她只能待在房间。

晚上,父亲赵源也回来了。

赵源没多大变化,人高马大,五官立体深邃,一张挺不错的脸,但眼神却总是显得憨厚老实。

他一进门,见到连煜,喜溢眉梢,大步上前抱住她。

"哎呀,爸爸的乖元元,爸想死你了!"他捧住连煜的脸,隔着连煜黑色毛线帽亲在她的脑袋上,"好元元,你居然找到爸妈了,我的乖女儿。"

赵源是个挺感性的人,两句话下来,眼眶润湿,豆大的眼泪下,拉着连煜到沙发上坐下:"元元,你怎么找到这里来的?我还在水下呢,你妈叫人通知我,说你来了,我就赶紧跑回来了!"

"我自己开船来的。爸,我好想你们。"

赵源揉揉连煜的头,重重叹息:"爸也想你,这些年老想回去看你和连烬,但……唉,不说了,到底建什么海底避难所,我看就是纯扯淡。"

"你们为什么不回去,为什么也不和我联系呢?我很想你们。"

赵源两手摊开,无可奈何的模样:"当初签了个什么保密协议,我以为是国家的秘密工程,干了两三年才发现,这就是汪赏自己弄起来的项目。"

"对了,你妈和你说这里的情况了没?"赵源又问连煜。

连煜:"就说了汪赏在建造海底避难所,具体的没说。"

赵源似乎很着急,又问:"那你妈说没说,汪恩旗让不让你回去?"

"妈说会找时间送我回去,我也不知道怎么回事。"

正说着话,连嘉宁从外头进来了,还带来了盒饭,把盒饭放到小茶几上:"元元,你先吃饭。"

"妈,科考员找到我朋友们了吗?他们怎么样了?"

连嘉宁:"找到了,他们都在船上,没事,科考员也都和他们说你就在营地,不用担心。"

连煜还想再问更多的内幕,但连嘉宁不太愿意说,让她先休息,明天带她去营地转转,再和她说具体情况。

当天晚上,连煜和母亲一起睡在房内的双人床上,父亲在地毯上铺了地铺,睡在地上。

这里条件还算可以,屋里的暖气很足,二十四小时都开着,连煜躺在床上,抱着母亲的胳膊,不知不觉地睡了过去。

次日,她醒来时,赵源早就起来了,地铺折叠整齐堆在一旁,还去底层甲板的食堂带了早点上来给她。

连煜吃过早点,跟着父母一起坐雪地车出发。

他们来到另外一个营地,这里同样停了一艘巨船,是货船的船型,上面陈列各种各样机械装备,起吊机、打捞组合设备,甚至还有一台盾构机。

在船后方的冰面上,堆了数十根巨大的沉管,这些沉管由混凝土制成,一根七八米长,直径在三米多,昨天连煜在水底下见到的就是这样的沉管。

对于这种类型的沉管,她只知道是海底隧道的基础材料,在海底疏浚好基槽,再把沉管一节节沉放入海底基槽,之后连接起来就能形成海底隧道。

连煜至今只见过一条海底隧道,英法海底隧道,那条隧道在海底的长度三十九公里,横跨了英吉利海峡。

"这些沉管就是用来建立避难所的?"连煜问母亲。

连嘉宁:"嗯。海底基槽已经基本疏通好了,等下个月就可以正式把所有的沉管都沉下去。"

"你们是在哪里造的这些沉管?"连煜左顾右盼。

赵源笑了起来:"傻闺女,这里这么冷,水泥都没法搅,怎么造沉管?沉管是在加拿大的工厂造的,造好之后再运来这里,汪会长在加拿大有自己的工厂。"

连煜坐立不安地和父母在营地里待了三天。

这期间,她不断被汪恩旗叫去办公室。

汪恩旗和颜悦色地和她谈,畅想避难所建成后的辉煌,说要让连煜留在这里,共同完成这个伟大的计划。

连煜迷迷糊糊听了三天,终于意识到,自己被软禁了。不仅是她,她的父母估计也是迫不得已留在这里。

这里是北极,而且只有一个特殊的信号基站,基站权限由汪恩旗控制,只有她开通了信号线路的权限,大家才能打电话。

在这样地球北端的无人区,到处是冰川,不戴墨镜走上一天就会得雪盲症,眼睛估计就瞎了。在这里,如果想偷偷离开营地,只有死路一条。

"我不想留在这里。"连煜道。

汪恩旗:"你自己来的,又说不想留下?"

"我是来找我爸妈,还有金矿,不是来和你们建立海底隧道的。"

汪恩旗:"对呀。你是来找你的金矿的,你的金矿都还没开采,你现在就想走?我让你留下,就是想把开采金矿的项目交给你,这里有设备,还有人力,不是正合你的心意吗?"

连煜才不傻,她要是把金矿开采出来,肯定被汪赏和汪恩旗这母女俩拿去当避难所的资金了,哪里还轮得到她尝甜头。

"我不要金矿了,留给汪奶奶吧,就当我孝敬她的。"连煜站了起来,"你让我和我爸妈回去吧,我们绝对不说出去。"

汪恩旗笑了:"你还挺天真。"

连煜在房里来回踱步,她是真出不去了,夜里偷偷问连嘉宁:"妈,我们该不会一辈子都要被汪赏困在这里吧?"

"妈妈也在想办法出去。你先不要着急,先听汪恩旗的,不要轻举妄动。"

"妈,你有办法的,对吗?"连煜在黑暗中盯着连嘉宁的眼睛。

睡在地铺的赵源默默听母女俩的谈话,探出头来,小声问:"老婆,你有办法的,对吗?"

父女俩满脸期盼,将逃出这里的希望,寄托在连嘉宁身上。

"嗯,我有办法。"连嘉宁缓声回答。

"老婆,我就知道你是最厉害的。"赵源笑声憨厚。

连煜听母亲的话,暂时稳住心神,沉住气来听从汪恩旗的指挥。

似乎一切早有预谋,汪恩旗早有打算要把开采金矿的重任交给连煜,现下便将声呐测绘仪扫描出的海底地形图给了连煜,其中包括那座冰下金矿的详细测绘图。

连煜拿着测绘数据图,心思并不在这上面,眼睛游移不定,透过钢化玻璃窗看外头的景况。

汪恩旗看穿她所想,屈指叩响桌面,拉回她的注意力:"不要总想着出去。你爸妈都在这里工作,你也跟着在这里,一家人都在,这不是很好吗?别东想西想的。"

"那你把我弟也给弄进来呗,我们一家人好团圆。"

汪恩旗笑道:"你以为什么阿猫阿狗都能来这里吗?连烬来这里了,能干什么?"

"那我来这里了,也不能干什么啊。"连煜有气无力地道。

"再也没有人比你更适合来这里的了。"

汪恩旗起身。她和她母亲汪赏很像,慈眉善目,但眯起眼来又显露别样的严厉,仿若一支杀伐果断的流矢冷箭。

汪恩旗往外走,走路时脊背绷直,像个训练有素的军人,戏谑道:"把金矿开采出来之前,你就别想着出去了。这里可是北极,乱跑的话,只有死路一条。"

"那开采金矿了,分我一半吗?"连煜气声弱了些,嘟囔着,"那金矿是我发现的。"

汪恩旗笑了笑,没回答她,抬步离开了。

接手了关于金矿开采的工作后,连煜也逐渐从母亲那里得知,来这里的人都是汪赏精挑细选的。

就连汪恩旗，也是汪赏为了这个避难所的计划，才挑选了优秀的精子生下的，为的就是让汪恩旗继承这个伟大的计划。

至于连煜自己，很早就被汪赏看中了。三年前，汪赏就想带连煜来北极，但被连嘉宁制止了。

没想到，时隔三年，连煜又自己来到了北极，这一切似乎都是冥冥中注定的。

连煜在营地待了一个月的时间，一直在参与金矿开采的事情。

金矿位于一座硕大无朋的冰架底下，冰架在水下的根部厚度超过一千五百米，绵延数十万平方公里，整个冰架图景倚天拔地，气吞山河，人站在如此庞然大物跟前，恍如蚍蜉撼树。

连煜和父母所在的这个营地，有八百来人，都是出色的航海者和各界科学研究人员。

大部分人都以为，这是各个国家之间合作的最高级别秘密项目，并不知，这是汪赏私人组织的计划。

暂时是出不去了，连煜也把心思放在开采金矿一事上。

她所在的采金分队，除了她，还有九人，六女三男，其中有一对母女，还有一对夫妻。

连煜观察到，营地里这些人，很多都是亲缘关系，父母带着孩子的情况不在少数，像是传承一般，父母和孩子都加入这个计划中。

连煜和采金分队开过几次会。

金矿位于冰架根部，按声呐测绘出的情况，没办法爆破，只能采用钻探的方式，先用探冰雷达不断测量数据，找到合适的钻探点了，再从水上往下钻探，一直进入冰架根部的金矿中。

连煜这一个月来，一直跟着采金分队忙碌测量的事，几乎每天都下水，连煜都怀疑，等金矿开采出来，拿到的钱够不够她治风湿呢。

她还是和父母住同一个房间，她和连嘉宁睡床上，赵源在地上打地铺。

汪恩旗说要给她安排一个房间，连煜拒绝了，说自己想和妈妈住在一起。

连煜和母亲躺在一起，连嘉宁道："竹响他们回去了。"

这话叫连煋背若芒刺,倏忽掀开被子坐起来。这一个月来,她见缝插针就问竹响的消息,连嘉宁总是有意无意避开这个话题,每次都说她先打听打听,就没了下文。

"他们回去了,回哪儿去了?这些日子他们一直在北极?"连煋一连串地问。

连嘉宁:"他们找了你一个月,估计是觉得没希望了,物资也耗尽,今天已经开船返航了。"

连煋垂下头,眼睑半合,眼里的光藏进黑睫中,不复再现。屋里顿时空寂下来,赵源沉睡的呼吸声都平缓了许多。

良久后,连煋才又问:"妈,根本就没有科考员去给竹响他们送信是不是?他们肯定以为我死了。"

连嘉宁轻轻搂着她,默认了。从连煋被她拉走之后,汪恩旗就没打算让竹响等人知道消息。

一个月前的冰川塌陷,是汪恩旗叫人炸出来的,不过是为了驱赶竹响他们。

本以为,竹响找不到连煋,最多两三天就会离开,没想到,他们坚持找了一个月,物资油干火尽了,才不得不离开。

连煋望着天花板,她又一次"消失"了。

她想起了竹响,竹响那么仗义,这次应该会极度愧疚。

她还记得下水时,竹响在冰窟口处拉着安全引导绳,信誓旦旦地对她说:"我会一直握着绳子,绝对不放开,你要是出事了,我拼了老命也把你捞上来。"

竹响和琳达,还有另外的水手长和轮机长,算是她雇来上船的,她答应她们任务结束了,再给她们每人十万美金,不知道还有没有机会给。

连煋辗转反侧睡不着,又想起了姥姥、尤舒和姜杳。

姥姥这段时间联系不上她,肯定要急死了。她都答应了姥姥,这次出海是要带爸妈回去,结果她自己也栽在这里了。

还有尤舒,她出发前和尤舒约定好,让尤舒报个培训班考取 GMDSS 操作证(航海无线电操作证),等她回来后,带尤舒上船,让尤舒担任船上的 GMDSS 操作员,也不知道尤舒有没有去报班。

还有姜杳,她答应姜杳要找到远鹰号,现在她又失踪了,姜杳应该对她失望透顶了。

迷迷糊糊地想着,连煜又想起邵淮,想起了乔纪年,想起了连烬和商曜,还有裴敬节。

这几个男人整日表现出一副情比金坚的模样,这次她又"死"了,不知道有没有人犯傻,给她殉情。

破冰船,无足鸟号上。

竹响和乔纪年肉眼可见地瘦了一大圈。

两人面颊凹陷,眼底乌青,像是经历了一场旷日持久的战役,眼里的光被消磨得一干二净,整个人被这里的风刀雪剑打上了烙印,疲惫感在一举一动中彰明较著。

一个月了,竹响和乔纪年几乎每天都下船去找连煜,根本找不到。茫白万里,风饕雪虐,要在这样的无人区找人,难如登天。

这里环境和天气捉摸不透,时不时就遇上冰塌,或是遇上数十米宽的冰裂,根本无法跨越。

竹响一行人都不是专业探险人员,若不是连煜主局,他们这辈子都不会到北极来,他们这样的寻常人,能够坚持在北极找连煜一个月,已经是体力和意志力的极限。

"不能再找了,得回去了,物资快要耗尽了。"琳达在轮机室检查了柴油余量,回到驾驶舱对竹响说道。

竹响没说什么,而是看向乔纪年,用眼神询问他的意思。

乔纪年缓慢起身,腿脚经过这段时间的折腾,麻木而僵直,走起路来像是被打了石膏。他站起来,透过前方的肯特窗,看了几分钟,才说道:"也只能先回去了。"

琳达低头调整航线,同时检查各个仪器的指示灯。

竹响脱下厚重的防风服,抱着保温杯坐在小马扎上,转头问乔纪年:"你说,连煜还有活路吗?"

"不知道。"

竹响:"你分析一下呗。"

乔纪年扭头看她:"我怎么分析?"

竹响皱眉:"你和她不是认识很久了吗?她失忆前你们就认识了吧,你应该比我还要了解她,我是她失忆后,才在灯山号上认识她的。"

"我也不了解她。"乔纪年眼皮沉重,他坐到一旁的躺椅上,闭上了眼睛。

竹响从口袋里掏出一枚硬币,捂在手心,掌沿抵着额头念叨:"是印花面说明连煜还活着,数字面说明连煜不在了。"

乔纪年又睁开眼,竖起耳朵听竹响的动静。

竹响将硬币抛入空中,又两只手接住,掌心捂着,徐徐打开,是数字面朝上。

"哎哟,我的天,连煜,你真的完蛋了!"

乔纪年的心跳跟着漏了一拍,有些喘不过气来。

竹响继续道:"三局两胜。"

她又连续抛了三次,其中两次都是数字面,乔纪年的脸色更难看了。

琳达道:"别弄这个了,影响心情。"

竹响也不听她的话,还在抛硬币,嘴里道:"五局三胜,再来再来!"

她抛了五次,四次数字面,一次印花面。

竹响搓了一把脸,又道:"人定胜天,七局四胜!"

她连续抛了七次,终于得到她想要的结果,四次印花面,三次数字面。竹响大笑道:"没事的,连煜没事的,她一定还活着。"

琳达调整好仪器,看向竹响:"我们该走了。"

竹响找来两个大背包,前往物资舱,往包里装上压缩饼干、饮用水、牛肉罐头、医用压缩氧气、卫星手机、信号弹、定位仪、急救包、羽绒服和防风衣,外加一些杂七杂八的小东西,整个背包装得满满当当。

她背上其中一个背包,另一个给琳达背着,又拿了一面红色国旗,就往外走。

琳达和乔纪年也跟着她一起下船。

三人顺着舷梯下至外头的冰面,来到一处较高的冰坡。

乔纪年和琳达拿着冰锤,在冰面凿出一个小洞,将鲜艳的国旗插进去。寒风呼啸,赤色旗帜在风中翻飞,于茫茫白冰中格外瞩目。

竹响坐在冰面上，拿出两张卡片，握着笔在上头写字。
一张写着：

连煜，我们实在找不到你，物资也耗尽了，只能先走了，留的这些物资够你一个星期的量，如果你回来了就在这里等我们，我们会回来找你的，包里有手机，记得尝试给我们打电话。

——竹响

另一张写着：

陌生人，如果你们捡到了这个背包，请记得有个叫连煜的人在这里失踪了，她现在迫切需要你们的搜救。有条件的话，希望你们能帮忙找一找她的踪迹，请随时联系我。电话：1349××××××。

——竹响

竹响留给陌生人的这张卡片，还附加了一份英文版本。
她将两张卡片放入背包中，拉好拉链，背包外层裹上三层防水袋。
他们将两个物资包用绳子拴在旗杆底部，希望连煜如果还活着，能够看到这面旗子。
做好这一切，三人围着旗杆站了一会儿，这才离开。
水手长和轮机长在船上等着他们，见他们回来了，问："要走了吗？"
竹响颔首："嗯，先回去。"
一片凛凛寒意中，利风若冷箭四处流窜，无足鸟号开始返航，顺着之前破出的水道，慢慢往后退。
花了三天的时间，这艘破冰船总算是离开冰区了，进入正常水流的海域后，船速也跟着快了起来，朝着俄罗斯的科拉半岛航行。

邵淮和连烬早已在科拉半岛的摩尔曼斯克港口等待，两人一直在等，相对无言。
一个月前，从乔纪年那里得知，连煜在北极冰潜时失踪了，两人就筹备出发了,断断续续和乔纪年联系着。乔纪年说他和竹响还在找连煜,情况不是很乐观。

他们也不是随时能联系得上乔纪年,平时在海上,卫星信号都不太稳定,更何况是在北极,打十次电话,有七八次差不多是无法接通。

连烬蹲在码头的堤坝上,四面寒风顺着海面涌来,在半空中汇集,冲上了岸上的万物。

摩尔曼斯克是俄罗斯在北冰洋沿岸最大的港口城市,摩尔曼斯克港口也是北极圈内最大的不冻港。

连烬被冷风刮得面颊通红,几夜没睡好了,眼底熬出了刺目的红血丝,他半抬起头,薄唇一张一合地问邵淮:"我姐怎么会又失踪了?"

"我也不知道。"邵淮淡声回话。

连烬拳头缓缓攥紧,骨节泛白。半晌,他又松开了手,继续问道:"你不是和我姐在谈恋爱吗?怎么她的下落,你总是不知道?"

邵淮双眸垂下,冷厉地扫了他一眼,似乎在用同样的情绪回应他:你不是她的弟弟吗?怎么她的下落,你也一问三不知?

两人一个站着,一个蹲着,从早到晚守候在港口。

连煜到底在哪里,两人都望向前方的海面。那是北边的方向,是北极的方向,是连煜远去的方向,她去了北极再也没回来。

两人在港口等了一个星期,终于等到乔纪年打来的电话。

乔纪年说,不出意外的话,他明天中午就能到摩尔曼斯克港口了。

邵淮问:"有连煜的消息了吗?"

"暂时没有。我们给她留了一些物资,如果她重返原地的话,那些物资够她坚持一个星期。"

邵淮:"你们找了一个月,都没有找到她的任何踪迹吗?"

乔纪年沉默以对。

第二天中午,正如乔纪年所约定的那样,他们开着连煜的无足鸟号破冰船来到了港口。船上只有五个人,乔纪年、竹响、琳达,以及水手长和轮机长。

几人皆是面色疲倦,经历了艰难险阻,总算是回到了港口。

"到底是怎么回事,我姐怎么会找不到了?"连烬跑上前,直直站到乔纪年面前问道。

"我也不知道怎么回事。"乔纪年嗓子很哑。这些日子,他外出去找连煋,每天都在冷风中大声呼唤,都把嗓子喊坏了。

几人都下了船,破冰船固定在泊位,水手长和轮机长上了岸,来到竹响跟前,低头跟她讲话,意思是这次合作到此结束,北极实在太危险,她俩都不打算再去了。

竹响拦住她们,好说歹说,想让她们留下。

北极之路确实危险重重,但这水手长和轮机长,好不容易跟她出去了一次,也算是有了一定经验,下次再去找连煋,还是让她们加入为好,若要再找合适的新人,恐怕没那么容易。

水手长和轮机长面露难色,显然不想再去。

竹响提高了佣金,说这次出去的话,每人二十万美金。

两人面色这才缓和了些,不过还是举棋不定,毕竟竹响只是给出了空头支票,嘴上说说而已,没有定金,显示不出诚意。

竹响往旁边看了看,跑到连烬面前:"你就是连煋的弟弟吧?"

"是的,竹响姐。"连烬得体地回话。

竹响指着水手长和轮机长:"她们两个是你姐姐请来的员工,工资还没付完,你先垫点钱,先给她们一人十万美金吧。"

她上下瞟着连烬:"怎么,这有困难吗?"

"没有,我马上安排转账。"

"行。"

连烬问了水手长和轮机长的账号后,往国内打了个电话,让国内的人从国际账户给这两人打了钱过来。

如此,水手长和轮机长才答应继续跟着无足鸟号去搜救连煋。

几人来到港口外面的一家餐馆。里面暖气很足,竹响几人的体温逐渐恢复过来。邵淮坐在乔纪年对面:"把情况具体说一说,到底是怎么一回事,她怎么会失踪?"

乔纪年一五一十地说出事情的来龙去脉。

"我们开来的那艘破冰船,是连煋以前在挪威的造船厂定制的,她说要开着破冰船去北极,说是那里的冰层底下有一座金矿,想要去找金矿。

"那天我们进入极地,连煋也不太确定金矿到底在哪里,她说要下水看看。我们凿出了一个冰窟窿,连煋穿着潜水服下水,本来她身上系着安全引导绳,过了一个小时后,绳子那端没了动静,我们将绳子拉上来,发现断了。

"我下水去找她,刚一下水,冰川就发生了塌陷。情况危急,我们只能先上船,把船往回开。等外头的冰川平静了,我们才又返回去找连煋,但找了一个月都没找到。"

邵淮和连烬眼神逐渐黯淡,这次的情况,和以往出入太大了。

以往连煋失踪,那都是她偷偷跑出去,而且她离开时,大家或多或少能够察觉到她想离开。

可这一次,似乎不是她要跑的,而是真的出意外了。

她花了那么大价钱弄来的破冰船,不可能就这样不要了。如果她想要像当年一样玩失踪的戏码,就不可能会把乔纪年带上。

种种细节都表明,这次是真的出大事了。

桌上几个人静悄悄的,餐馆人很少,门可罗雀,现在整个餐厅里就他们一桌的客人,他们安静下来了,整个餐馆也寂静若死灰。

大家心里都隐隐明白,在北极冰潜,失踪了一个月,这样的情况到底意味着什么。

"组织搜救队吧,继续找。"邵淮语调很平,听不出他话里的情绪。

要前往北极找一个人,这样的任务难如登天,愿意接这种任务的搜救队几乎没有。

邵淮和连煋这段时间,已经在尽力联系搜救人员,但没人愿意接这样的单子,一般的搜救队也没有能力执行这样的任务,要前往极地找一个人,太难了。

裴敬节也在国内尽力帮忙寻找搜救队,但花了大价钱,也没人愿意接。

还在国内的汪赏出面了,她说她会帮忙找连煋的。

有了汪赏的话,众人稍微放心了些。

可汪赏夸下了海口,却迟迟不见有所行动,邵淮打电话过去问。

汪赏道:"要去北极那样的地方找一个人,这难度有多大,你也应该清楚。不要催,慢慢等着,我这边正在联系最顶级的搜救队,很快就出发了。"

邵淮:"连煌的破冰船还能用,把搜救队叫过来,继续跟着这艘破冰船出发。"

汪赏:"我知道。这些事情我还不清楚吗?你们现在急也没用,那可是北极呀,你以为想去就能去的吗?"

邵淮等人在港口等了四五天,汪赏依旧没有行动。

打电话过去问,她还是用同样的话应付他,说她正在紧急联系搜救队,让他们不要着急,着急也没用。

最后,裴敬节也来到俄罗斯的摩尔曼斯克港口了。

他到的那天,竹响还以为是搜救队的人来了,撸起袖子就准备登船,想要起航去找连煌。

裴敬节道:"我没找到合适的搜救队,只是带着姜杏的打捞队来了。"

"打捞队啊……唉!"竹响重重地叹了一口气。姜杏的打捞团队是负责海上的打捞,连煌失踪的地方,冰川绵延千里,在那样的万里冰封之下,姜杏的打捞团队是隔行如隔山,哪有能力去找连煌。

"那现在到底怎么办呢,你们不是说要找搜救队过来吗?找了这么久都没找到,再这么下去,连煌都凉了!"竹响有些生气了,她本来是想补充好物资之后,就开着破冰船折返回去找连煌的。

是汪赏信誓旦旦地答应,要派搜救队过来跟着他们走,竹响这才在港口等着。

结果这么一等,都一个星期过去了,也没见到搜救队的影子!

连煌在北极失踪,如果她还活着,每一天都是煎熬的,这么拖下去,情况只会越来越糟。

邵淮再次给汪赏打电话:"汪会长,您联系的搜救队到底什么时候能到?"

"马上了。北极那个地方情况变幻莫测,各种搜救设备也不好筹备,你们先不要催,再等一两天吧。"

邵淮:"如果连煌还活着,她经不起这么等。"

汪赏在手机那头长吁短叹:"小邵,我说你们这是在折腾什么,你们心里应该也有答案了吧,又何必这么着急呢?如果说,连煌刚失踪一两天,那着急是应该的,毕竟还有生存的希望嘛。

"但这都过了一个月,她当时还是在冰潜过程中失踪的,引导绳都断了,之后又发生了冰川塌陷,过了这么长时间,在北极那种地方,你觉得还有搜救的必要吗?"

邵淮静静听着她的话,剑眉微敛,捕捉到了不对劲。

一直以来,都是他和汪赏在联系,他只和汪赏简单描述了过程,说是连烬去了北极,下水之后失踪了,之后又发生了冰川塌陷,接着乔纪年他们找了一个月都没找到她。

他和汪赏说的,就是这些。

他仔细回想了一番,他从没和汪赏提起过引导绳断了的事,汪赏又是怎么知道的?

"好的,汪会长,非常感谢您,还希望您继续帮我们联系搜救队。"

汪赏:"我都明白。"

邵淮挂断了电话,遥视远处的海面,浪花一阵阵卷上来。片刻后,他快步往回走,找到了还在避风屋的竹响,直接道:"竹响,我们现在出发。"

"现在就出发?搜救队过来了吗?"竹响猛地站起来。

"不等搜救队了,我们自己去找人。"邵淮道。

竹响这几日等搜救队等得夜不能寐,邵淮这么一说,她即刻打起精气神,站起来道:"好,现在就走!"

无足鸟号再次起航。这次的船员依旧是竹响几人,外加邵淮、连烬、裴敬节,以及这三人各自的助理,和当地新找的一名老水手。

他们从摩尔曼斯克港出发,一路朝北。越是北上气温越低,浓雾渐重,破冰船如航行于云雾之间,微茫如若空中楼阁。

整片空濛海面,只有他们这一艘船在孤独航行,船头一直开启的航向灯,成为这片冰冷海域中唯一的辉光。

邵淮站在最前面的甲板上,肩头落了一层蒙蒙水雾。他盯视前方,雾气很重,可视距离不到二十米,抬眼看去二十米开外的景况,就像被一层轻纱阻隔了一般。

他站了很久,乔纪年不知何时来到他身边,和他一同凝视前方。乔纪年发出轻微而疲惫的叹息:"也不知道连煌到底在哪里?"

"连煌之前有和你提及过,她和汪赏有过什么接触吗?"邵淮问。

乔纪年摇头:"没,她很少和我说这些,只说是这里有金矿,带我来发财。"

北极基地。

汪恩旗坐在办公室,双眸暗沉,随后给在国内的汪赏打了电话过去:"妈,邵淮他们已经出发了,现在估计已经过了门捷列夫海岭。"

"嗯,妈知道,注意盯着他们的动向。"

汪恩旗:"妈,你有把握吞并邵淮和裴敬节的公司吗?要不要我过去帮你?"

汪赏的语气保持从前的慈爱与柔和:"妈还没老,对付这几个年轻人绰绰有余。你记得提前做好准备,等我这边收购了邵家和裴家的公司,你也该将他们几个处理掉,下手干净点。"

汪恩旗:"妈,你就放心吧,这可是在北极,随便一点儿意外都能沉船,没人会怀疑。"

汪赏说了几句体己关照的话,又问起连煌的情况:"对了,连煌呢?她没动什么歪脑子吧?"

汪恩旗笑了笑:"没有,连煌就喜欢钱,我骗她签了个协议,说等金矿开采出来,分她一半,她现在乐呵呵地忙着开采的事情呢。"

汪赏在那头满意地点头,又叮嘱:"连煌算是个人才,你好好和她谈,让她心甘情愿地为我们做事。"

"我知道,她爸妈都在这里,她还能跑哪里去呢。"

连煌下水回来,回到房间。

爸妈都还没回来,她躺在床上掰着手指头算,距离她失踪已经过去整整四十天了,一个人消失在北极四十天,在外人眼中,几乎没了生还的可能。

她想离开这里了,想回去看姥姥,想开着自己的船环游世界,而不是一辈子被困在这里。

她迷迷糊糊睡着，后半夜，屋里发出轻微的响动。

连煜伸手按开了灯，看到爸妈穿着厚重的防风服进来，父亲背上背着一个灰褐色的背包。

"妈，你们去哪里了，怎么这么久才回来？"

连嘉宁脱掉外衣，坐到床边："元元，你吃过饭了吗？"

"吃过了。"连煜掀开被子坐起来，握住母亲冰冷的手，"妈，我不想待在这里了，我们什么时候可以离开？"

"马上就可以了。"连嘉宁看向赵源，示意他放下背包。

赵源将背包摘下，打开露出里面的东西，指北针、定位仪、海上求救信号弹、一把手枪和二十发子弹，以及一些急救用品和吃的。

"元元，明天晚上会有一艘船从这里离开，开往加拿大。妈妈帮你打点好了，会送你上船，你到加拿大之后，找一个叫林晴一的人，地址我都写好放在包里了，找到她之后，跟她说你叫连煜，她会保护你的。"

"我走了，那你们呢？我要和你们一起走。"连煜紧紧握着母亲的手不放。

"我和你爸暂时不能走，我们得帮你打掩护应付汪恩旗，为你争取时间。"连嘉宁摸了摸她的脸，"你让林晴一带你回国，回国了你再报警，把这个U盘交给警察，里面是营地里的资料。"说着，她将一个银色U盘放到连煜手里。

"如果我报了警，汪赏会被抓吗？"连煜又问。

其实她不太确定汪赏这个计划是否犯法，北极这个地方并没有领土所属权，属于公海，汪赏在这里建一个基地，到底违法没有，连煜也不明白。

连嘉宁点头："会的。这里的科学家有一部分是自愿来这里，有一部分是被软禁。而且这里有大量军火，汪赏已经涉及了违法交易军火，她和汪恩旗的罪证我都收集在U盘里了。"

"好，妈，那你等我，我出去之后一定带着警察来救你们。"连煜抱住了她。

赵源也握住连煜的手："闺女，这次就全靠你了。爸在这个地方待了四年多了，实在是待不下去了，再这么下去，人都要疯了。"

"爸，你就相信我吧，我这么聪明，肯定能顺利回来救你们。"

连嘉宁又给了连煜一部手机:"元元,这是竹响留给你的,他们走的时候给你留了一些物资。汪恩旗没让人动那些物资,今早上你爸悄悄去把里面的手机偷出来了。"

连嘉宁打开手机,点进相册,调出来一张照片:"这是竹响留给你的信,我给拍下来了。"

连煜接过手机看上面的图片,图片上是一张字迹清秀的卡片,确实是竹响的字迹。

上头写着:

连煜,我们实在找不到你,物资也耗尽了,只能先走了,留的这些物资够你一个星期的量,如果你回来了就在这里等我们,我们会回来找你的,包里有手机,记得尝试给我们打电话。

——竹响

"妈,那你知不知道竹响现在在哪里?"连煜又问。

连嘉宁:"我只知道他们返航了,好像是在俄罗斯的摩尔曼斯克港停留,具体的不太清楚,我有和汪恩旗打探过,汪恩旗也没和我透露。"

连煜:"嗯,只要他们没事就好。"

一家三口在宁静的夜幕中入睡,连煜睡得不安稳,昏昏沉沉不敢深眠,还在愁虑离开的事。

翌日入夜,晦暗穹顶被冻僵的云裹住,透不出半点儿光。

连煜穿着厚重的工作服,随爸妈来到营地外头的小码头。说是码头,不过在冰面凿开一个水道,让船只可以通行。

在雾灯之下,一艘不算大的破冰船停留在水面,船体中间的货舱放着不少混凝土沉管。

连嘉宁告诉连煜,这一批沉管尺寸不合适,需要运回加拿大回炉重造。

连嘉宁的计划是让连煜躲在沉管中,躲过检查,跟着船一起出去,等离开这片冰区再出来,她已经安排了一个接应人,到时候会把连煜从沉管里接到舱房去。

码头人影寂寥，只有一辆吊机在工作，所有人都穿着厚重的抗寒服，裹得严严实实，看不出真面目。

连嘉宁对这里的情况了然于心，带着连煜一路踏着昏暗，偷偷摸摸上了船，来到船体中央的货舱。

连嘉宁按着连煜的肩膀，让她进入沉管中，并将一个背包给她："连煜，等离开这里三个小时，宁凝就会来接你去舱房，你一直跟着她，就能到加拿大了。"

"她靠谱吗？不会有事吧？"

"她是妈妈的人，信得过。"

时间紧急，母女俩没空说太多告别的话。简单交代几句，连嘉宁就下船了。

对于船只从基地离开，汪恩旗管理严格，每一艘船离开，她都要亲自上船检查。

这次如旧。破冰船起航前，汪恩旗上了船，按照自己的一套流程开始检查，从首舷开始，轮机舱、驾驶舱、船员住区、厨房，每一个角落都认真检查。

最后检查货舱里的沉管时，她一根根看过去，拿着手电筒照进沉管内壁。

连嘉宁屏息凝神在船下等着，眼看即将检查到连煜藏匿的沉管时，喊道："恩旗，B2号的发电机出故障了，好像是漏油了，你去看看吧。"

汪恩旗握着手电筒往她这边跨过来，眼神锐利，并不因为连嘉宁的话而打乱节奏，淡声道："我检查完了再去。"

她继续走着，一根根沉管有条不紊地检查，来到了8号沉管。

连嘉宁心惊肉跳。连煜就藏在8号沉管，虽然放了一面挡板进行伪装，但汪恩旗向来心细如发，不知道能不能蒙混过去。

果不其然，汪恩旗发现了沉管里的挡板，她自己钻进沉管内，将挡板扯开，打着手电筒看过去，挡板那头空无一物。

汪恩旗提着挡板出来，丢给一旁的水手，嘱咐道："以后沉管里记得清理干净。"

"是。"

连嘉宁的视线随着汪恩旗移动，瞳孔发紧。直到汪恩旗下船了，她才躲到暗处用对讲机联系连煜。

这里卫星线路都被屏蔽，只有汪恩旗办公室才能打电话，连嘉宁只能用对讲机联系连煜。

她捂着嘴压声问道："元元，你没在8号沉管吗？"

连煜有点儿小得意："我现在躲在3号管呢，汪恩旗检查8号之前，我就偷偷溜到3号去了。"

"那就好，差点让她发现了。你辛苦一下，等三个小时后宁凝会来接你去舱房的。"

"没事，妈，你就放心吧。"

发动机的轰鸣声在寂夜中格外响亮，一切检查完毕，这艘破冰船就要离开营地，将会南下离开冰区，到达流动海域后，再进入正常的航线。

连煜在水泥管里等了三个小时，一束耀眼的光从管口照进来，连煜看过去，被亮光刺得眼睛疼，下意识地抬手挡住眼睛。

手电光移开了，照在管壁，宁凝晃了晃手电筒，冷声道："出来吧，我是宁凝，你妈让我来接你。"

连煜抱着背包，手忙脚乱地爬出来。

宁凝和连煜差不多大，她面相看起来比连煜成熟很多："跟在我身后，别乱走。"说完，她把手电筒关掉，四周昏暗了许多，只有桅杆的航向灯还在亮着。

宁凝步子很快，连煜几乎是小跑着才能跟上。

中途，她们遇上了船上的大副，大副尚未看过来时，宁凝一把将连煜推到通向轮机室的楼梯拐角，连煜摔得晕头转向。

大副朝宁凝走来，简单打过招呼，就离开了。

等大副走远，宁凝才跨步到连煜面前："走吧。"

连煜捂着被磕到的膝盖，揉了揉，抱紧背包跟上。

两人一路鬼鬼祟祟，总算是跟着宁凝来到住宿舱房。这里是宁凝的宿舍，一张单人床、一个衣柜、一张桌子，还有个独立卫浴，很简洁。

"从现在一直到加拿大，你只能待在我的宿舍。"宁凝道。

"好，谢谢你。"连煜放下背包，在屋里环视了一圈，"那我睡哪里？"

宁凝从床底下拉出一张折叠床,将折叠床展开,从衣柜里找出被子和毯子铺好:"你就睡这里。"

"好。"

连煜觉得宁凝不太好接触,也没敢和她说话。直到第二天晚上,连煜才试图缓和两人之间僵冷的气氛:"宁凝,你知道基地里在做什么吗?"

"不清楚,在开采新资源吧,听说是个国家级别的保密项目。"宁凝无所谓道。

连煜:"你就不好奇吗?"

宁凝躺在床上,姿势板正,仰躺着双手交叠合在腹部:"为什么要好奇?我只是个打工的,只要我的工资给得够,他们在干什么和我有什么关系。"

说到这个,宁凝似乎有点炫耀的意思,板正的身子总算是动了动,侧躺着看向连煜:"你猜我给汪赏运一趟货多少钱?"

"多少?"

"八万美元。"宁凝给她比了个"八"的手势。

连煜:"可以,你是怎么找到这份工作的?"

宁凝又改为仰躺:"你妈妈给我介绍的。"

连煜好奇地问:"你和我妈以前就认识吗?"

宁凝:"前几年跑船的时候认识的。"

第三天,连煜的卫星手机终于有了点信号。她尝试给竹响打电话,磕磕绊绊打了几次,总算是打通了。

竹响听到她的声音时,喜极而泣:"你到底去哪里了,我真的要吓死了!"

连煜赶忙嘱咐她:"我现在没事。情况很复杂,等我回去了再和你们说,你现在在哪里?"

竹响说话速度很快:"我们之前找了你一个月,找不到就回俄罗斯补充物资,现在又回来了,还是开你的船,我们现在过了门捷列夫海岭这儿。"

竹响:"尤舒和姜杳都来了,还有你的那几个小情人。尤舒是前天才来的,她说她有冰潜的经验,就一块儿来找你了。"

连煜赶紧交代:"我现在也在船上,好像也在门捷列夫海岭这块,你

474

们赶紧返航回去吧,不要去冰区,快回去。"

"好好好,我这就返航。"

连煜再次叮嘱:"先不要声张我还活着的事,免得消息泄露了,后面我会和你们解释的。"

"连煜,你到底在干什么啊,不会犯法吧?"竹响着急地问。

连煜:"不会的。你先帮我瞒着,别和邵淮他们说你联系上了我,快点返航,记住了啊。"

"我记住了。"

竹响挂了电话,便去调整航向,走了有半个小时,乔纪年发觉不对,才过来问她。

竹响应付道:"前方有冰山,我们绕道走。"

北极基地。

汪恩旗一直在注意无足鸟号破冰船,邵淮、裴敬节、连烬都在上面,她打算等这艘船进入冰区后再动手。

今日突然发觉不对劲,无足鸟号转航了,不再向北前进了。

她隐约预料到什么……

她打电话给汪赏:"妈,你那边怎么样了?邵淮他们返航了,不知道是不是准备要回去。"

汪赏:"他们的船在哪里?"

"在门捷列夫海岭附近。"

"邵氏集团的几个股东不愿让出股份,收购不太顺利。"汪赏坐在办公室,盯着屏幕上的电子航图,"你那里是不是有一艘船要回加拿大,这会儿也快到门捷列夫海岭了吧?"

"是的,是风铃号,运了一批尺寸不合适的沉管回去。"

汪赏犹豫了下,终于下了决心:"你现在带人抓紧时间去风铃号,截住邵淮和裴敬节,直接除掉吧。"

汪恩旗不确定道:"船上除了邵淮和裴敬节,还有其他人,好像是连煜的朋友,叫竹响,也要一起除掉吗?"

"邵淮和裴敬节是一定要除掉的。你把船弄沉,至于其他人能不能自己求生,就听天由命吧。"

"好,我明白了。"

离开办公室,汪恩旗下令准备船,她要出发。

同时,她打电话给风铃号的船长,让其先停船等她,她要用这艘船办点事情。

汪恩旗带着人先坐直升机来到另一处冰面码头,再坐上快艇前去追风铃号。

快艇的速度要比破冰船快得多,一天一夜的时间就追上了风铃号。

汪恩旗转移到船上,打开电子海图,还能看到无足鸟号的位置。

无足鸟号一直都是按照正常船舶流程航行,定位信息一直开着,只要在电子海图上输入其MMSI号,就能看到其位置信息。

晚上,宁凝回到宿舍,告诉了连煜一个消息:"汪恩旗来了,不知道是不是来找你的。"

"难道我暴露了?"

宁凝是想帮连嘉宁把连煜送出去,但也怕暴露了自己,眉间愁云不散,最后道:"为了以防万一,你先去沉管里藏着。"

"好。"

宁凝给连煜准备了不少吃的,悄悄送她到货舱的沉管内,临走前,犹豫片刻又走回来,似乎有话要说。

连煜看出她的思虑,率先道:"如果汪恩旗找到我了,我就说是我自己偷偷溜上船,不会把你供出来的。"

"那就好。"宁凝眉宇舒展,轻轻笑了笑。

在基地这几天,连嘉宁偶尔会穿着连煜的衣服出去,到了水下也都是穿潜水服,她冒充连煜干活儿,这么些天,汪恩旗都没发觉连煜不在基地。

汪恩旗自己掌舵,朝着无足鸟号开去。

连煜躲在水泥管中,她有一部海洋定位仪,能够看到自己所在的位置,逐渐发现,风铃号偏离航线了。

连煜心里在打鼓,总觉得汪恩旗在谋划什么。

又过了一天,两艘船终于遇上。

两艘都是破冰船,连煋的无足鸟号是集科考和打捞为一体的工程型破冰船,汪恩旗的风铃号则是以货运为主的加大版破冰船,比连煋的无足鸟号足足大了一倍。

乔纪年顺着肯特窗看向外面,清楚地看到一艘巨轮朝他们驶来。

"这地方居然有这么大的货船……"他嘀咕着。

他在电子海图和AIS跟踪仪的屏幕上反复查看,并没有看到前方那艘巨轮的任何定位信息。

竹响知道连煋还活着之后,轻松了很多,抱着面包一边啃,一边道:"你在干什么?"

"为什么看不到前面那艘船的定位信息?"

"这么奇怪?"竹响凑过来看。

姜杳匆匆从甲板上跑来,喊道:"前面那艘船好像是冲我们来的,快转舵!"

竹响丢下面包,慌忙将自动驾驶模式退出,改为手动掌舵,紧急调整航向。

乔纪年紧急按下鸣笛按钮,并操纵灯光仪表盘,用灯语发出信号,警告前方的巨轮不要再靠近了。

急促警笛声绕响在整个船舱中,邵淮、裴敬节、连烬也匆匆来到驾驶舱。

他们刚一来到,只听到轰隆巨响,整艘船剧烈晃动,大家一块儿栽倒在地。竹响顺着前方的玻璃看去,是那艘巨轮冲来,撞到无足鸟号的尾舷了。

"干吗撞我们,有病啊!"竹响骂道,尽力撑着身子掌舵。

风铃号和无足鸟号不是一个量级,风铃号再次进行猛烈撞击,无足鸟号几乎要侧翻。

连煋还藏在沉管内,这会儿因为船只晃荡,直接被甩出了水泥管,滚到了外面。

她扶着栏杆看过去,看到前方就是自己那艘无足鸟号,正被风铃号撞得恍若暴风雨中的一叶扁舟。

连煋跑进宁凝的宿舍,宁凝就在宿舍里,抱着救生衣躲在角落。连煋大声问:"汪恩旗为什么要撞前面那艘船啊?"

"不知道。反正说要撞沉,让我们待在宿舍里别出去。"宁凝艰难地从旁侧扯出一件救生衣丢给连煋，"你也在这里待着吧。"

"我待不住啊！她撞的是我的船！"连煋没办法冷静。

"你的船？"

连煋用力点头："前面那艘是我的船，我的朋友都在上面呢。"

宁凝坐在墙角，稳住身形："不知道你们在搞什么，但如果真出事了，告诉我一声行吗？我好逃命。"

连煋从背包里拿出一个对讲机给她："你拿着，我会和你联系的。"

连煋跑到外面的甲板，前方她下了血本买下的无足鸟号被撞得晃晃荡荡，她看到连烬和琳达出来了，但情况混乱，他们看不到她。

她朝下方汹涌的水面看去，这个时候根本不能跳水。

风铃号和无足鸟号都是破冰船，采用的是双螺旋结构的螺旋桨，桨面非常锋利，她如果跳水，只会被卷进螺旋桨中搅成肉泥。

风铃号还在不停地往无足鸟号上撞，水花四溅，浪涌滔天。

连煋背好背包，往轮机室跑去。因为船体晃动得太厉害，轮机室的机工都跑到宿舍准备逃生了，此刻轮机室一个人也没有。

连煋进入轮机室，关掉分油机的开关，找来一个工具包堵住涡轮增压器的管道，把鼓风机也给关闭。在她的操作下，很快，轮机室发出了故障警报，船舶首楼烟囱冒出了黑烟。

做好这一切，她找来铁链把轮机室的门锁上了，自己则是跑回宁凝的宿舍。

"快，我们去救生艇那里，轮机室马上就要着火了，我们得赶紧走！"

"着火，你弄的？"宁凝抱着救生衣起来。

"嗯，我弄的，我们快走吧！"

连煋和宁凝跑出宿舍，顺着紧急通道往底层的救生艇区域跑。她拿出手机给竹响打电话："竹响，你快开船跑，我把风铃号的轮机室弄着火了，你们快跑！"

"连煋？"对面是邵淮的声音。

"深情哥？"连煋又惊又喜，又即刻压住情绪，"邵淮，把我的话告诉竹响，你们快开船走！"

"连煋，你在哪里？"邵淮显现出前所未有的慌乱。

"我在风铃号上,就是正在撞你们的这艘船上。没时间解释了,你们快跑,我稍后去找你们!"连煜来不及多说,四周都是警报鸣笛声,浓烟开始在蔓延。

轮机室出现了重大故障,汪恩旗没法继续掌舵了,她正要去轮机室检查情况,冤家路窄,在通道里碰到连煜和宁凝。

汪恩旗举起手枪,拉动保险,歪头笑道:"连煜,你居然跑出来了。"

"你要抓我就抓,撞我的船干吗?"连煜质问道。

汪恩旗一步步走近,枪口抵住她的额头:"你现在去把邵淮和裴敬节给杀了,我就饶你和你爸妈一命。"

连煜捏着宁凝的手,掐得她掌心通红,强装镇定道:"杀就杀嘛,至于搞这么大阵仗吗?你把枪给我,我现在就去杀了那两个贱人。"

"你又在耍什么花招?"

话音刚落,只听一声巨响,四面的玻璃都炸开了,汪恩旗眼睛睁大,用枪砸在连煜头上:"轮机室着火了?"

"嗯,我弄的。"连煜道。

"船上有炸药,你找死!"汪恩旗踹开连煜,匆匆往救生艇的方向跑,她身后两个高大保镖也跟着她。

连煜和宁凝也一块儿跑。汪恩旗把救生艇放下,跳了上去,她转头又道:"用手铐把连煜锁船上。"

她看着连煜,笑了笑:"你不是很喜欢船吗?这艘风铃号送你了,你到地狱里也可以继续开船,祝你好运了。"

保镖摸出手铐,将连煜铐在栏杆上。

宁凝大气不敢出,赶紧和汪恩旗表忠心:"老板,我不认识连煜,我不知道她怎么上的船。"

汪恩旗不耐烦地道:"上来!"

宁凝跨过栏杆,悄悄往连煜手里塞了一根铁丝,而后跳到汪恩旗的救生艇上。

风铃号上的炸药全部炸了,船上装着大量柴油,整艘船燃起熊熊烈火,柴油流到水面,瞬间燃成一片火海。

汪恩旗几人上了救生艇,但没办法开出去,水面漂浮的油燃得剧烈,

479

他们只能回到船上找灭火器。

连煜用宁凝给的铁丝解开了手铐,匆匆往船头处跑,那里的火势小一些。

但仅仅只是小一些,狂风呼啸,火势越来越大,已经烧到了船头,连煜走投无路,顺着首舷观测台的金属桅杆爬上去,几乎要爬到顶部。

她往下看,火势猖狂,浓烟滚滚,海面漂浮的油正在燃烧,连煜第一次见到这样恐怖的火海,一时之间做了必死的准备。

穷途末路之际,连煜看到已经掉头要离开的无足鸟号,这个时候又回来了,冲进了火海。

竹响站在甲板,拿着喇叭对连煜大喊:"连煜,跳下来,跳到我们的船上!"

连煜往下看,她距离无足鸟号的甲板有将近五层楼高的距离,跳下去得摔个粉身碎骨,喊道:"我跳下去得死啊!"

"你跳下来,我们用渔网接住你,底下还垫着充气艇,没事的!"竹响继续喊。

连煜眯眼仔细看,看到邵淮、尤舒、姜杳、裴敬节四人拉着一个渔网,他们脚下分别垫着一米多高的油漆罐,将渔网撑在半空中,渔网底下还有两个充气艇。

连煜不太敢跳,渔网面积不大,她稍微一偏就可能摔得一命呜呼,再稍微偏一点儿,恐怕就落入底下的火海。而且她也不确定这个渔网能不能接得住她。

"连煜,跳啊。我做过消防员,这个角度正合适,你跳下来就是了!"竹响还在喊。

邵淮心都要提到嗓子眼,紧紧盯着桅杆上的连煜。

"你再不跳,我们的船也要起火了,快跳啊!"竹响又喊。

"那我跳了啊!"连煜大声回道,卷上来的浓烟已经熏得她眼睛酸痛。

她闭上眼,松开桅杆朝下跳,跳下的那一瞬间,听到竹响的声音飘在浓烟中:"连煜,你看准点再跳,我也不确定这个角度能不能接住你!"

尤舒拉着渔网,眼睛紧闭,看都不敢看,觉得竹响这个方法太可怕了。

忽而,一股剧烈的力道将渔网往下坠,尤舒心惊胆战地睁开眼,渔网被连煜跳落的力度砸到下方的充气艇上,连煜此刻就躺在渔网上一动不动。

邵淮几人连忙松开渔网,跳下油漆桶,跑到连煜面前:"连煜,你怎么样?"

连煜咳嗽一声,呛出一口血。

"连煜,还能听到我们说话吗,哪里疼?"乔纪年跪在她身侧,不敢触碰她。

"我咬到嘴巴了。"连煜张开嘴,露出被咬破的下唇。

"死不了吧?"竹响心急地问。

"应该死不了。"连煜咳嗽得很剧烈。

"我去开船。得快点离开,我们的船也要烧起来了!"竹响说完,丢下手中的喇叭,就往驾驶舱跑。

浓烟漫天,对面的风铃号火焰高涨。在无足鸟号上的几人,都被对面扑来的黑烟熏得呼吸困难。

连煜强撑起身子,从渔网上坐起,拉过背上的背包,扯开拉链,从里头找出对讲机,对宁凝进行呼叫:"宁凝,你在哪里?我是连煜!"

连煜向对面望去,破烂焦黑的风铃号被浓烟包裹着,也不知道宁凝和汪恩旗是否还活着。稍许,对讲机那头传出宁凝卡顿的声音:"连煜,是我,你救救我!"

"汪恩旗呢?"连煜又问。

"我不知道,她拿着灭火器到救生艇去了,我没来得及跟上她,火太大了,我现在跑到尾舱来了。"宁凝估计是呛了不少烟,说话时咳得很厉害。

"你等着,我去接你。"

连煜放下对讲机,抓住乔纪年的手:"把船掉头,拐到风铃号的尾舷,我的朋友在那里,去接她过来。"

"好。"乔纪年往驾驶舱跑去。

风铃号四周的海面上漂浮的柴油尚未燃尽,火势依旧蔓延。

连煜浑身都疼,不知道刚才摔下来时伤到了哪里,她也顾不上身上的痛感,匆忙吩咐邵淮几人,找出灭火器,尽量别让火烧到无足鸟号上。

竹响和乔纪年在船上相互配合,船体以极为冒险的角度掉转方向,横斜着靠近风铃号的尾舷。

黑烟笼罩中,他们看到一个穿着橘色工作服的女人蹲在栏杆边上。烟雾过重无法呼吸,宁凝找来潜水装备的氧气瓶和面罩,暂时靠氧气面罩维持呼吸。

"姐,那个是你朋友吗?"连烬问道。

"对,就是她!把搭桥伸过去。"连煋跑到吊机旁边,按下操纵杆,将伸缩式的搭桥伸到对面风铃号的栏杆上,"宁凝,快上来!"

宁凝丢掉氧气面罩,顺着搭桥爬去,很快来到无足鸟号上。

她衣服上有不少烧灼的痕迹,但看起来不是很严重,估计只是轻微的皮肉伤。她焦急地对连煋大喊:"快,快离开这里,船上有炸药,马上就要炸开了。"

连煋想要往驾驶舱跑,打算自己掌舵开船,刚一挪动步子,脚踝疼得厉害,踉跄之下摔在地上。连烬过来扶抱她,她催他道:"去告诉竹响,快离开这里。"

"好。"

宁凝扯起连煋的胳膊,拖她往船舱走:"所有人都去船舱躲着,船上炸药很多,全部炸起来冲击力太大了。"

邵淮把连煋背了起来,大伙儿一起往船舱跑。

竹响刚把船舶调入航道,冲出火海,离开也就不到十米的距离,只听到剧烈破空爆响,风铃号上火苗冲进了炸药舱,整艘船四分五裂,在火海中分崩离析,恍如解体的冰山。

冲击波气逾霄汉,荡海扫水而来,剧烈震响之下,无足鸟号猛烈摇晃,船舱四面的玻璃齐刷刷爆开,玻璃片飞溅若刀,一时之间整艘船内不管是驾驶舱、轮机室,还是锚链舱都是一片狼藉。

连煋最担心轮机室的锅炉会爆炸,她揉了揉钝痛的脚踝,强行站起来,对姜杳道:"我们去轮机室看看情况。"

轮机长也站起来,要和连煋一起过去。

邵淮和连烬也跟在连煋身边。

脚步如散落的豆点,滚滚落往轮机室的方向,连煋和姜杳率先进去,果真情况不妙,地上漏了不少油。

漏油情况不容小觑,万一起火了,整个机舱都有可能爆炸,连煋心里

482

担心,邵淮和连烬这两个外行人在这里,也帮不上忙,万一真爆炸了,反倒是白白受伤。

"邵淮,连烬,你们先出去,不要在这里。"她吩咐道。

连烬问:"姐,情况是不是很糟糕?"

"不是很坏,你们出去准备好灭火器,把水带接好在外面等着,万一起火了赶紧帮忙灭火。"

"好。"

邵淮和连烬一起出去了。

连煌又吩咐姜杳和轮机长:"轮机长,你去集控室检查电路板;姜杳,你检查主机的油泵和排气阀;我检查副机的锅炉和分油机。"

姜杳和轮机长点头,各自开始行动。

连煌先来到分油机边上,先关掉控制阀,从分离筒和电机轴开始一点点检查过去,额间热汗直下。

这个时候,船已经摇摇晃晃开出了火海。竹响用对讲机呼叫邵淮,让他进来问连煌情况如何。

邵淮让连烬拿着灭火器在舱门口等候,自己则是顺着直梯往下再次进入轮机室,找到了连煌:"连煌,竹响问,机舱情况如何,实在不行的话,就弃船逃生吧。"

连煌蹲在地上拧开齿轮箱的开关,双手都是机油:"舱里漏油了,还不知道是从哪里漏的,放心,我能修好。"

"要做什么,我帮你。"邵淮蹲下。

连煌咬着嘴唇,心里憋着一股气。按现在的局势,弃船逃生才是最安全的选择,可是她不想离开。无足鸟号是她的船,是第一艘属于她自己的船,她不想就这样丢弃。

她想把它修好,想开着它回港。

但她又不想让邵淮等人跟着她冒险,于是,她道:"你们放下救生艇先离开吧,我留在船上修船,等修好了你们再上来。"

"如果修不好呢?"

连煌红着眼睛,执拗地道:"一定能修好的,我可以修好。"

邵淮再次联系竹响,竹响的声音从对讲机传出:"连煌,再给你十分钟的时间，十分钟后如果还检查不出漏油的原因，我就要下船了。漏油太危险了，船会爆炸的。"

"好，就十分钟。"连煜对着对讲机喊道。

轮机长从集控室跑过来了，朝连煜汇报："主控台和配电板都没故障，警报系统的接线盒坏了，我刚换了个新的。"

"好，你去驾驶舱找竹响吧。"连煜道。

轮机长走后，姜杳也过来了，说是主机的油泵和排气阀都没问题。

连煜让姜杳和邵淮都离开轮机室，但他俩都没走，继续跟在连煜身边。

连煜拖着伤腿看了一圈，终于找到故障所在。原来是分油机的活动底盘脱落，导致排渣口和出水口都在溢油。

这个情况不算太糟糕，只要停机，停止进油，换掉活动底盘和重力盘就可以。

连煜用对讲机联系竹响，把情况说明，让她先把船停下。

这里水位过深，水深超过锚链的长度，靠抛锚来停船行不通，竹响只能先左满舵再右满舵。如此重复两次，靠舵机的角度变化来减速，之后停止发动机，才慢慢将船停下。

连煜把轮机舱的副机系统都停掉，到备用器械室找出新的重力盘和活动底盘。

她一个人没办法换，叫姜杳和邵淮都来帮她。竹响、乔纪年、轮机长也一起进来了，几人合力之下，将损坏的重力盘以及脱落的活动底盘都换了新的。

一系列维修结束，轮机室总算是恢复正常状态。

竹响和乔纪年又回到驾驶舱，继续把船开起来。

连煜来到外面的甲板，远远眺望。远处的风铃号依旧浓烟不减，但火势逐渐减弱了，她也不知道汪恩旗和那些手下究竟怎么样了。

她试图打电话告诉母亲这突如其来的情况，但电话打不通。

基地里信号都是屏蔽的，除非连嘉宁偷偷找机会给她打过来，否则她根本联系不上连嘉宁。

无足鸟号的情况也不算好，之前被风铃号撞击得太厉害，船侧的钢板裂开了，不停有水渗进来，另外，除了驾驶舱的玻璃，其余船舱的玻璃几乎全碎了，被炸药的冲击波给震碎的。

竹响、乔纪年、姜杳组织大家打扫船上的碎玻璃，同时将渗入舱内的水清理掉，再找东西堵住舷壁的裂口。

邵淮来到连煜身边，握住她的手，什么也没说，什么也没问。连煜身上的事情太多，再像以前一样追根问底已经没有必要。

过了片刻，他只是道："你身上有伤吗？"

连煜转过来看他："我左腿疼。"

邵淮蹲下身来，脱下她的鞋子，将她左腿裤脚往上撩。看到她脚踝处肿起来了，还有淤血，他摸了摸，往骨头上按："这样疼吗？"

"疼。"

"是刺痛，还是肿胀疼？"

"不是刺痛。"连煜道。

邵淮抱起她的脚，又按了几下，看她疼痛的反应，最后道："估计是扭伤，没伤到骨头，先敷点药，等回到港口了再去拍片。"

裴敬节也出来了，他靠在栏杆上看连煜，似笑非笑："连煜，你的生活每天都这么精彩吗？死里逃生的。"

"我又没钱，不得死里逃生赚点血汗钱啊。"

"你这是赚血汗钱吗？你这是刀口舔血，到处卖命吧？"裴敬节还在笑。

连煜："你多借我点钱，我就不用卖命了。"

裴敬节往她这边挪近了些："你哪次借钱我没给？"

"那你每次都磨磨叽叽的，还让我写欠条，看我家邵淮多利落，多大气，什么也不说就把钱给我了，哪里像你哦。"连煜抬起下巴，傲气地夸一贬一。

邵淮轻抿嘴唇，笑意不知不觉地荡漾。

裴敬节回道："是我小家子气了，我就不该来找你。"

"对呀，你就不该来，你们都不该来，又不会开船，来了净拖累我。"

"不说了，我去扫地了。"裴敬节往船舱走，挥了挥手。

/第二十一章/
一直追随你

"我去找药,给你敷一下脚。"邵淮说。

连煜把手搭在他的肩上:"你扶着我,我和你一起去。"

船舱里有个小的医务室,里面配备有急救药物和医疗器械,邵淮将连煜背起来,顺着物品散乱的通道进入医务室,即便医务室里的药箱都固定在舱壁,但此刻还是一片狼藉。

邵淮放下连煜,扶起一把躺椅,让连煜坐在上面,自己翻找凌乱的药箱,拿了一瓶纱布、湿毛巾、酒精、跌打止痛膏过来。

他简单清理了地板上的杂物,蹲下来,抬起连煜的脚搭在自己的膝盖上,用毛巾擦了一遍她的脚,再用酒精擦拭淤血的地方,然后贴上跌打止痛膏。

缄默做完这一切,他并没有放下连煜的脚,而是继续拿着毛巾轻轻擦拭,又按揉她的小腿。

连煜注意到他情绪异常,探身去看他:"邵淮,你怎么了?"

"没怎么。"他低着头,放下连煜的伤腿,又抬起她另一条腿搭在膝盖上,用毛巾细细擦拭,"这只呢,疼不疼?"

"不疼,这只脚没受伤。"

邵淮卷起她的裤腿,仔细查看,看到小腿一直往上到膝盖,都有不同程度的瘀青,大大小小宛若星点。

"这些是怎么弄的？"

"没事，这些已经不疼了。"连煜没在意。这些瘀青是她在北极基地工作留下的，基地冷，冰块比比皆然，为了防止雪盲症，得经常佩戴墨镜，磕到碰到再平常不过。

邵淮心里不好受。他知道连煜做事一直都是铤而走险，在风雨中急流勇进，这些瘀青在她出生入死的旅程中不值一提，可他还是会心疼，还是会难过。

她受的每一次伤，对她来说是遨游大海的荣誉，但对他来说，却是次次夜梦中惊起的后怕。

"邵淮，你在干什么？"连煜又问。

邵淮扶着她的膝盖，低头吻下去，不只是吻，嘴唇贴在膝盖的瘀青处，很久都不放开。连煜能够感受到一股柔软的温热贴在自己的伤口上，丝丝缕缕的温柔触感包裹着疼痛，心里也跟着暖和起来。

直到有湿热的痒意顺着膝盖滑落，连煜才发觉，邵淮好像哭了。

她将手伸下去，贴在他的面颊，果然感受到一片湿润。她给他擦掉细细的泪痕："邵淮，你别哭了。"

邵淮没回话，动作僵持不动，半点声音也没有，连煜能够察觉到他的抽泣并没有停止。

仔细数来，连煜发现邵淮其实很爱哭。以前她只要提前和他说了自己要出海，夜里会发现邵淮在偷偷地哭，她问他是不是哭了，他每次都否认。

"邵淮，不哭了。"连煜摸着他的头，垂下脑袋，贴着他的耳朵讲话，语气轻松俏皮，"不要哭了，今晚我和你一起睡，好不好？"

邵淮低声道："你每次离开，我都很害怕，怕你永远不回来了。"

连煜正想说什么，外头急促的脚步声传来，乔纪年修长的身影顺着舱门斜偏进来。踏进门内，他愣了一下，皱眉歪头看蹲在地上的邵淮，不可思议道："哟，哭了？这是怎么了？"

邵淮急速收敛表情，手背擦过泪痕，装作若无其事地拿起药膏往连煜腿上的瘀青处涂抹。

乔纪年满脸疑惑，看了看邵淮，目光又转到连煜的脸上："你把他弄哭的？"

连煋理直气壮地辩解:"哪有,他自己要哭的,和我有什么关系?"

邵淮整理好连煋的裤腿,将药箱收拾好,站起来冷硬道:"我没哭。"

乔纪年笑了,对连煋使了个眼色:"过来叫你们去吃饭呢。"

"谁做的饭?"连煋一瘸一拐地走过来问。

"你弟。"乔纪年伸出手,抬起胳膊放到连煋面前,桃花眼笑意暧昧,吊儿郎当,"来吧,腿怎么样了,要不要我扶你?"

"不用,我能自己走。"

乔纪年亦步亦趋地追着她:"来嘛,让我扶你。我保证,不管你怎么弄我,我都不哭。"

说话间,他挑衅似的看向邵淮。

邵淮情绪收敛得很好,除了眼尾不易察觉的殷红,没留下任何哭过的痕迹。他走过来,径直扶住连煋的胳膊,一手搂着她的腰,半架着她往前走。

连煋喜欢打趣逗俏,伸头到他眼前,大大咧咧盯着他:"你哭完了?"

邵淮表面上依旧冷硬,不苟言笑,一板一眼地回答:"我没哭。"

"我刚都看到了。"连煋道。

乔纪年在一旁憋笑,跟着连煋插科打诨,故意起哄:"对呀,我也看到了。为什么哭了?说出来大家帮你解决。"

邵淮闭了下眼睛,暗自深呼吸:"你俩是不是闲得慌?"

"对呀,不仅闲得慌,我俩还挺有默契的,就想知道你为什么哭了。"

乔纪年长腿一迈,开玩笑地搭着连煋的肩膀,眼尾垂着,恢复往日的慵懒不正经:"我以前刚出海时,连煋也老是逗我,把我弄哭,你说是不是,连煋?"

邵淮毫无温度的眼波终于有了点起伏。他摸不太清楚乔纪年对连煋的感情,乔纪年总是不正经,整天贫嘴,他暂时弄不清楚乔纪年嘴里说的喜欢连煋,有几分真实度。

不过可以确定的一点,连煋对乔纪年来说,是特别的存在。

甚至可以说,连煋是乔纪年某个迷茫人生阶段的航向灯,当初是连煋将他带到航海这条路的,如果没有连煋,乔纪年大概率到现在还是个无所事事的纨绔子弟。

"我哪有弄哭过你,明明是你自己爱哭。"连煋矢口否认。

"怎么把你弄哭的？"邵淮莫名其妙地问。

连煜和乔纪年一同看向他，面露奇怪，这种问题不像是能从邵淮嘴里跑出来的。

乔纪年"扑哧"笑出声，笑声爽朗，继续搭着连煜的肩膀，下巴抬起，痞里痞气道："她怎么弄哭的你，就怎么弄哭的我呗。"

邵淮的脸色悄然变得难看。

乔纪年继续放肆，朝连煜吹了个口哨："你说是不是？"

"胡说八道，你们自己是哭包，反倒来怪我了？"连煜甩开他俩的手，自己向前走去。

乔纪年快步跟在她身后，连哼带唱，句不成调道："爱情这杯酒，谁喝了都得醉。"

他们来到外头的餐房，船上的桌子、碗柜等都是固定在舱壁和地板上的，经过如此一番折腾，虽然没有倒落，不过碗柜里的不锈钢餐具都散落在角落，狼藉不堪。

连烬看到连煜进来了，从厨房疾步而出，站到她面前，先是问："姐，你怎么样了，还有哪里受伤吗？"

"没有，就是脚扭伤了。"

"我看看，严重吗？"说着，他弯下身就想拉起连煜的裤腿查看情况。

连煜别扭地按住他的手："有什么好看的，不严重，擦过药了，过几天就好了。"

"那就好。"

无足鸟号在摩尔曼斯克港补给了物资之后，已经在海上航行了十来天，新鲜菜类早就吃完了。

现在只有晒干的蔬菜包，需要泡发才能煮，味道不算好。

好在连烬厨艺还行，放了不少调料，还能吃。

连烬炒了一大盆混合菜，又煮了一锅海带排骨汤，大伙儿饥肠辘辘，三下五除二全部吃完，一口汤都没剩。

连烬抽了一张纸巾，递给连煜，用只有两人能听得到的声音问道："姐，你吃饱了没？还饿的话，我再单独给你煮点面条。"

"不用,我吃饱了。"

饭后,连烬去洗碗,连煌又主持大家打扫船上的狼藉。

竹响和尤舒拉着连煌坐在甲板上讲话。竹响一惊一乍,最为担心连煌:"还在冰区的时候,你到底去了哪里?我把绳子拉上来,发现绳子断了,吓得半死。"

"我在水下被人带走了。"

"被谁带走?"竹响一肚子的疑惑。

连煌朝前看去,远处被烧得焦黑的风铃号化为了一个小点,但还在视线之内。她指向风铃号:"被那艘船上的人带走了,他们在北极有一个基地。"

"基地?什么基地,是做什么的?"

连煌暂时不好全盘托出,只是半遮半掩道:"一个开采金矿的基地,就是为了开采当初我发现的金矿。"

竹响的注意力旋即被金矿吸引,拉住连煌的手,双眼迸射出亮光,已是跃跃欲试:"真的有金矿啊?那你看到了吗,多大?"

"看到了,非常大,就在一座冰架底下,被包裹在冰层当中。"

竹响摇晃连煌的手臂:"连煌,带我一起干!我要和你混,必须带上我!"

连煌也挽住尤舒的手,笑容灿烂,若漫山遍野的花都开了:"我这么讲义气,你们两个是我最好的朋友,肯定要带上你们的,我们一起发财!"

竹响将三人的手搭在一起:"一起发财一起发财,我要当富婆!"

连煌告诉她们两人,说是汪赏开采金矿是违规开采,营地还有非法交易的军火,需要先回去报警,由国家出面,才能合法合规地对金矿进行开采。

竹响当然同意:"这种大金矿肯定要和国家合作,我们现在就只有你这艘破冰船,还被撞成这个样子,靠我们自己怎么能开采得了。"

激动完,竹响想起之前连煌冰潜后消失的事,依旧心有余悸:"连煌,我当时真以为你死了,我们找了你一个月都没找到。"

连煌也是心有愧疚,竹响他们在北极那样的冰天雪地找了她一个月,已经是人体意志力的极限了。

"对不起,我被汪赏的人带到营地后,一直想办法联系你,想给你报平安,但营地里信号都被屏蔽了,我没法给你打电话。"

竹响摇摇头:"还需要和我道什么歉啊,你能活着已经是万幸了。"

尤舒拿过望远镜,看向远处黑烟渐退的风铃号:"连煜,那艘船到底是怎么回事啊?"

竹响同样投去好奇疑惑的目光。

连煜:"那艘船叫风铃号,是汪赏基地的运输船,我偷偷混到船上,想着跟船一起去加拿大,没想到在半途遇上你们了。船上有炸药,我把轮机室弄起火后,就变成这样了。"

竹响用力拍着连煜的背:"你还真是福大命大,运气真好,被大海眷顾啊。"

竹响"嘿嘿"笑着,抬手指向前方挂在栏杆上的渔网:"其实我没当过消防员,我骗你的,我当时也不知道那渔网能不能接住你,反正死马当活马医了,你要是不跳下来,估计得被烧死。"

"不是运气好,这是实力,我当时是看准了才跳的。"

连煜接过尤舒手里的望远镜,也看向远处的风铃号。

在圆形的视野中,能够看到风铃号上的火已经熄了,一切都归于平静,船体被烧得焦黑,炸得不成样子,好好的一艘船已经变成了一堆漂在水面的废铁。

连煜站起来:"走,我们过去看一眼,看还有没有幸存者。"

风铃号的一些船员,不过是和宁凝一样的打工人,他们可能都不知道汪赏到底在做什么,连煜还是按照航海惯例,能救的就救。

竹响又回了驾驶舱,将无足鸟号调整方向,再次朝废墟似的风铃号开去。

靠近风铃号后,连煜放下搭桥,顺着搭桥进入焦黑的船舱内。风铃号上船员其实并不多,加上宁凝,一共就十一人。

宁凝、邵淮也跟着连煜一起上船。

风铃号上载的炸药量很大,这次炸得惊天动地,船上的舱室全烂了,各种设备四分五裂,滚落进了海里,整艘船现在几乎只剩下一具烧黑的空壳。

连煜在船上走了一圈,没找到什么幸存者,只找到一些细微的残肢断腿,连个完整的躯体都没看到。

"也不知道汪恩旗是死了还是怎么样?"连煜喃喃自语。

宁凝道:"当时她和她的保镖,还有船长,带着灭火器上了救生艇,我也想上去的,但是他们没等我登艇,就直接开走了。"

连煜轻声叹息:"算了,我们回去吧。"

三人又回到无足鸟号上,船只驶离这片满是焦灼气味的海域。

无足鸟号不算乐观,被撞击的力度太大,船舱侧板都裂开了,连煜在想办法修补,一直在器械室找装备。

看着自己的船变成这样子,她心里还是很难受。

船上的卫生还没清理完毕,碎玻璃,还有其他杂物依旧散落在地,大伙儿都累了,陆陆续续回宿舍舱休息。

不管是邵淮,还是竹响和姜杳等人,都不算是连煜雇的船员,他们是来救她,才来到这个地方,才经历了这么一出死里逃生。

船上狼藉不堪,看着破破烂烂的船,连煜心疼不已。

船上还有很多地方需要打扫、需要修复,但她又不好意思指使竹响等人帮她干活,只能带上连烬,姐弟俩自己出来干活。连烬是自家人,她使唤他总比使唤外人来得好。

她先带着连烬将大块的碎玻璃都收拾干净,堆累在船尾的角落。

她又找来玻璃胶和熟胶板,将船体裂缝较小的地方,用玻璃胶和熟胶板进行修补。

对于裂缝大的地方,则是先在裂纹两端打上止裂孔,装上码钉,用棉絮和布条塞进去,再涂上玻璃胶和防水油膏。

有些裂缝,用棉絮和布条已经没办法修补了,需要用焊条来焊接修补。

焊接这一类的工作,通常由船上配备的铜匠来负责,现在船上没有铜匠,连煜只能自己撸起袖子干。

连烬拿着工具跟在她旁边。姐弟俩忙得满头大汗,连烬用手背帮连煜擦拭滴落的汗珠:"姐,我们这样子修,能补得完吗?"

"可以的,一定可以修好。"连煜坚持道。

连煜是真心把连烬当成亲人,耐心地教他怎么焊接。连烬先前在和连煜出海前往菲律宾的航线上,已经被连煜磨炼过一段时间,现在干起活儿来熟练许多，连煋稍微一教，他就能上手了。

两人都戴上护目镜，拿着电焊机，用焊条修补船上的裂缝，火花四溅，刺啦声响在耳畔，混杂在海风中，两人就这么无声地忙碌着。

没多久，邵淮也出来了，来到连煋身边，对她道："船上的通道我都打扫干净了，宿舍也弄好了。"

"辛苦你了，你累了就回去休息吧。我和连烬在修补漏水的地方，估计还要好久。"

邵淮在她旁边蹲下："我来帮你。"

船舶设置了自动驾驶模式，按着既定航线，有条不紊地航行。

竹响和乔纪年简单休息过后，也出来帮连煋了。

众人忙碌到晚上，才将所有漏水的地方都修补完毕。

今夜星空璀璨，难得一见的漫天星辰。裴敬节坐在甲板上，低头看满手的水泡："连煋，你到底在做什么？"

"什么做什么？"

"没什么，等会儿去你宿舍找你谈点事。"

连煋没放在心上，以为这人又在说她欠他钱的事，低声嘟囔道："我都跟你说过了，我会还钱的，你别老是催。等这次事情结束后，我就把钱全部还给你。"

"我说的不是这事儿。"裴敬节用手套擦了擦手，站起来问，"还有什么活需要干的？"

"没了，你去休息吧。"

大伙拖着疲惫的身体，朝各自的宿舍走去。

连煋又带着连烬，把甲板最后打扫了一遍，这才带他往回走。

连烬问："姐，你今晚睡哪里？"

"随便睡一个宿舍就行。"

连烬伸手捏住她的袖子："姐，你和我一起睡吧，我有好多话想和你说。"

连煋嫌弃地扯回袖子："你也老大不小了，不要总是和我撒娇，奇奇怪怪的。"

"我就是想问爸妈的事。"他眼睫垂下，脸上还蹭有机油，没来由地有一种可怜感。

"那你先回房吧,我洗过澡再去找你。"

"好,我等你。"

连煋接过他手里的电焊机,催他去洗澡:"你先去洗一洗,我去放工具,等我收拾好了就去找你。"

"好。"

连煋放好工具,回到邵淮的舱房。他们没有提前商量过,但邵淮已经默认了连煋今晚是和他一起睡,床上放着两个枕头,还有一套干净的内衣内裤。

连煋进来时,他还在铺床。听到脚步声,他扭头看向她,将干净的衣服递给她:"先去洗澡吧。"

"好。"连煋接过衣服,朝卫生间走去。

没一会儿,她隐约看到门口有个人影,问道:"邵淮,是你吗?"

邵淮声音低哑,轻咳一声才出声:"嗯,是我。"

"你在外头干吗呢?"

"你忘记拿毛巾了。"邵淮捏紧手上的毛巾。

"哦。"连煋直接拉开门,探出头来,露出一张湿漉漉的脸,"给我吧。"

邵淮将毛巾递给她,却不放手,语气迟疑卡顿:"那个,我帮你洗吧,顺便看看你身上还有没有伤。"

"哦,那你进来。"

连煋将门拉大了些,让出位置给他进来。晚上外头气温低,卫生间里水雾氤氲,雾气腾腾,连煋就站在他面前,身上不着寸缕。

邵淮静静地看着她。他和连煋发生过很多次关系了,以前两人刚在一起时,连煋才二十岁,她每次出海回来,都会找他寻欢作乐,他每次都会分毫不差地端详她的身体。

她在外磕磕碰碰,总会有不同程度的瘀青和晒伤,他看到了,总要心疼好久,反反复复地亲在她瘀青的地方。

"你在看什么?"连煋道。

邵淮移了步子,慢慢靠近,掌心覆在她的肩头:"在看你。"

"看我干什么？"

"因为我爱你。"他搂住她。他上身只穿着一件白衬衫，连煜身上的水珠打湿了他的衬衫，点点滴滴黏在肌肤上，内里包裹的身材若隐若现。

"我等会儿要去连烬那里。"连煜说道。

邵淮挤了点沐浴露放手里，在她身上温柔地搓出泡沫："去他那里干什么？"

"去和他聊一聊，说点我爸妈的事。情况很复杂，我得跟他谈一谈。"

邵淮至今也不知道这些内幕，他很少心急如焚地主动问，他已经习惯了满是秘密的连煜，习惯了不去多问，只要连煜想说，她会主动告诉自己的。

"情况有多复杂？"他只是淡声道。

"非常复杂。"

邵淮低头吻她的脸颊，迂回着亲她的嘴唇，和她唇贴着唇讲话："那你能处理得了吗？"

"我想应该可以，不过我有需要的话，你得帮我。"

邵淮笑了，搂住她："我随时都站在你身边。"

卫生间很拥挤，连煜并不打算在里头发生什么，洗完澡就匆匆推着邵淮出来："走走走，先去外面，我要穿衣服了。"

邵淮用浴巾裹着她，来到了床边，让她坐在床上。他找衣服给她穿，准备给她穿裤子时，眼皮缓缓抬起，一双深邃的眼睛像是能把人吸进去。

"你去找连烬的话，多久回来？"

"我也不知道。连烬那个人很麻烦的，我可能要和他聊久一点。"

邵淮不知在想什么，抿了抿嘴，低头吻她。

连煜憋着笑："你别看我现在一穷二白，其实我是个很有潜力的女人，我的金矿还没挖出来，等我把金矿弄出来了，你就能跟着我吃香喝辣的。"

"我不需要吃香喝辣，只要你心里有我就好。"

邵淮不再自我折磨地要求连煜一直待在他身边，这是不可能的，连煜属于宽阔的大海、自由的蓝天，她要在海中遨游如鱼，在天空中翱翔如鹰，这才是她的生活，他只求她心里腾出一点点位置给他就好。

连煜用力搓了把脸，坐直身子："好了，我该去找一下连烬了，你先睡吧。"

"你什么时候回来,我等你。"

连煋挪到床边,脚伸下去趿拉着鞋子:"不用等,我也不知道什么时候回来,连烬那小子心思敏感,总喜欢胡思乱想,我得开导开导他。"

"他那么大个人了,还需要开导什么,真有什么想不开的,让我去和他聊一聊,毕竟我是他姐夫。"邵淮微带不满,总觉得连烬对连煋的心思很怪,他甚至能够感受到连烬对他莫名其妙的敌意和妒意,这不像是弟弟对姐姐该保持的态度。

连煋趿拉着拖鞋,将外套穿上就往外走,边走边道:"你早点休息吧,累了一天,不用等我。"

"嗯,你早点回来。"

为了省电,通道走廊只留了一盏汞氖灯,连煋顺着走廊来到连烬的房门前。她正欲抬手敲门,门就从里面打开,连烬探出头来,灯光之下五官立体漂亮,轮廓清晰。

"姐,你来了。"他将门拉开,侧身让出位置,叫连煋进来。

连煋进入房间,拉了一把椅子坐下,低头整理袖口,面容安静祥和,白日的疲态不见痕迹,似乎被某种安抚给餍足了。

连烬反锁上门,走到她身侧,缜密观察她的情绪变动:"姐,你刚和谁在一起呢?"

"还能和谁,你姐夫呗。"

"邵淮?"

"嗯。"连煋捋平袖口,抬起头来看他,"问这个干吗?"

"没什么,觉得你心情挺不错,就随便问问。"

连煋坐正身子,示意他也坐下,话题转入正题:"我过来找你,主要是想告诉你一些关于爸妈的事情。"

连烬也拉过一把椅子,坐在她面前,凑得很近,近乎和她膝盖抵着膝盖。连煋不自在,二郎腿跷起,腿往外偏了一点,道:"你别总是离我这么近。"

"可是姐,我很想你。"他没后退,反而得寸进尺地拉住连煋的一只手,双手握住,"姐,邵淮他们不管怎么说,终归是外人,只有我和你,我们和爸妈,我们一家人才是最亲近的人。"

把爸妈都搬出来了,连煜心底最软的地方被触动。她在连烬掌心里捏了捏:"你也知道我们是一家人,那就更应该知道,你在我心里和外人不一样,怎么还老是和邵淮过不去呢。"

"对不起,是我错了。"他握着连煜的手,力度不知不觉地发紧,"姐,你从小就不喜欢我,我很害怕,你谈了恋爱之后,就不把我放心里了。"

"你这个人真是奇怪得很,我难道谈恋爱了,就不要亲人了?总是说这些奇奇怪怪的话,真是搞不懂你。"连煜缓和了语气,"我没有不喜欢你,别胡思乱想。"

"那你爱我吗?"连烬抬眼,黑白分明的瞳眸带着精光,眸光似乎能具象化,直射入连煜的心底。

连煜刚想和他好好说话,又被他这古怪的占有欲眼神弄得想抽他一顿,不耐烦地反问:"那你爱我吗?"

"爱,我很爱,我最爱你。"连烬斩钉截铁道,恨不得剖出心给连煜看他的赤忱。

连煜很想把他按在床上打一顿。

她暗自深吸一口气,平复躁动:"行行行,我知道了,什么爱不爱的,以后不要再说了,听着怪恶心。我来找你,是要和你说爸妈的事,你别总是把话题拐到别的地方去。"

"好,姐,你说吧。"他依旧握着连煜的手不放。

连煜简要地叙述:"爸妈还活着,就在北极。他们在汪赏建立的一个基地里,汪赏做了些犯法的事,我们现在先回去报警,再商量怎么把爸妈带出来。"

"汪赏弄个基地在北极,是要做什么?"

"开采金矿,具体的我也不是很了解,没法和你细说。你只需要记得,爸妈还活着就好。"

连烬不知在想什么,突然搂住她:"姐,等爸妈回来了,我们一家人好好过日子。"

"嗯,你只要听我的话就好。我是你姐,见识也比你广,你听我的话准没错。"

和连烬聊完,连煋又拿出手机查看有没有信号。她带着连烬来到外面的甲板,随着船舶不断向南航行,隐隐约约总算是有了信号。

连煋欣喜地给姥姥打电话,刚一拨通,姥姥就接了,语调焦急:"元元,是你吗?是不是你?"

"对,姥姥,是我。"连煋大声回话。

姥姥在手机那头泣不成声:"元元,你怎么这么久都不打电话回来,姥姥都要急死了,以为你出事了。"

"姥姥,我这边一直没信号,没法联系你,不用担心我,我一切都好。"连煋兴奋地将爸妈的消息托出,"姥姥,我找到妈妈了,你在家好好等着,过段时间我就带妈妈回家。"

姥姥又惊又喜,连嘉宁消失了四年多,多少个夜深人静里,她早已不抱希望了,连煋这么一说,希望的火种再次燃烧。连嘉宁是她的女儿,她怎能冷静得住。

她激动到快要字不成句,磕磕绊绊地问:"找到了?真的找到了吗?在哪里呀?宁宁她怎么样,她还好吗?你有没有告诉你妈妈,说姥姥一直在等她回家?"

"告诉了告诉了。我妈说她也很想你,姥姥你放心,我一定会带妈妈回去的。"

"你妈现在在哪里呢,让姥姥和她说几句吧。"姥姥太过激动,热泪盈眶,每个字都泡在热泪中,哽咽着,啜泣着,声泪中无法克制对亲生女儿重逾千斤的牵念。

连煋安慰她:"姥姥,我妈现在不和我在一起,她在另一个地方,那个地方没办法打电话,您把心放肚子里再等等,我一定会带她回家的。"

"好,你们在做什么,姥姥也不懂,只要你们能回家就好,能回家就好。"

连煋瞥了一眼一旁的连烬,又问姥姥:"姥姥,您要不要和连烬说话,他也在我身边。"

"好呀,你把免提打开吧。"

"行。"连煋按下免提,让声音外放。

姥姥仔细叮嘱连烬:"连烬啊,元元是你姐姐,她做事总有她的道理,你要好好听她的话,别给她拖后腿,知道了吗?"

连烬:"姥姥,我知道了。"

"嗯嗯,你们要注意安全,带着爸爸妈妈一起回来,等你们回来了,姥姥给你们炸糯米团子。"

和姥姥报过平安,连煜总算是轻松了一些。

正准备带连烬回船舱时,在尾舷灯的灯杆底下,一道修长的身影沐在柔和的光圈中,裴敬节劲削分明的侧脸轮廓分外清晰。

连煜朝他挥手:"你在这里干吗?"

裴敬节抬脸看向她这边,也没说什么。

连煜对连烬道:"连烬,你先回去,我和你姐夫聊两句。"

"姐夫?"

"姐夫?"

裴敬节和连烬不约而同地出声,目光齐齐看向她。

连煜坦坦荡荡,抿着嘴笑:"我开玩笑的。嘿嘿,连烬,你快回去吧,我和裴敬节聊几句。"

连烬嘴角藏着暗讽的笑,转身离开了。

裴敬节走向连煜,直挺挺地站在她面前:"你是开玩笑的,但我可要当真了。"

"我就打个嘴炮,你也真的是。"

"我大老远跟着邵淮来找你,就是听你打嘴炮的?"

连煜:"那你要怎么样?我现在真没钱,等我有钱了,一定还你,再给我点时间。"

"那你给我个承诺。"

"你要什么承诺?"连煜盯着他的脸,眨了眨眼睛。

裴敬节一只手插兜,语调懒懒:"自己想。"

连煜眼珠子转了转,拿出自己的老话:"等我和邵淮分开了,就和你在一起,你先等等。"

裴敬节眼睫下压:"我排在几号?"

"什么几号?"

裴敬节唇弧弯起:"排在我前面的,还有乔纪年吧。前几天和乔纪年聊天,他说,你和他承诺过,等你和邵淮分开了,就和他在一起。"

连煜在心里嘀咕,排在你前面的还有个商曜呢。

她笑着摆摆手:"哪有,这话我是单单说给你听的,别恶意揣测我,我这个人很深情的。"

"其实我觉得,不用等的,我和邵淮是好兄弟,他估计不会介意。"裴敬节靠得越来越近。连煜能闻到他身上清新的草木气息,像无人踏足过的碧湖冷溪,沁人心脾。

他深深看着连煜,又抛出个引以为傲的优势:"连煜,我还是处。"

连煜的心"怦怦"跳,处男的诱惑力非同凡响,差点把持不住。她强装镇定:"很好,继续保持,等我和邵淮分开了,就和你在一起。"

裴敬节握住她的手,指尖在她掌心画圈:"寂寞的话,来我房里,随时恭候。"

连煜顺着裴敬节的肩膀看过去,看到邵淮出来了,赶紧将手抽回,板着脸教育裴敬节:"还是处男就这么放荡,以后破了怎么了得。你这个人真的是,一点节操都没有。"

裴敬节听到脚步声,扭头往后一看,看到邵淮,顿时觉得没劲,对连煜道:"你的节操也不怎么高。走了,晚安。"

他一挥手,往船舱内走了。

"他刚和你说什么呢?"邵淮步态凛然地走过来,一举一动之间都带着克制的不悦,沮丧埋在晦暗的眼中。

连煜拉住他的手,目光扫向裴敬节端庄的背影,故作攒眉。

"他又来催债了,真烦,问他借过几次钱,就跟留了案底一样,挥之不去的黑点啊,唉!"

连煜是真苦恼——

她从开始造无足鸟号那天起,全部身家都砸进去了,每天一穷二白,勒紧裤腰带过日子,本想着靠无足鸟号去找金矿和姜杳的远鹰号,结果现在创业未半而中道崩殂。

远鹰号还没找到,金矿的开采仍是微茫不可见,一切草创未就,无足鸟号就被汪恩旗撞了个稀巴烂,也不知道修补起来要多少钱,得多久才能修好……

好似刚装满的钱袋子，被汪恩旗捅了个大窟窿，好不容易攒的家当，全给砸海里了。

邵淮手指点在她微蹙的眉间，按着，慢慢抚慰展平："别皱眉了，都成川字纹了。放心，欠裴敬节的钱，我帮你还。"

连煜积郁的心稍微透进了点日光，摸了摸邵淮的白玉面颊，心疼道："和我在一起，真是辛苦你了，等我赚到钱了，会对你好的。"

等我赚到钱了，会对你好的——这话邵淮听得耳朵都起茧子了。他握住她的手，在覆了一层薄茧的手心落下轻柔的吻："不辛苦，只要你心里有我就好。"

"走吧，我们回去睡觉，今天太累了，得回去养足精神才好。"连煜牵着邵淮的手，进入船舱内。

邵淮有点儿强迫症，就连煜出去这会儿工夫，他又把床上收拾整齐，被子叠成豆腐块，枕套都捋得平直，一点儿褶皱也没有。

连煜走到床边，扯开被子用力抖："都要睡觉了还叠被子，这么认真干吗。"

邵淮将手搭在她的肩上："一直在等你，无聊了，就随便弄一弄。"

连煜踢了拖鞋，爬上床，握住被角抖开，没来由地扑向邵淮，将他整个人罩进被子底下："嘿嘿，被我抓住了吧。"

"这是做什么？"邵淮的声音被闷在被子中。

"逗你玩的。"连煜扒开被子，双眼亮晶晶地看着他。

邵淮不禁笑了，他永远会被连煜这种生活中的小乐趣逗笑。她总能这样开朗又坚韧，哪怕白日刚经历了一出虎口逃生，差点命丧火海了，晚上依旧有心情逗他。

他脱掉外套，把被子拉上来盖住两人："好了，睡觉吧，太晚了。"

连煜伸手关了灯："我们抱着睡，抱着我的心上人睡觉。"

"真的是心上人？"

"真的！"

"是唯一的心上人吗？"邵淮将信将疑地问。

"肯定啊！我发誓，你就是我唯一的心上人，白天是，晚上做梦也是！"连煜信誓旦旦。

"好，我信了。"

海面平静，微弱的月光被乌云藏起来，夜空冥冥，连夜空都安宁了，摇摇晃晃的无足鸟号在宁静的世界中，孤独前行。

从北极营地溜到风铃号上后，连煜一直蜗居在宁凝的宿舍中，提心吊胆，睡也睡不安稳，现在躺在自己的无足鸟号上，不上不下的心总算是安稳了些，睡得踏实。

天大亮，外头一片亮堂，橘黄旭日在海天一线泛光。

连煜醒了，还是困意环绕。她伸了个懒腰，没睁眼便往旁侧摸，摸到个热乎乎的人。邵淮早醒了，只是没起来，抱着连煜等她，听到她的梦呓，眼中掠过难堪，也没搅她。他抽出湿纸巾给她擦脸，盯着她的脸看，思绪糊里糊涂发散。

算起来，他和其他几个男人比起来，也没有什么优势，不过是和商曜一样，死缠烂打罢了。

不过他的死缠烂打更委婉、更含蓄，显得体面些罢了。连煜有没有他都无关紧要，她有自己的生活，她有自己的海洋要去漂流。她在海上，他在岸上，她偶尔靠岸来看看他，也不过是解闷，不是真的爱他。

连煜眯了一会儿，埋头在邵淮胸口蹭，总算是愿意睁开眼，抬眼就看到邵淮玉雕似的脸。她看着他，脸上露出笑，也不说什么，而后手往下伸，在被子底下揉，笑眼逐渐嚣张。

邵淮动了动，握住她的手腕："干吗这是？"

"反应挺大啊。"连煜嘴角含笑，手指力度恶劣地发紧。

"男人晨起不都这样吗？"

连煜突然想起商曜，商曜早上就不会有反应，也不知道商曜在家里有没有帮她好好照顾姥姥。

"好了，起床吧，船上还有地方没修呢，今天估计又得忙一天。"连煜撑起身子起来。

连煜去外面的卫生间洗漱，回来时看到房门口靠着一个人。乔纪年斜倚在门框处，拿着手机低头捣鼓。连煜走过去从后头拍他的肩："嘿，你在这里干什么？"

乔纪年淡声道："来叫你去吃饭。"

连煜和他对视,她这段时日皮肤很干,还脱皮了,双瞳剪水的黑眸点缀在她干燥的面庞上,格外精亮水灵。

吃过早饭,连煜来到驾驶舱,看过电子海图,查看剩余油量。琢磨片刻,她决定还是返航回俄罗斯的摩尔曼斯克港。

"干吗不去加拿大,我们一直南下,就能到达丘吉斯港,丘吉斯港也可以修船的。"宁凝问道。

她拿了连嘉宁的钱,答应连嘉宁要把连煜送到加拿大,执拗地觉得,还是一路送连煜到加拿大,她这酬金才拿得安心。

连煜道:"汪赏制造沉管的工厂就在丘吉斯港,她肯定有人在港口看守,我们现在不能去加拿大。"

"那好吧。"宁凝摊开手只好作罢,"那到了俄罗斯,我可就直接离开了,不再跟着你了。"

宁凝也不过是奔波赚钱的打工人,经历了这么一次九死一生,是真不想再掺和这些事了。

"好,等到了俄罗斯再说吧。"

连煜其实想留着宁凝,现在他们这一圈人中,只有她和宁凝去过北极基地,后续要去救爸妈,宁凝是个不可多得的好帮手。

不过,眼见宁凝为难的样子,连煜也没强行让她加入自己的队伍。连煜站在屏幕纷繁的驾驶台前,重新调整航向,转向俄罗斯的摩尔曼斯克港。

接下来的日子并不轻松。无足鸟号被撞得太厉害了,右边侧舷的裂缝沿着冲压船舷裂开,连煜昨日从内部打了十来个止裂孔,又用焊条和玻璃胶修补。

这样的修补,不过是杯水车薪。才昨晚一晚上的工夫,修补好的裂痕又裂开了。裂缝已经有两指宽,随着船速的提升,浪面上涨,海水顺着裂缝不断涌入船内。

乔纪年带上工具过来和连煜一起修补,还是无济于事。

竹响和姜杳在上层驾驶舱掌舵。邵淮、裴敬节、连烬则是被连煜当成苦力,带到底层甲板扫水,用水桶将渗进来的水舀出去。

这是个令人烦躁的循环苦差,刚把水清理出去,尚未喘口气,转眼的工夫,水又渗进来,积到了脚踝。

裴敬节是最养尊处优的一个，从没吃过苦，更没干过这种活计。这两天下来，他仿佛浑身的精气神全被榨干，脸皮不复往日的水灵。他放下水桶，直起腰时，腰杆酸麻，骨关节随着起身的动作咯吱作响，看向还在往钢板上打止裂孔的连煜。

"连煜，你到底有没有把握修好？"

连煜埋头干活儿，汗珠顺着下颌落下，头也不抬："能。你要是累了，回去休息吧，这里让我弟来弄就行。"

"我没说累。"裴敬节走到她旁侧，看向黑漆漆的钢板裂痕，面露担忧，"这船能支撑到俄罗斯吗？"

"能的。这可是我花了大价钱造的船，坚固得很呢。"连煜用手背擦汗，信誓旦旦。

裴敬节不敢苟同，昨日这船在风铃号的撞击下，如釜底游鱼，毫无还手之力。他随口问道："你之前欠了一屁股债，就是为了搞这条船？"

"对呀，可贵了，差不多七十亿呢。"

"你别不是被人坑了吧，七十亿，就搞出这么条破船？"

连煜不服气："这不是一般的船，这是破冰船，采用最先进的破冰技术，五米厚冰层都能轻松碾过，削冰如泥，可厉害了，不信你去问竹响。"

裴敬节也没那个心思过问："好了好了，信你了。你快点修吧，我都怕我们不能活着回去。"

连煜的注意力全放在修船上，除了侧舷裂开渗水，驾驶舱不少仪器也坏了，雷达反射器受损严重，无线电设备也出了故障。

竹响向摩尔曼斯克港，以及北冰洋的航线，都发出了紧急求助信号，却杳无音信。船舶受损严重，生活物资也逐渐灯尽油干，连罐头都没几个，只剩下一些勉强饱腹的压缩干粮。即便船上每一个人都缄口不言苦，连煜还是心中有愧。

这条船是她的，她是船长，她没能让自己的船员过上好日子，是她失职。邵淮把连煜的失落都看在眼里，不知如何安慰她，他和连煜之间，或许还有很长的路要走。

七破八补的无足鸟号艰难航行了一个星期，总算是进入了东西伯利亚海。按照现在的航速，大约再开两天的时间，就能到达港口。连煜稍微松了一口气,这艘破船还算是争气。

竹响站在甲板上,在茫茫大海中,恍惚看到前方有个小黑点,端起望远镜一看,发现是一艘大型科考船正在逼近。

她赶忙叫连煜出来,把望远镜给她。

"你看,那应该是国际性的科考船!我们可以向他们求救,让科考船拖着我们的船走。"

连煜扶高了望远镜,太远了,没办法确认情况。

她又把望远镜给了姜杳,忐忑不安地问道:"是真的科考船,还是海盗?"

不是连煜多虑,是有了前车之鉴,当年载满六十多吨的远鹰号被海盗打劫时,连煜和姜杳都是亲历者。那些海盗开着改良版的船只,伪装成国际性科考船靠近了远鹰号。

姜杳看了有一会儿,看着甲板上移动的人员,通过辨认得出信息:"不是海盗,是世界自然基金会和挪威合作的极地科考船,看样子是军方的船,我之前见过。"

"那就好。"

连煜让竹响将船速降到最低,将救助的信号旗挂上桅杆,等着科考船的到来。

幸好,姜杳判断得没错,就是国际性的极地科考船,不是海盗。

姜杳在俄罗斯这边有打捞业务,她有一份可以在俄罗斯海域进行打捞工作的证明。出示了这份证明后,科考船上年轻的水手长通过搭桥来到他们的船上。

水手长英语不是很好,姜杳用俄语和他交流,告诉他,无足鸟号遭遇撞击事故,破损得厉害,自航能力不行,需要他们的救助。

水手长问道:"船长是谁?"

姜杳指向连煜:"她。"

连煜回驾驶舱拿出了之前的摩尔曼斯克港的入港和出港文件,满头大汗地递给水手长。

她用英语道:"我叫连煜,是无足鸟号的船长,之前就从摩尔曼斯克港出发,现在想要申请回摩尔曼斯克港停留。但我们船上的信号台坏了,没办法和港口做入港申请。"

水手长查看她送来的文件，又抬眼扫视船上的大致情况。船上收拾过了，但缝缝补补之下，还是一片狼藉。除了驾驶舱，其余舱室的玻璃几乎都没了，甲板出现裂缝，栏杆断裂，船体侧面凹陷得厉害。

"这么大个破冰船，你是要做什么？"水手长又问。

"我们是到北极做极地探险。"连煜暂时这么回应。

"你们是中国人。"水手长扫视连煜，"签证呢？"

"您先等一等。"

连煜又回去找文件，这次直接背了一背包出来。她将包放在地上，拉开拉链，从里面找出一叠文件递给水手长。其中包括各个极地国家的签证，和无足鸟号的船舶冰级证书等。

私人船是可以进入北极的，只要拥有极地国家的签证，再取得航行许可、船舶冰级证书、签约环保公约等就可以进入北极，这些相关手续当时连煜在挪威取得无足鸟号后，都已经办理齐全。

水手长反复看了文件，确定这艘船不是三无船舶，才把文件还给连煜。

水手长顺着甲板走了几步，又问："遇到的什么事故，怎么撞成这个样子？"

连煜让姜杳几人站在原地，她自己跟上水手长，用英语和他交流，低声告诉他："是被另一艘破冰船撞的，那艘船上有很多炸药，爆炸后，冲击波太大，殃及了我的船。"

水手长看着空荡荡的窗子，眉目顿生严肃："炸药？"

"嗯。"

"你们遇上了海盗？"

连煜："比海盗还严重。这件事情很严重，我现在需要联系中国的海警，你们可以帮我吗？"

连煜被水手长带到科考船，船上居然还有两名中国人，一男一女。男的四十岁左右，应该是军方人员。令连煜意外的是，另一位女性，居然是许关锦。有了熟人，办事可就方便多了。

"连煜，你怎么又跑到这里来了？"许关锦意外地道。

"我出来有事。"连煜差点喜极而泣，紧紧握住许关锦的手，"老师，太好了，终于又见到您了。"

连煋都想起来了，当年她前往瑞士找许关锦拜师学艺，许关锦就是她的老师。

"你怎么在这里？那水手长说，你要找海警报警，又是怎么回事？"许关锦问。

连煋看了眼周围："老师，我这件事情很重要，非常重要，我能先问你们，你们怎么在这里吗？"

许关锦看向一旁的船长，征得他的同意，才回答连煋的问题。

"这艘船是极地国家和国际海事组织的联合性考察船，他们打算开辟一条新的基地航线，我作为特聘船长过来参与工作。"

连煋："那你们的进展如何了？"

许关锦："现在只是在勘察情况，这边航况很危险，你不应该在这里乱逛的。"

连煋用力摇头："不逛不逛，我的船都烂了，全烂了！"

她看了一圈在场的人，这艘船除了科考员，还有不少军方人员，是属于几个极地国家的联合性军方科考船，是值得信任的。

她匆匆卸下背包，取出里面的文件，将一份航海图打开，直接摊在地上："老师，我有一个非常重要的事情要告诉你们。"

"你说。"许关锦也蹲下，看着连煋摊开的地图。

连煋深吸一口气，组织了语言才缓缓道："我要举报临江市海运协会会长汪赏，汪赏在北极秘密建造了一个基地，要在水下修建海底避难所，威逼利诱了很多技术人员帮她办事，我的爸妈现在也被她软禁在北极。"

她包里的东西，都是连嘉宁给她的证据。

连煋在航海图上指出基地的具体位置。随后，她打开另一个文件袋，里头是打印出来的基地照片，以及部分安装完毕的海底沉管照片。她将自己在基地工作了一个月所知道的情况全盘托出，又讲明自己逃出生天一事。

种种证据醒目在前，加之连煋的无足鸟号显现出的破烂样，众人都不得不重视连煋的话。

"你船上那些人，全都知道基地的事情吗？"许关锦问。

连煋："没有，只有宁凝知道。宁凝是基地里负责运送物资的船员。"

水手长叫人去把宁凝也带上科考船，对连煜道："如果这件事是真的，你可能需要配合我们的调查。"

　　"什么配合不配合的，我现在就带你们去北极！我爸妈还在北极呢，我都急死了。"

　　连煜焦急万分，噼里啪啦地说着："这么多天了，汪赏肯定知道我从基地溜出来，还把风铃号炸了，不知道要怎么对付我爸妈呢。"

　　许关锦低头思忖，让连煜先别着急。

　　连煜在包里翻找，掏出另一份文件："汪赏在基地有很多军火，都是非法交易的，这是交易记录，是我妈妈拍下后打印出来的。有了这个证据，我可以报警，申请国家出警去北极了吗？"

　　许关锦："我先向上级汇报，争取定下计划。"

　　如果海警要去北极，连煜肯定要带路，她是关键人物，得先和这个国际性的军方科考船在一起。

　　许关锦把连煜和宁凝先安顿在科考船上，又和其他人商议，叫人上去查看无足鸟号的具体情况，而后联系拖船和救援船来接应邵淮等人。

　　邵淮几人在无足鸟号等了两个多小时，连煜还没从科考船上回来，众人开始不安。

　　乔纪年隔空问科考船上的水手："嘿，我们的朋友连煜，什么时候回来？"

　　水手回舱室问过情况，而后出来朝乔纪年喊话："你们的朋友连煜暂时不回去了，我们正在联系拖船和救援船，接你们回港口。"

　　"不回来，什么叫不回来？"邵淮紧随其后问道。

　　水手大声回话，英语不太利索，口音别扭道："她暂时留在我们这里了。"

　　"你们这不是军方的科考船吗？什么要留在你们的船上，连煜是不是又犯大事了？"竹响皱眉，疑惑不解。

　　裴敬节靠在栏杆上，不冷不热地瞥向对面的科考船："我看就是又犯大事了。这个法外狂徒，还是离她远一点儿吧，一天天的，也不知道在搞什么惊天大案。"

/ 第二十二章 /
连船长满载而归

海风如无形的画笔，在海面肆意挥洒，留下呼啸声。邵淮上前向水手问询，能不能把连煜叫出来，让他们说几句话。水手回舱内禀明情况，出来说是连煜正在忙，需要再等一等。

"她是不是犯了什么事？"邵淮问道。从连煜一开始说要去北极找金矿开始，他就放心不下，再到风铃号炸船事件，更是觉得扑朔迷离，内里可能大有文章，但是连煜不说，他也不好追根问底。连煜胆子大，什么都敢做，他就怕哪天她玩脱了，马失前蹄。

焦躁不安中，又是一个小时过去。

前方浪涛排开，浪沫泛白，一艘救援快艇开过来了。之前的水手长过来通知姜杳，让他们先转移到救援艇上，救援艇会送他们回港口，稍后会有拖轮过来，把无足鸟号也送回去。

姜杳组织大家，一块儿转移到快艇上。

连煜这个时候才交涉完毕。她背着背包走出船舱，来到外面的甲板上，招手朝对面快艇喊话："竹响，麻烦你帮我把大家带回港口，我暂时不和你们一路走了！"

"不和我们走，那你去哪里？"

"我有点事情，不用担心我，等我办好事后，就回去找你。"

连煜大声回话，顿了顿补充道："竹响，我暂时没钱给你们结工资，你回国后,让尤舒带你去找我姥姥,我有一些金条存在姥姥那儿,你把金条取出来卖掉,分给琳达、水手长和轮机长,每人十万美金!"

快艇和科考船隔有一定距离,说话声被海风裹挟着吹散。

竹响找来喇叭,对连煜回话:"都什么时候了,还念叨工资呢,你到底犯没犯事儿,他们为什么不让你过来啊?"

连煜胸有成竹:"我没犯事,放心吧,等我办完事情就回去了。"

"办的什么事,把我和尤舒也带上,让我们和你一起发财!"

连煜笑起来:"现在是一些私事,等这些事情处理好了,再去挖金矿,到时候再带你们一起,发财少不了你们的!"

连烬的焦急再也掩盖不住:"姐,也让我去你那里吧。我是你弟弟,你带上我。"

连煜:"你回家好好收拾屋子,等我带爸妈回去。"

快艇安全员过来催促大家,马上开艇了,让大家先回舱内,不要站在甲板上。邵淮抓紧最后的时间,对连煜道:"带上我吧,连煜。"

"你先回去,帮我照顾好大家,我会给你打电话的。"

在安全员的催促下,大家只好先回舱内。快艇很快开动,速度比无足鸟号快了太多,可以达到50节。浪花汹涌中,竹响和尤舒趴在玻璃窗边看距离越来越远的巡逻舰,连煜还站在甲板上向她们挥手。

"连煜不会出事吧?"尤舒低声道。

竹响轻声叹息:"希望老天保佑她。"

裴敬节站在她俩身后,忽而问:"你们是她的朋友?"

"我们是她的作案同伙。"竹响阴阳怪气道,对先前裴敬节说过的连煜是法外狂徒的言论感到不满,拉着尤舒走到一旁去了。

裴敬节嘴角微动,稍稍颔首看向远处的巡逻舰,还能看到连煜站在甲板上挥手,身影逐渐变成了一个黑点。

乔纪年也过来了,和裴敬节并肩遥视前方。

裴敬节又问:"你呢,你和连煜现在是什么关系?"

"她的小三。"乔纪年面不改色。

裴敬节转头看向邵淮:"那他呢?"

"连煜的保姆。"乔纪年挑眉,"你问这些干什么?"

裴敬节语调淡淡:"我想和她一起发财。"

快艇开了将近六个小时,把邵淮等人送到摩尔曼斯克港,快艇驾驶员安排他们住进附近的酒店,将收据单递给连烴:"你是连煋的弟弟是吧?酒店的费用你们得自己出。"

"好。"连烴用美金付款。

在酒店吃过饭,待了三个小时,天都黑透了,竹响接到无足鸟号靠港的消息,说是拖轮把无足鸟号送到港口的干船坞了,让她过去处理修理事宜。

竹响去敲开连烴的房门,让他准备点钱,和自己一同去干船坞。邵淮在屋内听到两人的说话声,开门出来询问情况,说自己也去。如此,三人一起出发,顺着长长的引桥走着。

即将到达干船坞时,竹响又提醒道:"修船的费用估计不少,我只是这条船的联络人,我也没钱,你们一个是连煋的弟弟,一个是她男朋友,费用还是得你们来出。"

"我知道。"连烴声音平淡,像无波湖水。

邵淮道:"费用我来出。"

"嗯。"竹响轻轻应了一声。

三人继续向前,四周静谧无声,灯杆上的防潮雾灯在与黑夜较量,散出一圈圈朦胧黄光。

邵淮又开口问竹响:"你知道连煋在做什么吗?"

"她说她在北极发现了一座金矿,想要去开采。"竹响知道的,并不比邵淮多。

"我们上岸后,连煋给你打过电话吗?"邵淮又问。

"没有。"

进入干船坞,这是一个封闭的修理船池,坞口设有挡水门,无足鸟号被运入内部坞室的船池,船池内的水已经抽干,无足鸟号正停落在池内的龙骨墩上。

看到他们三人进来了,一个健壮的白人修理工放高嗓门,用英语问道:"你们是无足鸟号的船东吗?"

竹响小跑上前:"我是这条船的联络人,船东让我负责修理事宜,有什么事和我说就好。"

她出示了一份船舶所有权的单据，以及自己的海员证。

修理工用手机给她的证件拍照，并向她阐明情况。

"你们得有个准备。这是破冰船，零件和普通船舶不一样，得重新定制，这船真要修理的话，得两亿美金。"

竹响清脆回话："没事儿，修，多少钱都没关系。"

修理工点头："嗯，和你简单说一下啊，破冰艏损坏太厉害，得换新的。船体右侧的船壳钢板我们先拆下来，看能不能用冲压技术修理，如果不行，也得换新……"

竹响细细听着，心想，连煜要是找不到金矿，都不知道她要怎么还这些钱。

修理工带他们到船内看情况，简要说明有哪些地方需要修，又出了一份修理文件给竹响签字。一通忙活下来，他们回到酒店，已是后半夜。

几人在港口停留了三天，一连三天，都没有接到连煜的任何消息。邵淮打电话给国内，叫人去海事局询问情况，得到的消息是，连煜正在协助海警办事，暂不方便回应。

姜杳还有事，先行离开，琳达也要回美国了，连煜之前聘请的水手长和轮机长拿到邵淮结的工资后，也走了。与此同时，裴敬节接到消息，他家的公司被举报涉嫌走私，情况严重。好巧不巧，邵淮也收到消息，他家公司旗下的邮轮出现重大安全隐患，所有邮轮禁止出海，得停业接受检查。

连煜杳无音信，除了警方，没人知道她现在身在何处。

裴敬节和邵淮国内的公司一时之间又问题频发，一切瞬间一团糟。裴敬节看向连烬，目似剑光："该不会是你小子干的吧？你这个人，和你姐学得一套一套的。"

连烬承认，当年连煜失踪后，他起家的手段确实不算光彩，但为何牵扯到连煜身上了？

"不是我干的，我姐也不是那样的人，你说话注意点。"连烬道。

裴敬节还是面露怀疑。邵淮接了话："不是连烬，应该是汪赏。"

"汪赏？这和她有什么关系？"裴敬节更是不解。

邵淮神色冷静地朝前走："先回去再说。"

裴敬节和邵淮要离开，队伍就只剩下竹响、尤舒和连煋。竹响问尤舒："修船估计要很长时间，我们在这里也没用，你要不要先回家？"

尤舒看向远处雾气蒸腾的海面，又转头看她："那你呢？"

竹响蹲在坝道上，手里拿着一根木棍往水泥板上戳弄："我想在这里等连煋，等她回来了，和她一起去挖金矿。"

尤舒想了一会儿，也选择留下："我也在这里等连煋。"

"好！"竹响搭着她的肩膀摇了摇，"我们先在这里的酒店住着，等连煋回来了，让她给我们报销。"

"行。"

连煋带着宁凝，暂时跟着许关锦在科考船上停留。

在许关锦的帮助下，连煋和中方海警取得联系，进行了一次完整的报警。报警后，等待了一个星期，中方这边派了海警过来同她了解情况。

连煋打开背包，再一次向海警列出北极基地的资料。

"风铃号被我炸掉了，汪赏肯定猜到她的基地已经暴露，我们还是得抓紧时间行动，不然汪赏可能会对我爸妈他们动手。"她对几名海警道。

中方海警经过商议，决定先派一个小分队前去查看情况，当然，得让连煋带路。

宁凝坐在角落，心事重重。她想回家，不想再掺和这些事情，太危险了。她将连煋拉到一旁，小声问："连煋，我什么时候能回去？不是说好了吗，等到了港口，我就回加拿大了。"

"你再帮帮我，等事情结束后，我给你二十万美金。"连煋先给出空头支票。

她知道宁凝的顾虑，也没让对方跟着自己冒险："你不用和我去北极，你就和许船长留在这里，现在只有我和你去过基地，如果我回不来，你还能给大家指路。"

"行吧。说好了啊，我可以提供路线，但我绝对不会去北极的。"

"好。"

事关重大，中方海警决定先拘留汪赏，但汪赏早有准备，早已离开国内。警察查探她的行踪,发现她订过前往加拿大的航班,除此之外,查不到她现在的具体位置。

现在是在北冰洋,属于俄方管辖的海域,中方海警取得了俄方的支持与合作。

中方海警打算派一个小分队和连煋去北极查看情况的同时,再派另一支海警部队,前往门捷列夫海岭,寻找连煋所说的被炸掉的风铃号船骸。

小分队驾驶的是一艘俄方提供的破冰船。

破冰船速度非常快,出发了三天,已经靠近冰区了。

这次行动的队长叫来连煋,和她规划冰区的路线。连煋不管去哪里,都背着先前母亲给她的背包,她从背包里取出海上导航仪,调出一条航海线。

"按这条线走,到达冰区后,就走之前我来过的路线,我之前开破冰船来的时候,破出了一条航道来,那条航道虽然可能已经结冰了,但我之前破过一次,现在重新破的话,会轻松些。"

"好,都听你的,你来带路。"队长点头。

商议完毕明日的路线,连煋又背上自己的包,来到外面的甲板。

天快要黑了,浓厚的云层裹住夜空,一切都冻僵了似的,毫无星光,毫无生机。连煋坐在甲板上,看向朦胧的远处,拿出卫星手机,进入北极圈了,就算是卫星手机,信号也是寥若星辰。

她尝试给姥姥打电话,拨不通。

船上有多重无线电台设备,和专用海事卫星电话,随时有信号,但都是军用,连煋也不好意思去问人家借用电话,只是让他们帮忙给还在港口的连烬报平安。

这艘军用破冰船上,一个熟人也没有。

这是属于她一个人的远航,她要去地球的最北端找妈妈。

连煋两只手搭在膝盖上,这些日子来,双手受过大大小小的伤,像往下扎的树根盘踞在手背,她突然想起刚失忆时,在灯山号上的日子。

那个时候,她什么都记不起,什么人都不认识,如柳絮漂浮在海面,浮浮沉沉,顺水而流。

她盯着自己的手,目光落在无名指上,又想起了邵淮的无名指。她把所有细节都想起来了,记起是怎么砍断邵淮的手指的。

那时候她二十二岁,邵淮说想结婚,她答应了。婚礼还没举行,商曜过来找她,哭得很厉害,说自己那里彻底坏了,要疯了,他没脸告诉任何人,想让连煋陪他去国外做手术。

连煋心软,暂时推了和邵淮的婚礼,说自己要出海一趟,等回来了再结婚。

当天晚上,她就想带着商曜坐船离开,她要先开自己的船去南海的港口修理,再带商曜从南海附近的城市乘飞机前往美国看医生。

那天晚上,她先到的港口,左等右等,商曜没来,反而是连烬和邵淮来了。连煋躲着他们,窝在船舱里不出来,邵淮和连烬自己上船找她。

连烬坐在外头的甲板上,邵淮进入船舱和连煋谈话。

"你真那么喜欢和商曜一起混,又为什么答应和我结婚?"邵淮握住她的肩膀,力度很大。

连煋眼神闪躲:"是你自己要结婚的,我都说不结了,你还非要结。"

邵淮艰难地咽了口唾沫:"你和商曜搞到一起了吗?"

"没有。"

"你和他在酒店房间那次,他为什么要脱裤子?"

连煋支支吾吾:"我不让他脱,他非要脱。"

邵淮从脖子上扯断一条项链,链绳串有一枚素圈戒指,戒指是连煋送他的婚戒。戒指真正的起源在连嘉宁那儿,戒指是连嘉宁给连煋的,让连煋送给心爱的人。连煋起初只是把戒指送给邵淮,但不让他戴在手上,说是等结婚了再戴。

"你说过,等我戴上戒指了,我们就结婚。"邵淮戴上戒指,竖起手给她看。

"我不结了,戒指还给我。"连煋要去抢戒指。

邵淮攥紧拳头,抱住她,低头吻下来。连煋心里也赌气,觉得邵淮控制欲太强,她咬他的嘴唇,咬得出了血,血腥味像浪花,没完没了地涌出。

"除非我的无名指断了,否则这枚戒指将一辈子在我的手上。"他咬牙切齿道。

"这是我妈给我的,还给我!"连煋握住他的手腕,要掰开他的手指,拿回戒指。

邵淮不让，两人挣扎着，一起倒在地板上。

"我不许你出海！"邵淮抱着她，眼眶猩红，"连煜，求你了，我们回去把婚礼办了，行不行，你答应过我的。"

"戒指还给我！"连煜嘶喊，用力咬在他的手背。

眼见抢不过，连煜放弃了，她推开邵淮，往驾驶舱走："戒指给你了，你回去吧，我要开船走了。"

邵淮抢先上前，拉过驾驶舱的门，把门锁上，手摁在锁面："我不准你走，和我回家。"

连煜委屈了，抽出潜水刀要撬锁，邵淮不让，手还继续覆在锁面上。

"信不信我把你的手砍了？"连煜威胁他。

"随便你。"

两人对峙着，连煜只想吓唬他，刀尖往下刺，她以为邵淮再胡闹也有个度，会把手移开的，结果邵淮纹丝未动。

正巧，一个海浪打过来，船体晃动，连煜控制不住力度，潜水刀真刺了下去，扎在邵淮的无名指上。这种刀异常锋利，主要用于在水下刺杀猛兽，和切割渔网，刀尖甚至可以直接刺穿贝壳。

连煜一刀扎过去，邵淮无名指的关节处被穿透，只剩下一点点皮肉连着，他自己经不住巨大的痛楚，手往外抽，这下子，半截无名指彻底落地。

"连烬！快送邵淮去医院！"连煜拿着刀，大声喊道。

连烬冲进舱内，只见邵淮额间青筋暴起，薄唇抿成一条直线。他紧紧握住自己的左手，鲜血不断地从指缝中流出，一旁的连煜拿着潜水刀，刀面血迹蜿蜒。

"姐，这是怎么了？"连烬才十九岁，被这场面弄得心惊胆战。

连煜捡起地上的半截手指，用纸巾包起来："赶紧去医院，八小时内还能接上。"

邵淮的助理还在岸上，看到邵淮满手是血，吓得面色苍白。连煜拿着邵淮的手指跟在后面。

邵淮捂着手进了车里，朝连煜道："你先别和我一起走，不然我家里人肯定怀疑是你弄的，到时候说不清。"

516

连煜顺着车窗，将纸巾包着的手指给他："我不跟着你，你快去医院吧。"

连煜又催连烬："连烬，你也跟着一起去医院，有什么情况及时告诉我。"

邵淮和连烬走后，商曜才姗姗来迟，和连煜一个劲儿抱怨："路上有人追尾，撞了我的车，拦着我不让我走，我猜是邵淮弄的，拦着不让我们私奔呢。"

"我没跟你私奔，我是要去南海修船，烦死了。"连煜往廊桥上走，跳到甲板上。

商曜紧随其后，看到她袖口上有血迹："怎么有血，你受伤了？给我看看。"

"不是我的血，是邵淮的。"

"邵淮的？他来找你了？"

连煜不耐烦地点头，说："嗯，他刚来了，非要玩我的刀，结果伤到自己了。"

"严重吗？"商曜絮絮叨叨地问。

"不严重吧，不知道。"

连煜的船急需修理，她还是开船带着商曜去南海了，在海上平静了几天，一直到南海附近的港口，将船送到修理厂后，才接到法院的传唤，说她故意伤害，砍了邵淮的手指，被邵家父母起诉了。

连煜凝视前方腾腾雾气，坐了良久，周身被冷意围裹，实在是冷坏了，这才回宿舍。

翌日清晨，天刚泛白，破冰船抵达冰区。一眼望去，茫茫无垠，千形万状的冰凌悬挂在冰架之上，似刀，似剑，在太阳的折射下泛起幽蓝银白交织的冷光，连光芒都显得锋利。

连煜站在甲板上，上个月她用自己的无足鸟号开辟出的冰道，早已没了痕迹，曾经破出的冰块，现在又冻僵连成一片，好似从没人来过这里。

"从哪个切入点开始破冰？"队长问连煜。

"我先看看。"

连煜拿起望远镜，站在甲板最前端，寻找之前自己开辟过的地方，那里冰层比较薄，破冰速度会快一点儿。

随后，她又坐充气阀来到冰面，仔细摸索查探，最后在合适的破冰点插上一面小红旗，然后又回到破冰船上。

"队长，可以开始了。"

金发碧眼的队长点头，转而告知船长，可以开始破冰了。

机器运作的轰鸣声从轮机室传来，巨大而沉闷，这片苍寂凛冽的冰川上，恍如地球内部传来古老神秘的叫唤，十分震撼。

连煜站在甲板上，被这艘破冰船的破冰能力惊到。

她的无足鸟号采用的是燃烧柴油为动力，而现在乘坐的这艘破冰船，则是采用双核反应堆为动力，属于核动力破冰船。

这种核动力破冰船，可比她那艘以柴油为动力的破冰船功率大得多，开凿破冰的速度更加猛烈。

瞧着这艘船势如破竹的样子，连煜又想到自己那破破烂烂的无足鸟号，果然，她这个性子，就是不能见到太好的东西，容易三心二意。

感情也是一样，当初本想着和邵淮甜甜蜜蜜过小日子，乔纪年来了，她又摇摆不定了，商曜来了，她又两边打晃，裴敬节来了，她也想偷摸着看看他的脸，顺便借点钱。

这艘破冰船的速度极快，加之这次连煜重新规划了路线，就快要接近营地了。

寒风呼啸，四周冷气腾升。

破冰船暂时停下，军队的人说要先观察情况，这触及连煜陌生的领域，她只能坐在甲板上干瞪眼。

她只看到队长安排了潜水员，往水下放置了几个声呐装置和潜航器，连煜在汪赏的基地干活那一个月，见过类似的东西。

一直到下午，靠着潜航器探测到的信息，确认了在连煜提供的位置信息中，确有类似于海底隧道的建筑。

小分队将情况汇报回港口，决定再开直升机去查看情况。在这种冰川绵延之地，开直升机是个不小的挑战。一连等了两天，才等到合适的起飞天气。

直升机并没有进入营地内部,而是选择隐藏踪迹,小心翼翼地在远处拍照,果真,看到有一艘巨大的破冰船停在冰川之上,如凶兽在冬眠。

为了不暴露行踪,直升机只是拍了个大概的情况,就返回了。

越是靠近营地,连煜越是焦急,生怕汪赏会对她爸妈不利,只能安慰自己,连嘉宁那么聪明,肯定有护身之策。

资料收集得差不多了,小分队打算出发,先乘直升机,再步行前往营地,先以科考的名义前去打探情况。队长本来不想让连煜一起,但连煜坚持要一起去。

其一,她实在是过于担心母亲。其二,她毕竟在营地里干过一个月的活儿,熟门熟路,有她带路,一切会轻松些。

队长给了连煜一套极地装备,叮嘱她,万事要听指挥,身体不舒服要及时报告。连煜在心里嘀咕,她这身体素质,风里来雨里去多少回了,虽比不上这些专业人士,但比起普通人,肯定更胜一筹。

连煜是第一次坐直升机,还是极地直升机,换作以前,定要左顾右盼一番,现在却没那个心思了,心急如焚只想着赶紧到达营地,把母亲接出来。

他们坐了两个小时的直升机,又改为步行,来到当初连嘉宁第一次带她上岸的地方。

连煜记得,这个地方当时就有人员把守,还有不少雪地车,但现在什么也没有。

她不禁猜测,会不会汪赏已经将所有人员都转移了?

果不其然,等他们到达营地时,早已人去楼空。基地大部分设备还在,大量白色雪地车整齐停靠在营地里,与白茫茫的冰川融为一体。

那艘算是基地大本营的破冰船也还在,一如连煜一个月前离开时的模样,几张白色旗帜固定在首舷桅杆上,旗面已经冻僵,像一片片冬日的枯叶。

小分队进行地毯式搜索,一步步进入破冰船内部,没在营地里找到一个人。

连煜和队长在船外等着,队员过来汇报情况:"队长,都找过了,船上有生活痕迹,但一个人都没有,所有的设备也都关了。"

"还有别的营地吗?"队长扭头问连煜。

"旁边有几个哨所和驻地,但不过是临时性作业需要才建的,大本营就在这里。"

队长又安排人前往连煜所说的哨所和驻地查探,无一例外,一个人也没有。

不管是营地、哨所,还是驻地,都有人生活的痕迹,而且按照这些痕迹来看,这里的人离开的时间不算太久,最多也就一个星期。

"营地里一共有多少人?"队长问。

连煜:"固定的工作人员有一千来名,还有一些是流通的,经常往返于营地和加拿大之间运送物资,这些流通的人,我也不清楚具体多少。"

大伙儿又仔细地搜索了一圈。

队长试图在附近寻找,有没有大部队迁移的蛛丝马迹,一无所获。

这里是冰川,别说人的脚印了,就连雪地车开过的痕迹,也很快无影无踪。

连煜仔细数了营地里的雪地车,和一个月前她离开时数量差不多。

在如此恶劣苦寒的环境里,营地有那么多人,要离开的话,开雪地车是最好的方式,但这些车都还在这里。

连煜细思极恐,不由得提心吊胆。

该不会是汪赏得知自己要暴露了,一气之下,带着大伙儿同归于尽了吧。

汪赏年事已高,此事恶贯满盈,一旦定罪,坐牢是少不了的,一大把年纪还要服刑,对于她那样的人,估计接受不了。

如果真如自己所猜,那爸妈还有生还的可能吗?

一通胡思乱想后,连煜心乱如麻,脑海中犹如一团无头无尾的乱麻,找不到头绪。

她进入营地那艘巨型破冰船内部,来到先前和父母一起住过的房间门前,门被一把铁锁锁着。

连煜找来工具,将锁撬开,进入房间,房内整洁依旧。

她打开衣柜,爸妈的衣服都还在。

她在屋内一点点搜寻,想看看连嘉宁有没有可能给自己留下什么线索,但没有,什么都找不到。

在房里待了一个小时,她才出来。

队长等人还在清点营地里的设备，连煋突然想起来，破冰船最底层的甲板有个军火库。

她领队长去查看，撬开库房的门，里面的东西也都还在。

"所有东西都还在，怎么就一个人都没有……"队长不禁嘀咕，看向连煋，"你能猜到他们会去哪里吗？"

连煋摇摇头。

队长又让直升机原路返回，运了潜水设备和潜航器过来。

他和连煋一起下水摸索了情况，在水里看到杂七杂八的沉管，还有不少吊塔设备。

连煋告知了队长金矿所在的位置，并带他去查看了。金矿的开采进度还停留在连煋当初离开时的模样，只是从水下冰架侧面钻了几个孔。

回到冰面，连煋茫然无绪，询问队长："现在怎么办？"

队长道："先回我们自己的破冰船吧，把情况汇报上级，看看上头怎么说。"

连煋："这里还有生活物资，也还有吃的，要不你们先自己回去，我先留在这里等你们吧，反正你们还是得回来。"

"你要留在这里干什么？"

连煋望向无际白川银冰："我怕我妈妈回来了，会找不到我。"

"不行，你一个人留在这里太危险了，我不会同意的。"

连煋嘴唇动了动，没再抗争。她现在是一个人跟着军队出发，势单力薄，必须要服从军队的命令。

众人再次乘直升机返回原地，在军用破冰船上过夜。

队长将这里的情况悉数汇报，上头的意思是让他们先等两天，中方和俄方会合作，以最快的速度派遣大部队过来。

次日，队长过来问连煋："你要不要给家里打个电话？"

"可以吗？"

"当然可以。"

连煋随队长进入驾驶舱，用船上的军用海事卫星电话和姥姥联系。

姥姥心急如焚："元元，你现在到底在哪儿呀？我问连烬，连烬说你出海了，姥姥还以为你在太平洋呢，结果你又跑北冰洋去，这一天天的，怎么比鲨鱼还能游呢。"

"姥姥，你不用担心我，我没事的。我现在和海警的人在一起，人很多，他们会保护我的，主要是海上信号不好，才不能及时给你打电话。"

姥姥稍微放心了些："好，你别和海盗混在一起就好，咱可不能干违法的事啊。"

"姥姥，我知道了。"

姥姥又问起连嘉宁，连煜只说她正在找，应该会找到。

姥姥只说让连煜慢慢来，不要着急。

其实，连嘉宁离开这么多年，姥姥还有什么不能接受的。

连煜又给竹响打了个电话，询问她现在如何。

竹响说，邵淮等人都走了，她和尤舒、连烬还在摩尔曼斯克港等她。

"我和尤舒就在这里等你，等着你回来带我们去挖金矿发大财呢。"

连煜心底热流涌过，泪意在眼眶里打转："好，你们等我，我一定会回去的。"

大部队过来后，连煜再次跟着海警来到汪赏的营地。

营地里依旧空无一人。

海警将此地翻了个遍，无人机在方圆百里搜寻，还是找不到一个活人，原本在这里的一千多人，如同人间蒸发，毫无踪迹。

一个星期过去，依旧一无所获。

各地警力一直在搜寻汪赏的下落，同样杳无音信。

海警在营地不断盘点汪赏留下的设施，也在商议如何处置，同时，冰架底下那一座金矿，要如何处理，也是个问题。

在营地的这几天，连煜一筹莫展，焦虑倍增。

好不容易找到母亲的下落了，现在又凭空消失，这下子，她是真不知道去哪里找人。

浑浑噩噩过了几天，她突然在床底下发现一个易拉罐，是个啤酒易拉罐。

连煜捡起来，凝视良久。

现在海警们驻扎在营地，暂时住进汪赏那艘巨型破冰船，连煜还是住在之前爸妈的房间，爸妈都不喝酒，这个啤酒易拉罐显得格外突兀。

她反复查看易拉罐，在里头发现了一张字条，居然是连嘉宁的字迹：元元，情况复杂，先来这里，妈妈有事和你说，不要带外人。

字条最后有一串经纬度定位信息。

连煜赶紧打开指北针计算位置，连嘉宁留下的这个地址，正常步行的话，得有一个半小时的行程。

不管如何，连煜都要去看一看。她穿戴好装备，带上一把手枪、三枚烟雾信号弹。

她和队长简单打了个招呼，说自己在附近转一转，便离开了。海警还在盘点营地里的东西，没人过多注意她。

连煜出了营地，一路来到字条上的位置。

面前是一座差不多三层楼高的冰脊，高度不算高，宽度绵延数十公里，形如南方地区的丘陵，坡度四十度左右。

连煜站在冰脊脚下，左顾右盼，喊了一句："妈！"

声音飘散在风中，空旷寂寥，没有应答。

连煜拿出手枪，压上弹匣，塞在衣兜里，朝冰脊爬上去，打算翻过冰脊看看后方的情况。

攀爬这样的冰脊，不算容易，连煜没有带地质锤，只能徒手攀爬。不算高的距离，来来回回折腾，她花了快半个小时才爬上冰脊的顶端。

有个蓝色人影伫立在冰壁最高点，连煜喜极而泣，大喊道："妈，我来了！"

她记得那身衣服，那是连嘉宁的防风服，她第一次来到营地时，经常看到连嘉宁穿这件蓝色防风服。

那人转过来，头戴宽大的毛绒帽子，脸隐在帽子底下，还戴着面罩，连煜看不清她的脸，又喊道："妈，是你吗？"

那人摘下面罩，帽子稍微往后推了推，露出一张皱纹横生的脸，几缕白发顺着耳垂落下。

"汪赏？"连煜停下脚步，警惕起来，手插进衣兜握住已经上了膛的手枪。

汪赏见她不动了，自己朝她走来："好久没见你了，好像长高了。"

"我妈呢？"

"放心，你妈没事。"

走近后，汪赏轻声叹了口气。她已经六十多岁了，现下好像更加苍老，不仅是外表的苍老，整个人精气神也到了油尽灯枯的地步，眼窝凹陷，表情很淡，有种看淡生死的从容。

"你先去自首吧，你干的事情我都知道了，我已经报警了，把所有证据都交给海警了。"连煜顿了顿，还是选择对她直呼其名，"汪赏，现在还有机会。"

"我自首什么？"汪赏侧目看她，面容慈祥，平静地问，"我做错什么了吗？北极是哪个国家的？归哪个国家管，哪里来的法律来制裁我？"

"你因禁了很多科学家在这里，还非法交易军火。"连煜抿抿嘴，低声说道。

"因禁了谁，谁跟你说我因禁了他们？他们和我有着一样的目标，我们只是在这里建一个避难所而已。"

"我爸妈就是被你因禁在这里的，这么多年了，你都不让他们回家。"

汪赏笑了笑："他们拿了我的钱，工作没完成为什么要回家？你去上班，没到下班的时间，你就回家吗？"

她声调缓慢地说："我确实买了军火，但又没用于战争，只是为了基地工作需要，这算不上错误，连煜。"

连煜不知该如何回答，只觉得自己和汪赏的思想层面不在一个维度。

"好了，事已至此，都该结束了。我也一大把年纪了，就不和你们折腾了。"

"什么意思？"连煜感到不对劲儿。

她还没反应过来，只见汪赏从口袋里拿出一个遥控按钮，轻轻按下去。

一声巨响震耳欲聋，只见远方营地的位置发生轰然裂变，四面冰壁塌落，冰屑扬如飞沙。

剧烈的震感蔓延到冰脊这边来，连煜脚下的冰垒震感强烈，晃动起来，她一下子栽倒在地。

汪赏还是站得很稳，俯视狼狈的连煜，慈祥笑容和四周的冰天雪地格格不入。

"连煜，是你把外人带到这里来的，他们都因你而死。"

连煜愣怔地看向远处的营地,冰川塌陷,震天动地,庞然硕大的冰体犹如瀑布倾泻而下,冰面裂开,露出水面,水花四溅。

"对了,你妈妈也在营地,祝她好运了。"汪赏又缓声道。

连煜恍惚间呼吸停滞,掏出手枪指向汪赏:"我杀了你!"

汪赏六十多岁了,身手却还利落,连煜刚拿出枪,她一把抓住连煜的手腕,夺过连煜的枪,抵在连煜的太阳穴。

"恩旗死了,是你炸了风铃号她才死的。你杀了我的女儿,我杀了你妈妈,这不是很公平吗?"

"我没有杀汪恩旗!我不知道船上有炸药,如果不是她非要撞我的船,我也不会在船上放火。"连煜红着眼挣扎。

"不管怎么样,你都应该付出代价。"

汪赏用枪托砸晕了连煜,连煜迷迷糊糊地感觉到,自己被汪恩旗踢下冰脊,她滚了下去,在冰脊脚下躺着,汪赏又把她拖走了。

不知过了多久。

连煜醒来时,发现自己躺在一艘半封闭式小救生艇上,四面都是水,寒气逼人。

救生艇上什么都没有,所有设备都是坏的,连油箱也是空空荡荡,一滴油也没有,这艘救生艇就是一个空壳,与木筏无异。

连煜在救生艇上找了一圈,没有任何生活物资。

她只找到一个啤酒易拉罐,易拉罐里有张字条:连煜,你天生属于大海,祝你好运——汪奶奶。

连煜只记得,她九岁时,因自己的爷爷奶奶偏爱连烬,她不服气,又久闻汪赏作为海运协会会长的大名,提礼上门拜访,要认汪赏做自己的奶奶。

那时候,汪赏对她说过同样的话:连煜,你天生属于大海。

连煜四处搜寻,什么工具都没有,汪赏是铁了心,要让她一个人在海上自生自灭。

坐了一会儿,连煜后知后觉地发现,自己手腕上的潜水表居然还在,不知道是汪赏忘记撸走,还是故意给她留一线生机。

潜水表可以查看经纬度数据。

连煜看了一会儿定位信息，确定自己还在北冰洋，但距离营地的位置已是十万八千里，都不在同一个半球了，也不知道汪赏怎么把自己弄到这里来的。

救生艇上没有任何食物，也没有淡水，周围气温还很低。

值得庆幸的是，连煜身上还穿着她外出时的极地装备，成套的羊毛衫保暖内衣、毛衣、羽绒服，外层是防风厚外套，裤子也是防寒裤，脚上穿着保暖袜和靴子，御寒效果上佳。

她首先要解决饮水问题。

连煜拆下救生艇尾部的小挡板，用来当划桨，准备朝北方划，越往北越冷，海面会有浮冰。

海水是咸的，但浮冰却是淡水，只要找到浮冰就能暂时解决饮水问题。这里距离冰区不算远，连煜花了两个小时的时间，终于看到了浮冰。

她又拆下救生艇的顶篷，顶篷是塑料篷，可以用来储水。

她捞上来几块浮冰，放在塑料篷里，悬挂在栏杆上，等浮冰化了，就可以饮用。

这样的浮冰肯定不干净，但穷途末路之际，总比渴死来得强。

收集了一定量的浮冰后，连煜坐在艇内休息，先等浮冰化了，喝点水再做打算。

她盯着腕上的潜水表，仔细看现下位置的经纬度，忽然想起了远鹰号，她当初似乎就把远鹰号藏在了这附近。

时间太久了，加之自己又失忆过，她对远鹰号的具体位置记忆已经模糊。

她当年有在纸质航海图上，标记过远鹰号的位置。

海航图放在琉球群岛挖出的保险箱里，先前挖出保险箱后，这些海航图她一直随身携带，不过去见汪赏之前，她将其放在营地的房间了。

关于远鹰号，她现在模模糊糊记得个大概的方位。

不过也只能先这样出发，她不能拖了，再拖下去，将体力耗尽了更加糟糕。

她看着潜水表，打开电子指北针功能，大致判定好方向，抄起小挡板当作划桨，开始出发去找远鹰号。

这一找，就是一天一夜。

这段时间，除了靠浮冰化成的水充饥，她再没吃过任何东西。

连煜一边骂汪赏一边划桨，一想起汪赏，又接连想到母亲。按照当时营地炸裂的程度，如果她爸妈那时候就在营地，恐怕是凶多吉少。

连煜擦了把眼泪，暂时不去想这些。

她得活着回去，不能再让姥姥等了。

一天一夜过后。

连煜看着潜水表上的经纬度数，隐约觉得，应该就是这个地方。她划着救生艇在附近转了一圈，隐约看到前方有一艘大船，连忙划过去。

她靠近后，却发现空荡荡一片，什么也没有。

连煜饿得头晕眼花，产生幻觉了。

她咬咬牙，拆下救生艇上的栏杆，用栏杆叉鱼，叉到一条不认识的鱼，硬着头皮咬了几口，太饿了，也分辨不出好吃不好吃。

她就这么囫囵吞枣地嚼了几口，咂巴咂巴咽下去。

吃完鱼，她继续在附近转悠。

又找了一天，她又看到远处有个黑点，像是大船的影子。

连煜用力擦眼睛，拍拍脸让自己清醒，再次定睛看去，确定远处真是船的轮廓，应该不是幻觉。

她记得的，她当年就是把远鹰号藏到这附近。

当年，她和姜杳去打捞沉船，捞出六十多吨的黄金，半途遇上海盗，姜杳开着另一艘船吸引海盗的注意力，让连煜开着装满黄金的远鹰号离开。

结果，连煜还没回到港口，几个水手想夺船私吞，连煜骗他们说船的螺旋桨被渔网缠上，随时会爆炸，让水手们转移到救生艇上，她先倒船甩开渔网。

等水手们下船后，她直接把船一路开走，关闭所有定位设备，将船藏到这里来。

连煜拼尽全力划动救生艇，千难万险之下，终于靠近了那艘大船。

真的是远鹰号！

连煜将救生艇靠近远鹰号的侧面，顺着壁面的挂梯爬上去，爬到甲板，又冲进船内的物资舱。

船上一直是靠柴油发电,当年连煜把船停在这儿,关掉了所有设备,物资舱里的冷藏库自然也断了电。三年过去了,冷藏库里一片狼藉,里面的肉菜类完全腐烂又发干,时间太久了,已经没什么臭味了。

　　她翻找许久,唯一找到能吃的,是一箱军用压缩饼干。这种军用压缩饼干保质期可达四年,到现在还没过期。连煜饿得眼冒金星,撕开包装袋就往嘴里塞,随便嚼一嚼咽下去,差点被噎住。她吃了几口,走出冷藏库,来到外面的甲板,再次爬到救生艇上,喝塑料篷里的浮冰水。

　　她一口水一口饼干,一连吃了三包压缩饼干,总算是有点儿饱腹感。填饱肚子,她才正式查看远鹰号的情况。

　　轮机室里还有大量备用柴油,都是用密封罐保存起来的,厨房里是没有吃的了,但还有大量的煤炭。连煜跑到机舱底下的燃油舱查看情况,油箱全是油渣,要重新开船,得把油箱重新清理了,再引入新油才行。此外,现在船舶各个零件生锈的生锈,磨损的磨损,需要用润滑油重新润一遍。

　　连煜又跑去看货舱,那六十吨的黄金还在,是当年她跟着姜杳去打捞古沉船捞上来的。

　　要看船能不能发动,得先用润滑油润一遍各个零件才行。

　　连煜到器械舱找到润滑油,每一罐油如一般水桶大小,都用密封器装起来。她提着润滑油,找来刷子,将所有器件全都刷上油,该修的地方也尽量修。

　　她一直干活儿干到天快黑了,匆匆去洗手,在船上找出鱼竿,准备钓几条鱼当晚饭。鱼竿是多功能性的海钓竿,钓竿很长,鱼线、轮轴也都还能用,可惜没有鱼饵,要学姜太公愿者上钩,几乎是不可能。

　　连煜暂时放弃钓鱼这个选项。

　　她到仓库重新找到一把抄网,拿上一袋压缩饼干,回到小救生艇上。她坐在救生艇里,捏碎压缩饼干,洒在水面。眨眼间,微漾的水面冒泡,浪圈一圈圈摆开,水花之下,一条棒花鱼闪动轻摆,鱼唇张张合合,快速吸入漂浮在水面的饼干屑。

　　连煜握住抄网手柄,网兜朝水里猛扎,那棒花鱼瞬间被网兜俘获。她捞上鱼来左右细瞧,认出这是棒花鱼,也叫作北极茴鱼,肉质鲜美,在食用鱼类中算得上是名品。

棒花鱼被放入塑料篷兜成的袋子中，舀了点水进去。这里是鲜有人踏足的天涯海角，水中的生态圈勃勃生机，鱼类丰富，连煜没花费多大力气，就捞上来五条大鱼，全都拎到远鹰号的厨房去。

远鹰号是姜杳手下的货船，设备完善，厨房厨具一应俱全。她查看调味品，酱油、醋、味精这些过期太久，不能吃了，只有盐巴还能用。

连煜往炉灶内放入煤炭，找到的几个打火机，全都没气，打不出火来。

按船上的惯例，为了以防万一，船上还会备上一副火石火镰。火石火镰是古代的生火器物，火镰是一把弯镰刀状的钢条，用火镰上的钢条与火石摩擦生热，再向下猛烈抽打火石，就能产生火花。

连煜从没用过这东西。

她先去物资舱找来一件羽绒服，撕开外层，取出内层的羽绒毛，将羽绒毛垫在火石下方，再不断用火镰与火石摩擦，猛击，抽打。她技巧生涩，弄了二十分钟，最后一次抽打时，钢条猛烈击打在火石上，瞬间火花飞溅，点燃了底下的羽绒毛。

火，生起来了。

连煜丢掉火镰，将报纸撕成条，把火花引到炉灶中。烟雾腾腾，温度攀升，花费了十来张报纸，炉内的煤炭彻底燃起来。

连煜就这样煮了一锅鱼肉，坐在厨房吃起来。她点起了煤油灯，昏暗泛黄的灯光笼罩在她身上，她是方圆千里唯一一个人，煤油灯是方圆千里唯一一盏亮光。

吃饱喝足，连煜回到船长休息室，床都还在，被子霉味很重，一掀开如同打了一间尘封许久的地下室，味道很呛。

连煜担心钻里头睡觉会得肺炎，卷起被子和床单，全都丢到外面的廊道。她去物资舱找来几件羽绒服，这些羽绒服都用密封袋压缩了起来，没有发霉，也没有异味。

她把几件羽绒服铺在床上，就这么和衣而睡。接下来三天，连煜都在修修补补。

她将船上许久未动的机械检查了个遍，哪里螺丝松了、哪里该抹油了、哪里该敲锈了、哪里的电线坏了，全都一一修整。

到了第三天，她终于把发电机开动起来。

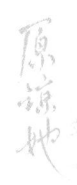

她把不必要的线路都关了，只留下首舷尾舷的航向灯、船长休息室、驾驶舱、厨房和走廊的灯。

在这片冰冷海面上沉寂了三年的远鹰号，终于亮起了光，像冬眠的巨兽，在连煜一针一线的缝缝补补之下，逐渐苏醒。

夜幕缓缓降临，连煜跑到甲板上查看航向灯的照明情况。

她爬上最高的船桥，朝四周看去，整片海洋被夜色笼罩着，船上的孤灯挑尽漆黑海域，寂寥而坚韧。

发电机顺利启动后，连煜又修了一天的船。觉得一切都差不多了，她尝试看看能不能把船开起来。

虽然无线电设备都损坏了，导航卫星系统接收机、电子海图、雷达反射器等设备都用不了，但船舶的主动力系统还在。只要有足够的柴油当作燃料，船就能开起来。

连煜发动引擎，先做了个舵效测试，检查舵机是否正常。随着引擎发动，轮机室传来低沉鸣响，螺旋桨开始运转，船体缓慢随着舵机转动的方向而移动。

她一个人要开这么大的船，完全忙不过来，恨不得一个人掰成两半用。

她转动舵机，让船向着逆风方向前进。

这个时候得收锚了。

她放开舵盘，匆匆跑向锚链舱，启动锚机，让锚杆在准备抬起的状态，又再次跑回驾驶舱，稍微提高船速。终于，深扎于海床底下的锚爪被拉出，锚机上的齿轮缓慢转动，长长的锚链被拉直，最后被卷进锚链舱的绞盘中。

按照正常情况，锚链收上来后，需要去清洗整理，做好涂油防护，但连煜暂时忙不过来，就这么搁置着。

船终于起航，连煜一个人来回奔波于驾驶舱和轮机室调整设备。无线电设备没法用，电子海图开不起来，船舶也没办法设置自动驾驶，连煜只能手动掌舵，随时盯着舵机，方向稍有不对，就得转动舵盘来调整。

不管怎么说，船总算是开起来了。

连煜按照磁罗经来辨认方向，一路向南扬帆破浪。

船舶的定位系统全部损坏，她试图修，但毫无头绪。修理这些无线电设备不是她的强项，稀里糊涂修了一番，也不见起色。没有定位系统，没法导航,她只能这么开着。

船这一开,就开了将近一个月,连煊月经都来了一次了,也没遇到别的船只。

远鹰号是姜杳的船,船上有不少女船员,物资仓备有成箱的卫生巾,连煊拿过来看,这些卫生巾的保质期都是四年,还可以用。

船上各种设备都基本正常运转,净水设备、热水器等都能正常使用。

最苦恼的是无线电设备。主要原因在于连煊不会修,她对这方面只懂些皮毛,拆开电机,电控板上花花绿绿的导线看得她眼花。她硬着头皮修,越修越乱,拆开再组装,组装好后,发现地上还剩下几颗螺丝和几条花线。

又过了一个星期,她误打误撞把卫星天线安装好,居然意外有了微弱的信号。

连煊连忙拿起船上配套的海事电话,尝试拨出连嘉宁的号码。这个号码她一直记在心里,已是滚瓜烂熟。

连煊自己也没想到,电话一拨就通了。

"喂,你好。"连嘉宁的声音经过电流的处理,传过来有些失真,但连煊还是一听就听出是母亲的声音。

"妈,我是连煊!"连煊大声喊道。

那头的连嘉宁惊怔,旋即又反应过来:"元元,你在哪里呢?"

"我还在北冰洋,具体哪个位置我也说不清楚,我在一条船上,叫远鹰号,是姜杳的船,现在船上只有我一个人。"

"你那边能发送位置吗?妈妈去接你。"连嘉宁过于激动而声音颤抖。

"无线电设备都坏了,我正在修,不知道能不能修好。"

这都一个多月过去了,连煊迫切想知道连嘉宁情况如何,汪赏炸掉营地后,伤亡又如何。

"妈,你到底怎么样了?"

连嘉宁:"妈妈没事呢,你呢?"

连煊以最快的速度说道:"那天,汪赏用一张你写的字条骗我离开营地,我去找到她后,和她说了几句话,她就把营地炸了,之后打晕了我。

"我在一艘救生艇上醒来,漂了一天一夜,意外找到了远鹰号,我现在开着远鹰号向南,但无线电设备坏了,我也不清楚现在的具体位置。"

连嘉宁喜极而泣:"你还活着就好,还活着就好。"

连煜将远鹰号的船号、无线电识别码,以及将现在潜水表上显示的经纬度坐标告诉连嘉宁,以便她来找到自己。

随后,连嘉宁简要讲述了一个月前的事情。

原来,连煜带海警们进入营地的前一个星期,汪赏就来到基地了,基地里有几艘民用潜艇,汪赏让大家都下到潜艇中,就蛰伏在营地不远处的水中。

等到海警的人差不多到齐了,汪赏打算炸掉营地和潜艇,和大家同归于尽。

连嘉宁提前得知了她的计划,在起爆前,她带众人躲进海底的沉管中。

海底的沉管建设已初具规模,两端已封水,入口就在冰面上。从冰面顺着直梯下去,就能进入真正的海底隧道。建造计划和进度一直都由连嘉宁这个总工程师来把握,她没将沉管已封水的事告诉汪赏,导致汪赏根本不知道,水下的避难所壳子已经建成了。

那天,汪赏说自己要上岸一趟,连嘉宁猜汪赏可能要与大家同归于尽。

她和赵源兵分两路,她带潜水艇内的科学家和工作人员先转移到沉管内,赵源则去告知海警的人,赶紧撤离,与他们一同进入沉管。

千钧一发之际,海警们训练有素,几分钟内就跟着赵源撤离。汪赏按下起爆器,整个冰面瞬间裂开,营地里那艘破冰船也爆炸了,在冰天雪地中火焰冲天。

万幸的是,虽有不少人受伤,但无人死亡。

互通了信息,双方紧绷的心弦都松懈下来。

还好,还好,大家都还在。

连嘉宁把座机听筒递给邵淮:"你和元元说两句吧,我去看看能不能在卫星系统中,找到远鹰号的无线电识别号。"

得知营地爆炸的消息后,邵淮第一时间赶到这里。他来到时,冰面四分五裂,大伙儿都在紧急救助伤员。

他和连烬,还有连嘉宁夫妻俩没日没夜寻找连煜,熬红了眼睛,还是一无所获。他甚至做了最坏的打算,如果连煜这次真的运气用光了,那他就在这里殉情,和连煜一起长眠于冰下。

532

浑浑噩噩中,他弄了份协议,打算将公司的股份都转给连嘉宁,让连嘉宁帮连煋还钱。据他所知,连煋在外欠了不少钱,裴敬节的,乔纪年的,商曘的,甚至还有姜杳的,可能还有其他他不知道的债务。

"连煋,是我。"邵淮接过听筒,嗓音喑哑。

"邵淮,我……"

连煋的声音刚传出,电话那头就出现"刺啦刺啦"的电流异响,随后就没了声音。

"连煋,连煋?能听得到吗?"邵淮再次喊道,电话那头一片静悄悄。

连烬在一旁忧心忡忡:"怎么了?"

邵淮放下听筒,又按下回拨键,再次拨打过去,显示无法接通。这一头的连煋,半句话都没说完,忽而一阵火花电闪,紧接着,烧焦味弥漫在空气中。

连煋看向安装在顶部甲板的卫星天线设备,火花正冒,黑烟袅袅。她拎起干粉灭火器冲过去,对着起火位置喷洒。灭了火,她仔细检查情况,应该是她接线时用错导线了。天线设备烧了之后,又彻底没了信号。

连煋尝试着修,修了整整一天,这次是真的无力回天了,怎么倒腾都没法让无线电设备启动。

她再一次和外界断了联系,最后决定继续向南航行。

不能在原地等,她这边信号断了,无线电标识码根本不能显示在全球海事系统中,也就是说,连嘉宁也没法确定她的位置了。

船上的柴油至少还能再维持一个月,她继续向南航行,说不定能遇到过路的船只。

她没办法在海事系统中对港口和周围船只呼叫,电子海图上一片漆黑,唯一的救助办法,只能靠挂旗帜。连煋带上求助旗帜和五星红旗,将两面旗都升起来,首舷、尾舷、左右侧舷,全都挂满紧急求助的旗子。

她再次扬帆起航,就这么一路航行。这一走,又走了半个月。

北冰洋的航线往来稀疏,连煋开船开了半个月,都没遇上别的船。航行到第二十天,总算遇到了一艘货船,还是挂着五星红旗的货船,从外形上看是服务于国企的公务船。

连煋亢奋地在船头甲板摇旗呐喊,一手挥动求助旗帜,一手拿着喇叭大声喊叫。

那艘货船远远地朝她开过来。货船隔着二十米的安全距离停下,水手长用喇叭朝她喊话:"你是干什么的?你的船为什么不在电子海图上显示?"

货船上的人都很警惕,遇到这种不显示位置信息的黑船,通常会被认为是海盗船,或是不法分子的三无船舶。

连煜大声回答:"我船上的无线电设备坏了,定位不到信息,也没法呼叫。这艘船叫远鹰号,船号是CN2020××××,船检登记号2020K21××××,你们可以在系统里查一查。"

防备之心不可无。

船长在船舶系统中输入连煜所说的船号,找到了远鹰号的记录,发现是一艘船籍国为中国的货船,这才稍稍放下警惕。

船长让大副乘坐小快艇,来到连煜的船上,询问她的情况。对方的船是国企的公务船,连煜不需要戒备,她道:"船上只有我一个人,情况很复杂,我船上的无线电设备坏了,和外界联系不上,我能不能借用你们的卫星电话?"

"可以。"

普通的卫星手机在这个区域也没信号,连煜跟着大副先转移到货船上,进入驾驶舱,她看向电子海图。这才惊觉,她居然都靠近白令海峡了。

连煜借用货船的海事卫星电话,再次拨通连嘉宁的号码,一打就通。她这才知道,连嘉宁他们这段时间一直在北冰洋找连煜,按照连煜之前说的经纬度位置一直找,都没找到。

连煜道:"妈,我报给你的那个位置只是个大概,我的潜水表都坏了,位置不准的。"

"那你现在在哪里?"

"我都要到白令海了!"

连煜一股脑将远鹰号上的天线烧了,自己又修不好,一路向南漂泊,今天才遇上过路船的经历说出。

连嘉宁道:"你让货船联系我们,把船号发过来,然后你就别动了,我去接你,先回俄罗斯这边的港口,之后我们再坐飞机回国。"

连煜这个时候犹豫了，远鹰号上可是有六十吨黄金呢，要是停靠在俄罗斯港口，估计手续很麻烦。反正都到白令海了，她再继续开个十来天，就能回到国内的江州市。

"妈，你们先回国，回江州市的母港等我，我把远鹰号直接开回去。"

"你一个人行吗？生活物资呢，你这段时间都吃什么啊？"

"船上有衣物，发电机也还能发电，我自己捕了好多鱼，不愁吃的。"连煜坚决道，"妈，不用担心我，远鹰号我一个人能开，都开了两个多月了，我遇上的这艘船是公务船，他们也要回国，我跟着他们走就行。"

连嘉宁知道连煜有自己的决定，也不阻挠她了："那好，你进入白令海峡了吗？"

"还没，应该明天能到达海峡内，我再开个十来天，就能回国了，你们先回江州市等我。"

连嘉宁嘱咐："好，我们现在就回国，你要好好跟着公务船啊，别再丢了。"

连煜笑起来："妈，这次不会丢了，相信我。"

这时，电话那头的声音变了，变成邵淮的声音："连煜，你还好吗？"

"我很好，我一切都好，我这次回去就发大财了。你帮我告诉姜杳，我要开着远鹰号回去。"连煜神气十足地说着。

"好，我等你。"

紧接着，又是裴敬节的声音，他直言不讳道："连煜，我想你。"

乔纪年在一旁翻白眼，同样直言不讳："你可真恶心。"

商曜去抢手机："元元，是我，我是老公，你可急死我了，再找不到你，我这次真要随你去了。"

"真恶心。"乔纪年再次道。

现在是用公务船的海事电话，连煜也不好意思闲聊，简单说了几句，报了平安，就挂断电话。

挂了电话，连煜对船长道："船长，我也要回国，但无线电设备坏了，没法导航，我就跟在你们后面走，你们带着我，行吗？"

"可以。"船长在电脑上打开内部海事系统，输入对远鹰号的救助记录，"先把你的船员信息报备一下，我这边需要登记。"

"船上就只有我一个人。"连煋迅速报上自己的名字、身份证号码、海员证号码。

船长敲击键盘的手指一顿:"你一个人开船?"

"是的。我这是落难了,船员和我失联了,现在船上就我一个。"连煋怕他东问西问,补充道,"我这是和军队合作的科考船,不信你可以联系海事局询问情况。"

连煋又拨通海事局的电话,说明了自己是连煋,和汪赏事件有关联。

海事局的人早已知道关于北极避难所的来龙去脉,于是对船长道:"连煋的船是和军队合作,你听她的。"

"好。"

船长叫水手分了些米面物资给连煋,还询问她,要不要派个轮机长和几个水手去帮她开船。

连煋婉拒,带上物资乐呵呵地回自己的船上。

船长还给了连煋一部卫星手机,偶尔有信号了,连煋就给妈妈打电话,邵淮、竹响等人都跟着连嘉宁一起,也能和连煋说上几句话。

竹响告诉连煋,无足鸟号已经修好了,就停在摩尔曼斯克港。

她神秘兮兮地道:"连煋,港口的停泊费可贵了,我不好意思问你妈要钱,就先帮你垫了,回来了你可要给我报销啊。"

"我知道,竹响,我偷偷告诉你,我现在可太有钱了。"

竹响:"你别总是吹牛。对了,我帮你打探了一番,北极那座金矿是你发现的,如果和国家合作开采,你估计能拿不少,但现在还没开采,你先别吹牛,到时候打脸了可就不好了。"

"嘿嘿,我没吹牛,我可有钱了。"

和母亲陆陆续续通电话时,连煋这才知道,众人并未在北极找到汪赏的尸体,丝毫没有她的踪迹,也不知她是死是活。

又是十二天过去。

千帆过尽,历经千难万险,远鹰号终于靠近了江州市的母港。

入港得提前一天申请,远鹰号因为无线电设备无法运作,没办法呼叫港口做入港申请,还是那艘公务船帮她提交了入港申请要求。

引水员上来,帮连煋将船开向杂散货船码头的泊位。

连煜站在甲板上,看到码头上站着爸妈、连烬、邵淮、竹响、尤舒、姥姥、姜杳、乔纪年等人。

她挥手大喊:"我回来了!我开着船回来了!"

众人齐齐看向她,眼里溢出光彩。

连煜终于登岸,满打满算,她一个人开着远鹰号漂泊了两个月零二十三天。

她一只手抱住连嘉宁,一只手搂着姥姥:"姥姥,你看,我就说我会把我妈找回来的。"

姥姥禁不住落泪:"元元,姥姥这次真的要吓死了,你太能折腾了!"

连煜指向远鹰号:"我可是满载而归,那可是远鹰号!"

她低头凑近,在姥姥耳畔道:"上面有六十吨金子呢。"

"这么多?"

"财不可外露!"连煜挑眉,捂住她的嘴。

连煜用力抱住连嘉宁:"妈,我可想死你了。太好了,我们都活着,以后可不许分开了。"

"不分开了,再也不分开了。"连嘉宁抱着她,将她垂落的头发拢到脑后。

赵源也过来抱住母女俩:"回来就好,回来就好。"

连煜一一和大家拥抱,搂着竹响和尤舒:"你们两个以后跟着我混,保准发大财。"

"好,发财发财,我最喜欢发财了!"竹响笑声爽朗。

尤舒也跟着笑:"安全放在第一位,发财也不能太冒险了,你这次真把我们吓到了。"

连煜走到姜杳面前,和她低语:"答应你的,我把远鹰号带回来了,金子都还在上面。"

姜杳的手放在连煜肩头捏了捏:"还是按照以前说的,你一半,我一半。"

"成交!"

连煜又抱了连烬:"你小子,干吗总是愁眉苦脸。"

"姐。"连烬抱紧她,什么也没说。

537

连煜拥了他片刻，放开他，看向邵淮。邵淮歪头笑，朝她张开手。

连煜也没有直接抱住他，而是一把将裴敬节、乔纪年、商曜也搂过来，大家一起抱着，嬉戏打闹。

连嘉宁看向连煜："元元，我们先回去吧。"

"好，先回家。"

连煜走在前面，众人分散围在她身边，大家一起往停车场的方向走，夕阳在众人身上镀了一层金辉，斜在地上的影子，越来越长。

人影杂乱中，邵淮拉住了连煜的手，连煜侧头看他，两人相视而笑。邵淮低声道："欢迎回家，我的船长。"

连煜捏紧他的手，加快了回家的步伐。

/ 番外一 /

时隔多日，回到家里，连煌脚底虚浮，有种不真实感，如坠五里雾中，恍恍惚惚觉得适应不了陆地的生活。

一个人在海上浪迹浮萍，只顾着一脑门往前冲，从早到晚充斥脑中的都是要怎么找吃的、要如何求助、航线走对了吗、遇上风浪了该怎么办……

当下松懈了，浑身的力气被抽干，忽而没了方向。

众人聚在连煌家里吃饭，连烬做的饭，丰盛满桌，一起庆祝此次的九死一生。饭后，商曜的心疼溢于言表，想听连煌在海上求生的经历。换作以前，连煌肯定大谈特谈，恨不得添油加醋，渲染出一段神乎其神的奇妙经历来。

可是现在，她忽然间没那个心思了，太累了。这一趟旅程，近乎耗尽了她全部的力气，她只想躺下就睡个天昏地暗。

"我先休息几天，休息够了，再好好和你们讲。"连煌疲惫地道。

"对，你确实得好好休息，等休息好了再说。"竹响瞧了眼腕表，时候也不早了，"连煌，那我和尤舒先回去了，我现在住在尤舒家呢，就是你租给尤舒的那套房子。等你休息好了，给我们发个消息，我们再来找你玩。"

"好。"连煌点头，又望向尤舒，"尤舒，那套房子你就安心住着。"

"这……我最近在看其他的房子，找到了不少合适的。"尤舒暗觑连煜父母的脸色,她知道,那套房子是连煜父母的老房子。

连煜于海上流浪这段时间,连嘉宁从营地出来后,尤舒和竹响一直跟着她一起帮忙找连煜。连嘉宁也听竹响讲了,她们三姐妹在灯山号结识,后续又一起去淘金等事,知晓三人情谊深厚。

连嘉宁也望向尤舒:"尤舒,你就听连煜的吧。"

"好,谢谢阿姨。"

姜杏在连煜耳边道:"远鹰号上的金子,我暂时存着,等你休息好了,我们一起做打算。"

"好。"

大家陆续离开了。

连煜洗了澡出来,邵淮和连烬就在她房间里,床单铺了又铺,枕套套了又拆,也不知道他们在干什么。见连煜出来了,连烬装得纯良,看向邵淮:"你还不走吗?"

邵淮难得地以眼还眼,语气无赖地反讽他:"我是你姐夫。"

连煜跳到床上,钻进了被子里:"连烬,你是不是有毛病?快走吧,我要睡觉了。"

"邵淮呢?"

连煜:"你出去就行了,别问东问西的。"

连烬暗自泄气,步伐沉重地走开。

邵淮终于脑子一片清明,有种拨开迷雾见晴日的舒畅,来到床边,低头吻连煜的脸:"你是不是最宠我?"

"我喜欢你,邵淮。"连煜真心实意地说。

"你不知道我有多爱你。"邵淮又吻着她的嘴角,缓慢向下。

"我太累了,你快去洗澡,回来陪我睡觉。"

"没有睡衣,怎么办?"

连煜扯着嗓子往外喊:"连烬,给你姐夫找一套新的睡衣过来。"

不多时,连烬的脚步声渐近,面无表情地提了个袋子站在门口。邵淮过去接,笑容得体:"谢谢。"

等邵淮洗完澡,连煜躺在床上已经睡熟了,邵淮抱住她,也睡了过去。

连煜这一觉,睡到了下午两点,谁都没叫醒她。等她醒来时,身边空无一人,她口干舌燥得厉害:"连烬?有人在吗?"

邵淮进来了,身上围着一条咖啡色围裙:"饿了吧,饭都做好了,热一热就能吃。"

"我想喝水。"

邵淮走到床边,抽出湿纸巾擦她干燥的脸:"你先去洗漱,洗完了再喝。"

"哦。"连煜顶着一头乱糟糟的头发起来,磨磨蹭蹭地往浴室去,邵淮又回厨房忙碌去了。

连煜闭着眼刷牙,突然有人站在她身后,用发绳帮她扎头发。她以为是邵淮,眼睛也不睁开,嘴里满是牙膏泡沫,含糊地问:"我爸妈和连烬呢,他们还在家吗?"

身后的人动作很轻地搂住她,下巴抵在她肩头,什么也不说。

连煜闻到非常淡的清新味,很像柑橘花,这不是邵淮的味道。她睁开眼,透过镜子看到连烬:"你有病啊!"

"他们都可以,我为什么不可以?"他沉声道,"我不是你弟弟,爸妈都和我说了。"

"啊?"连煜蓦然瞪大眼,只发出一个音节。

连煜吐掉嘴里的泡沫,将牙刷放下,扭头看他:"爸妈什么时候和你说的?"

"去北极找你的时候。"

"你不是我弟,那你是什么东西?"

连烬简要说了经过。

连煜三岁时,连嘉宁和赵源出海,在澳大利亚和加拿大之间来回帮汪赏运货,一年都没回家,当时,有对定居在澳洲的水手夫妻出了车祸,留下只有两个月大的连烬。

水手夫妻和连嘉宁夫妇是多年的好友,临终前将连烬托付给他们。

连嘉宁夫妇办理了领养手续,带连烬回国。

两人都知道自己没法在家照顾孩子,只能让老人带娃。为了避免产生嫌隙,他们称连烬是他们出海时生的,想着等连烬长大后再告知真相。

连煜不免暗生唏嘘,爷爷奶奶当年总偏心连烬,到头来,连烬都不是他们的亲孙子。

"那你是怎么想的?"连煌又问。

"不知道。"连烬手臂逐渐圈紧,"姐,我不想离开你。"

"小题大做。又没人和你断绝关系,你还是我弟弟啊。"

此事对连煌的触动不算太大,她对连烬的感情不算深。

她八岁以前都是和姥姥住在乡下,来城里后,她十五岁时,爷爷奶奶去世,姥姥来城里带她和连烬。

等她十六岁时,她基本都在住校,连烬住到邵家。

到她成年了,三天两头出海,一年到头和连烬碰面的次数都屈指可数。

"姐,我只有你了。"连烬下巴抵在她肩头,呼气如兰,羽毛一样拂在连煌脖颈上。

连煌扯开他的手,"你怎么总是奇奇怪怪的,越来越搞不懂你了。"

两人正拉扯着,门口斜进一袭黑影,邵淮进来,面色顿变:"你们干吗呢?"

连煌用洗脸巾快速擦了把脸,朝他走来:"没干吗,玩呢。你做了什么菜啊?我都饿死了。"

"都是你爱吃的。"邵淮眼神怪异地冷睇连烬,随后搂着连煌出去。

连嘉宁和赵源到海事局办事去了,连嘉宁是汪赏基地的总工程师,现在汪赏留下的一堆烂摊子,都得她来收拾,如今依旧忙得团团转。

午饭只有连煌、邵淮和连烬一起吃。

吃过饭,邵淮带连煌出去散步消食,两人慢悠悠在小区乱逛,又走到公园去。

现在是冬天,枯叶一叠又一叠,踩过去沙沙作响。

邵淮牵着连煌的手,来到一棵巨大的柠檬桉前,树身光滑,泛着光泽。连煌往树上靠:"我累了,想睡觉。"

"别靠这儿,有虫子呢。"邵淮贴近她,在她脸上亲了亲,"回家?"

"好啊。"

连煌懒得走路,到公园门口就说要打车,邵淮看了看附近,旁边停着几辆带后座的共享电瓶车:"要不要坐电瓶车,我带你。"

"好啊!"连煌兴致被激起,快步跑到电瓶车前,"你会开吗?"

"怎么不会，太小看我了。"

"我以为你只会开豪车。"连煜拍掉落在车垫上的枯叶，"快来，我要回家睡觉。"

邵淮拿出手机扫码，车推出来，笑着看向连煜："连船长，上车吧。"

连煜笑嘻嘻地坐到后座，搂住他的腰："快开，回家睡觉。"

"抱紧我，走了。"

外头很冷，邵淮骑得很慢，穿过洁净直长的街道。连煜扯开他衣服的下摆，手伸进去："给我暖暖手。"

"暖手扯皮带干什么？"

"没扯，就摸一摸。"

邵淮骑着电瓶车，没有返回连家，而是骑往之前他买在连煜名下的婚房。连煜发觉路线不对："你走错了，老宝贝。"

"宝贝就宝贝，为什么要加个老？"

"你本来就比我大啊，大五岁呢。"连煜手还捂在他腹部上，"这是要去哪儿？"

"回家睡觉。"

电瓶车停在小区门口，他们乘电梯上楼，一开门进去，连煜换了鞋，就去卫生间洗手。

邵淮跟在她后面，连煜洗着手，只觉得有一股如火炬烈燃的视线裹住她。

她回头一看，邵淮紧盯着她，舔了舔嘴唇，喉结明显滚动，眼底又热又湿，绅士冷雅的外表底下，似乎有一头悍狼在蓄势待发。

"干吗这么看我？"连煜手捧起水，泼到他脸上，笑得无邪而恶劣，"给你降降温。"

邵淮一句话也不说，脱了外套，扔在洗手台上。

连煜拿过洗漱杯，往里接了一杯冷水，扯过邵淮的皮带，顺着小腹倒水。

冷水很冰，邵淮被冰得一激灵，搂住她，低头和她唇贴着唇讲话："手真欠，商曜就是这么被你……"

"你知道？"

"大概能猜到一些,他应该是身体出问题了。"

连煜傲气地抬高下巴:"不许猜,也不许问,这是别人的隐私。"

邵淮解开她牛仔裤的扣子:"我很好奇,告诉我好不好?"

"不好,我可是个高素质人才,才不会散播别人的隐私。"

牛仔裤不好脱,邵淮蹲下扯她裤脚,握住她的膝盖,把她的小腿从裤筒中抽出,又折了折自己的外套,垫在洗手台上,两只手托抱起连煜的腿往上抬,让她坐在外套上。

连煜看向自己被扔在地上的牛仔裤,觉得两腿凉飕飕的。

邵淮拉开洗手台下的抽屉,取出一瓶漱口水,快速刷了牙又漱口,问道:"在海上这些日子,经期还正常吗?"

"正常,还好远鹰号上有卫生巾,不然我恐怕得天天洗裤子。"

"辛苦了。"邵淮吻在她的膝盖上,嘴唇缓慢移动……

在卫生间待了一会儿,邵淮抱她回卧室放在床上,两人吻在一起,抱着,亲着,屋内温度飙升。

连煜和邵淮折腾了一下午,偃旗息鼓后,躺在床上酣然入梦。邵淮抱了她片刻,起身去卫生间用温水打湿毛巾,拧干带回来给她擦身子。

连煜迷迷糊糊随着他的动作翻身,改为趴着,没一会儿,又感觉到邵淮似乎往她背上抹了精油,手轻柔地按着她的颈肩。

"别弄,我要睡了。"连煜抱着枕头,耸肩推开他的手。

邵淮低头吻在她耳畔:"睡吧。"

不知过了多久,连煜听到自己的手机铃声响起,循声伸手摸去,拿到手机发现是母亲打来的,按下接听:"妈,怎么了?"

"元元,你在哪儿呢,还不回家吃饭啊?"

连煜望向前方墙壁的挂钟,这才惊觉已经傍晚六点多了。她连忙坐起来:"妈,我来找邵淮了,你们先吃吧,不用等我。"

"那你在哪儿吃呢?"

"我就在邵淮家吃,你们不用担心我。"

"那好吧。"

连煜刚挂断电话,邵淮就进来了,探头问:"怎么了?"

"没事,我妈叫我回家吃饭呢。"

邵淮走到床边:"那要回去吗?"

连煜揉揉肚子:"我都饿了,有吃的吗?我先吃点东西再回去。"

"我都做好了,再炒个青菜就能吃了。"

"那好,就在这里吃吧。"

邵淮抽出一张纸巾擦过手,打开衣柜,里面都是女款衣服,样式很全,连内衣裤都有。他取出成套的内衣裤、一件毛衣、一条阔腿裤放在床上,就要帮她穿。

连煜抬起手配合他,问道:"你这里怎么有这么多女人的衣服?"

"都是给你准备的。"他低头在她胸口亲了亲,才给她穿上内衣,语气藏着微不可闻的失落,"本来这房子就是买来当婚房用的,都说好了要结婚,结果你又出海了。"

"那总不能结婚了,我就不出海吧。"

邵淮知道,一说到这个永远是他无法释怀的点:"那也该带上我一起出海。"

"你和我一起走了,谁来稳固后方?"连煜摸他的耳垂,"我知道你在担心什么,就是担心我出海了,会三心二意是不是?"

邵淮不回话,默认。

连煜捧住他的脸亲:"你就放一百二十个心吧,哪怕我在海上朝三暮四,等上了岸,你这里还是我最贴心的家,我心里永远保留个位置给你。"

邵淮无奈地叹气,江山易改禀性难移,连煜十八岁就和他在一起了,他能不知道她的性子吗?当初为了留住她,他主动将商曜介绍给她,想着让她多个挂念,就不总闹着往外跑了。

结果呢,她带着商曜一起出海了。

在邵淮家吃过饭,连煜窝在沙发上看电视,眼皮发沉,还在考虑今晚是回家过夜,还是在邵淮这里过夜时,外头敲门声响起。

邵淮去开门,发现是连烬:"怎么了?"

连烬穿着长款黑色毛呢大衣,身形修长。他也就二十三岁,正处于青年阶段,即便装得沉稳老练,内里依旧没有岁月的成熟。

"我妈让我过来接我姐。"他淡声道。

邵淮将门拉开了些,让出位置:"进来吧。"

连烬跨步而入，走进客厅，来到连煜身边，低低唤了一句："姐。"

"你来干吗？"连煜头也不回，还在盯着电视。

"我来接你回家。"连烬靠近了些，抿抿嘴，又补充道，"妈让我来的。"

连煜的躺姿这才有了轻微的挪动，懒懒地抬眼看向连烬："妈让你来的？"

"嗯。"

连煜笑了起来："你就骗我吧，我刚还在和妈聊天呢，我怎么不知道？"

连烬瓷白面颊泛了红，又找了别的借口："是姐夫来家里了，我才来接你的。"

"姐夫？"连煜皱眉。

一旁的邵淮走过来，坐到连煜身侧的沙发扶手上，亲昵地搂住连煜的肩，同样以怪异的目光看向连烬。

连烬很快敛去脸上的不自在，装得无辜："商曜啊，他来家里了。"

"商曜是你姐夫？"邵淮似笑非笑。

连烬没搭理邵淮，眼神从头到尾放在连煜身上："商曜说，他给你买了套房子，还说到了什么彩礼，我就以为商曜是我姐夫。"

连煜眼睛亮起，连忙坐正身子："商曜给我买房子？"

"对呀，他刚来家里，和爸妈他们在说这事儿。"

连煜丢下遥控器，脚放下来穿起拖鞋："这种好事儿你不早说，走走走，我现在就回家！"

"好。"

连煜去哪儿，邵淮自然跟着，三人一起回到连家，果然，商曜还在。

连煜走过去，看到商曜坐在沙发上。

商曜变了很多，脸没变，气质却是天翻地覆，锚铢必较的戾气没了，整个人温和儒雅，穿着手工定制的意式西装，头发全部梳上去，似乎还喷了香水，面容白净似冠玉，衣着考究，逐渐显露当年的贵公子气息。

连煜不知不觉地愣怔。以前她没踢坏商曜时，商曜就是这样子，典则俊雅，玉质金相。

看到商曜返本还原，连煋心里也高兴，坐在他身边，情不自禁地握住他的手："商曜，你怎么来了？"

"元元，你去哪里了？阿姨说你出去玩了，我给你发消息，你也不回。"商曜笑容干净，反扣住她的手，和她十指紧握。

"我闲得没事干，就去找邵淮玩了。"连煋越看商曜越欢喜，"我没注意看手机，不然我就去找你玩了。"

"没事，你这一趟太累了，好好休息一段时间，我随时都在，你想什么时候去找我就什么时候去找我。"

邵淮面色不善地逼视两人紧握的手，话到嘴边又咽下去。

赵源看邵淮脸色不太好，问道："那个，小邵啊，你要喝茶吗，给你泡上一壶？"

"谢谢叔，不用了。"

"喝嘛，别干坐着，茶是新买的，很香呢。"赵源起身招呼他，又对连烬道，"连烬，你去书房帮爸把那包新买的茶带过来。"

"哦。"

连烬去书房拿了茶，让赵源坐着，说他自己泡就好。连烬泡了一壶绿茶，给邵淮和商曜各沏了一杯。

连煋不喝茶，他又温了一杯牛奶给她。

连煋拉着商曜讲话："商曜，我刚听连烬说，你要和我爸妈谈彩礼，这是怎么回事？"

"什么彩礼？"商曜也茫然，看向连烬。

连烬面不改色："我在家的时候，听你说什么买房子，还有什么礼金的，不是彩礼吗？"

商曜笑了出来，在连煋手背上拍了拍："哈哈哈，我要真给你彩礼，你要不要？"

"到底怎么回事？"

连嘉宁在一旁道："什么彩礼，商曜是说要给你赔礼道歉，他当初做了些对不起你的事，心中有愧，这次特地来给你道歉，是连烬听错了。"

"赔礼道歉？"连煋又看向商曜。

商曜这次坦坦荡荡，不再藏着掖着了，握着连煋的手："元元，当初是我对不起你,我不该总是骂你,败坏你的名声,我反思过了,真的很对不起你。"

说着,他从茶几上拿起文件袋,打开来是一份房产赠与协议。

"还记得吗?当初在灯山号上,你把我藏宿舍里,我们每天都在聊天,你说你想在海边弄一套民宿。

"我给你买了套房子,就在海边,靠近沧浪山景区,那里平时游客也不少,做成民宿的话,生意应该不错。"

他将赠予协议放连煜手上。

连煜心尖暖意绽露。她对商曜的感情还是不一样,掺杂了很多东西,当时她把商曜藏到灯山号的宿舍,两人一起蜗居着,像一贫如洗的小情侣在畅想未来,那时她是真的喜欢商曜。

"连煜,对不起,真的对不起,我那时候不懂事,真的对不起。"商曜握着她的手越来越紧。

"我也对不起你,我那时候下手没轻没重的,对不起。"

想起过往种种,两人都有所触动,不知不觉地搂住对方,抱头痛哭。

邵淮和连烬不自觉看了眼对方,面面相觑。

连嘉宁拍拍连煜的背:"哎哟,元元,这是怎么了,怎么还哭上了?"

连煜抹了抹泪,抬起头来:"妈,没事,我俩啊,就是经历了太多匪夷所思的事,有点激动了。"

"商曜,你当初到底为什么骂连煜?"邵淮轻咳一声,试图打破连煜和商曜相拥而泣的暧昧气氛。

"都过去了,不说了。"商曜一改往日的暴躁作风,以前只要有人一提及此事,他总要暴跳如雷,现在却是云淡风轻。

连煜也替商曜解围:"都过去了,不说了不说了。"

商曜又和连煜说了几句,约定明天带连煜去看海边那套房子,就打算离开。

连煜送他下楼,邵淮正准备跟着一起送客。

商曜不知在连煜耳边说了什么,连煜转头对邵淮道:"邵淮,你就别下去了,我和商曜有点事情要谈,你在这里等我。"

邵淮只能点头。

连煜拉着商曜的手下楼,两人一路聊着,来到停车场,又坐进车里聊。

"商曜,你这样子我很开心,感觉又回到以前了。"连煜坐在副驾驶座,欣喜地看着他,"你去哪里看医生了,医生到底怎么说的?"

"做了个小手术,医生说得慢慢恢复。"他侧头和连煜对视,"连煜,其实不管能不能好起来,我都能接受了,我现在心态很平和。"

"你给我看看呗,这种情况还能做手术啊,我还以为是内调呢。"连煜好奇地探过头。

"就是小手术,好像是调整了里面的尿道还是输精管来着,具体我记不清了。"商曜身体暗颤,不自在地动了动,"你真要看?"

"嗯,给我看看,毕竟是我踢坏的,恢复得怎么样了,我总得看看吧。"

"那好吧。"商曜指尖轻微发抖,慢慢解开皮带扣。

邵淮等了半天,连煜还没上来,不放心便下来看。

他看到商曜的劳斯莱斯幻影里有两个人影,他缓步走过去,抬手敲驾驶位的车玻璃。

商曜吓得不轻,急忙要穿裤子,慌乱中按到了车玻璃按钮。

车玻璃摇下,邵淮往里看,商曜裤子还没穿好,连煜就坐在副驾驶座,身子歪斜着往商曜这边靠,这场面难以清白。

"邵淮,你、你怎么来了?"连煜紧张地咽了咽口水,又催商曜,"你赶紧穿好。"

商曜急躁地拉上裤链,将皮带扎紧。

"邵淮,不是那个意思,这其实是个误会。"连煜又道。

邵淮什么也没说,转身就走,剩下连煜和商曜愣在车里。

"要解释吗?"商曜迷茫地问连煜。

连煜扶额:"早不来晚不来,偏偏这时候来,他是不是故意的?"

"就是故意的。"商曜目视前方,看到邵淮拐到远处的便利店去了,"他这是干吗去了?"

"我怎么知道,追上去看看。"

"哦。"商曜启动车子,开出停车位,往便利店的方向而去。

商曜缓慢开到便利店外面,正好碰到邵淮从店里走出,他手里还拿着什么东西。邵淮看到商曜的车了，冷面如霜地走过去，绕到连煌坐着的副驾驶座这边。

连煌摇下车窗，还没说什么，邵淮从窗外递过来个黑色塑料袋，声调平淡："注意安全，我在家等你。"

说完，邵淮转身离开了。

连煌打开黑色塑料袋一看，居然是一盒避孕套。

商曜也凑过来看，笑出了声："真是个好男人，怪不得你喜欢他。"

皎白的月光顺着树叶间隙点点碎碎洒下，连煌坐在车里，凝眸望向邵淮离开的方向。手心里的避孕套恍如一把钥匙，随时引诱她打开肆行不轨的大门。

商曜也一同看着外头，直到邵淮的背影彻底隐在冥夜中，他才拿过连煌手里的避孕套，低头端详上面的信息。

一共两盒，一盒普通型号，一盒最小号。

"最小号？他这是什么意思，故意羞辱我吗？"商曜好不容易恢复的儒雅，转眼间被清荡，暴跳如雷。

连煌歪头看，笑容灿烂："放宽心，至少在他看来，你还是能够用得上的。"

商曜靠在座椅上没个正经，看向连煌，眸光流转如带了把软钩："他这么懂事，我们要是不发生点什么，岂不是对不起他的一番好意？"

连煌拿过避孕套，两根手指夹着，下巴指向商曜的腰下部位："你行吗？"

"算了，暂时不行，留得青山在不愁没柴烧，等你们分手那天，我估计也能好全了。"

聊了片刻，连煌折返回家。

客厅里，爸妈和连烬都还没睡，连煌道："你们怎么还不休息，该睡觉了，挺晚了。"

"这不是等你嘛。"连嘉宁拉连煌到自己身边坐着，"你和邵淮是不是吵架了？他回来时脸色很不好。"

"他回来了？在哪儿呢？"连煌左顾右盼，也没见到邵淮。

"他到你房间去了。"

"哦,我去看看他。妈,你们也早点休息吧。"

连煜来到卧室门前,门虚掩着,她轻手轻脚地推开门,邵淮坐在书桌前,面前是一本纸页泛黄的书,正低头看着,浓黑眼睫如一弧小扇子落下半圈阴影。

连煜脚步放得很轻,无声无息地潜到他身后,悄然蒙住他的眼。

邵淮轻而易举猜到是她,一只手向后环,圈住她的腰,把她拖过来抱在腿上,掰开她的手,湿润的吻贴在她干燥的掌心:"好玩吗?"

"什么?"

"商曜好玩吗?"

连煜撇嘴:"我是那种人吗?我都和你说了多少次,我和商曜就是纯洁的好朋友,你非得去买套。"

邵淮蹙眉,眼里凝云不散:"我每次碰到你俩在一块儿,他都是脱着裤子的。"

连煜双颊染霞:"他就是脱了裤子给我看……"

"算了,不说了。"邵淮也猜到了七七八八,脸朝内里蹭了蹭,吻了下去……

/ 番外二 /

连煜颐精养气了两个月，转眼已是来年开春，风暖和煦，柳绿花繁。

这段时间，连嘉宁和赵源都在海事局工作，海事局还在思谋如何善后北极基地的各种设备和水下建筑。

连煜问连嘉宁，那金矿什么时候能开采。连嘉宁说再等等，不着急。有了母亲的保证，连煜也就放心了。

与此同时，姜杳来找到连煜，商讨关于远鹰号的事情。远鹰号上有六十多吨黄金，都是从古代沉船捞起的，是年代非常久远的矿金。古代提炼技术不够纯，这一批矿金只能算是非常粗糙的生金，还得继续提炼才行。

姜杳道："我上报过材料了，上头说是先提炼了，看提炼出多少熟金，才能知道要交多少税。"

连煜估摸着这种类型的税，应该是百分之二十左右。哪怕就是缴纳百分之二十的税，连煜和姜杳拿到手的，也是一笔相当大的财富。

"你有什么想法，等提纯后是直接卖了，还是怎么说？"姜杳问道。

连煜沉思片刻："金价每年都有波动，直接卖，也不知道能卖多少，存起来吧，也不知道该怎么存……"

她灵光闪现，抬起头来："这么多黄金，不管直接卖还是存着都不妥，姜杳，我想到了个好主意！我们合伙开个金器品牌店吧，原材料都不用愁了。"

姜杳和她对视，笑眼弯若弧弓，和连煜不谋而合："咱俩真是想到一起去了，我就是这么打算的。"

趁着现在还没出海，两人说干就干。连煜在海上游刃有余独步当世，可要让她开公司做品牌，隔行如隔山，刚了解了一番做品牌的流程，脑子就似一团糨糊。

没办法，她只能去找邵淮。

邵淮别的本事没有，做生意还是很在行，想当初她从邵淮身上榨了那么多钱，坑了他那么多次，他次次都能东山再起，实力不容小觑。

晚上，她先去商曜家吃饭，然后开车去裴敬节家看了浪花，顺路再拐去找乔纪年聊天，最后才回家和邵淮过夜。雨露均沾，从不厚此薄彼。睡觉前，她和邵淮说了想要开金店的事，但不知从哪里下手，想让邵淮帮她。

邵淮不紧不慢地脱着她的睡衣，往手心里挤了点身体乳，搓热后轻柔地在连煜身上涂抹："弄个自己的品牌，也不是难事，你要是信得过，就交给我吧。"

"我肯定信得过你啊，咱俩谁跟谁。"

"你没找裴敬节帮你做这些吧？"邵淮又问。

他心里还是有所介怀，连煜可以玩，可以和裴敬节他们混在一起，但也只能仅限于玩，不能让他们插手她的事业。

他是连煜明面上正儿八经的未婚夫，规矩还是得立起来，裴敬节他们玩归玩，但不能上到台面来要名分。

连煜给了他定心丸："肯定没有啊，这种赚钱的事和他们说干什么，要创业呀，还是只能你帮我，他们那些彩旗，永远比不上你这面红旗！"

虽然知道连煜说话以哄人为主，邵淮心里还是很受用："那就好。"

两人抱在一起睡，腻歪了大半宿才睡去。

有了邵淮引路开道，金饰品牌的事情很顺利。公司注册了，邵淮担任法人，连煜和姜杳都占了股份的大头，还有另外三个小股东，是姜杳那边联系的合伙人。

生金全部运到提炼厂后，姜杳又把远鹰号送去维修了一番，重新刷漆保养，这艘大船恢复了往日的光彩。

远鹰号维修完毕，下水这天，姜杳把连煜叫过来，两人站在甲板上，看向波光粼粼的海面。

姜杳递给连煜一个棕褐色文件袋:"给你了。"

连煜打开文件袋,里面是远鹰号的船舶所有权证书、检验证书、船籍国证书等:"给我这个干什么?"

"远鹰号,就交给你了。"姜杳笑着说。

"什么叫交给我?"连煜不确定地问,手心不断发烫,热血滚滚叫嚣。

姜杳:"就是送给你了,远鹰号以后就属于你了。"

"真的送我了?"连煜嘴角的弧度不断上扬。

"我什么时候骗过你?"姜杳转身往甲板另一头走去,金色朝阳洒满她的轮廓,像是在发光。

连煜抛起文件袋到半空,又稳稳接住,对着海面喊道:"这是我的船!远鹰号是我的了!"

几个在清洁甲板的水手被她的声音惊起,转过头看她,笑了笑。

连煜跑回家,高兴地把这个消息和亲朋好友分享:"我现在就有两艘船了,一艘远鹰号货轮,还有一艘破冰船无足鸟号。"

连嘉宁也为连煜认识了这么多好朋友而欣慰:"每一艘船都是有生命的,你作为船东,要养护好自己的船,保护好自己的船员。"

"妈,我知道了!"

竹响这些日子一直和尤舒住在一起,闲暇许久了,听到连煜这个消息,迫不及待想让连煜出海,开远鹰号运一次货。连煜自己也是跃跃欲试,这都在家待了三个月了,她以前可没有过这么长时间不出海。

经过反复琢磨,连煜决定走一次"波斯湾—好望角—北美航线",运输出口纺织品到达美国。现在的海运单子很多,都是货等船,根本不愁没单子。

连煜的打算是等货运到美国了,她再去一趟俄罗斯看她的无足鸟号,想办法把无足鸟号挂靠在俄罗斯的航运公司,以后专门做破冰作业的单子。

正规运货航海,得按规定配置派配船员。当初连煜一个人从北冰洋把远鹰号开回来,那是在不得已的情况下。

现在要运货,就得按规矩来。远鹰号的最低船员配置是十八名船员,包括甲板部和轮机部,甲板部的船长、大副、二副、三副、水手长和水手;

轮机部的轮机长、大轮管、二轮管、三轮管、机匠和机工等。除此之外，还得配上一名船医和一名大厨。

连煋在航运网站发布船员招聘信息，寻找合适的船员。

竹响有个二副证书，完全可以和连煋一起走。尤舒之前是海乘，后来连煋让她去考了船舶无线电操作员证书，她从去年连煋刚准备去北极时就考了，现在相关海员证件都拿到手了。

连煋让尤舒以无线电操作实习生的身份上船，先混资历，后面再往电机员方向考证。

连煋按照自己之前所想，为了在船上生活方便，还是要找女船员为主。

现在国内注册在线的女船员大概二十万人，这些女船员基本都分布在旅游型的邮轮或者公务船上，私人货运船通常不招女船员。连煋找了半天，没找到合适船员，只能去找姜杳，姜杳认识的女船员多，可以给她牵桥搭线。

有了姜杳的门路，连煋很快把大副、二副、三副和轮机长都招齐全了，全部是女性，都在三十岁以上。她们是在公务船上工作，听说连煋这艘货船专门招女船员，立即过来打听情况。

大副三十七岁了，一米七八，很是健壮，她面容祥和，用力拍连煋的肩膀："挺好，以后能有更多航海梦的女人有机会上船了。一般货船都不招女船员，就算招了，我们也不敢上，船上全是男人，出海一趟又那么久，不方便。"

二副四十岁了，以前和丈夫开夫妻船运货，后来才到国家的公务船工作。她对连煋笑道："我再给你介绍几个人，肯定给你把人凑齐了。"

在这几名大姐的帮助下，十八名女性船员很快齐全。

除了按船舶型号标配的这十八名船员，连煋还另外招了六名实习生，都是正规海事学院的女生。连煋有意培养她们，让她们到船上当甲板学生。

船员齐全了，单子也差不多定下，连煋觉得是时候出发了。她向来做事秉承"事以密成，言以泄败"的守则，事情还没做成之前，守口如瓶，谁也不说。

等一切准备就绪了，连煋这才告诉邵淮。

邵淮："你这段时间这么忙，就是为出海做准备吗？"

连煋点头："对呀，我们船上全是女生，我找了很久才找到合适的人呢。"

她很高兴地把船员配置表给邵淮看："你看，人都齐全了，我这次是到美国运货，来回应该是一个半月。"

"可以。"邵淮搂着她，看了片刻，"船长呢？"

连煜骄傲地抬高下巴："我就是船长啊，远鹰号就是我的！"

邵淮微微拧眉，提醒她："你好像还没有船长的证书吧？"

连煜这才惊觉，她持有的证书一直都是当年的三副证，远鹰号是她的，但她也只能算船东，船长一职还得有证的来担任才行。

"啊，我还没考证！"连煜扑倒在他怀中，抓着自己的头发，"我一直把自己当船长，却忘了自己还没证啊！"

邵淮把她抱在怀里，骨节分明的手顺着她后背缓慢抚摸："你无证上岗？"

"不行，得按规矩来。"连煜委屈巴巴道。

邵淮含住她的耳垂亲吻："你也知道不能无证上岗啊，咱俩现在这样也算无名无分，干脆去把结婚证领了吧。"

"你怎么什么都能扯到结婚上来？"

"我就是想结婚。"他明明白白地说。

连煜微微正了身子，把他的领带卷在指尖玩："我太有钱了，和你结婚，我怕你骗我的钱。"

"我都不怕你骗我，你还怕我骗你？"

连煜笑嘻嘻道："我先玩几年再结。"

邵淮嗔道："说得好像结婚了，我就不让你玩似的。"

临门一脚踢空，连煜在紧要关头急匆匆招聘船长，国内女船长少之又少，就算有，大多也是在国外任职。几经周折，最后还是许关锦雪中送炭，按许关锦的资历，开货船对她来说是大材小用，这次是因为连煜求助，她才帮一把。

有了许关锦担任船长，众多船员对这次横渡太平洋更加充满期待。

这是连煜带着全女船队头一回出海，还有不少年轻的实习生，连嘉宁不放心，跟海事局那边请了假，也上了远鹰号，陪连煜一起出海。

乔纪年本来也想上船，连煜拒绝了。她对船员承诺过，这次出海船上只有女人,不能食言。航程很顺利,从国内运一批纺织品送达北美,又从美国接了进口大豆的单子,运了一批大豆回来。

趁这段时间,连煜找到了一名合适的女船长。这名船长之前一直在新加坡跑船,连煜花了大价钱请她回来,签了三年的合同,担任远鹰号的长约船长。

连煜心想着,三年时间,她自己应该可以从三副考到船长了。

接下来的日子,连煜管理着两条船,远鹰号和无足鸟号。远鹰号用于远洋运货,无足鸟号用于在北冰洋地区开辟破冰航道。

半年后,北极的金矿正式开采,这是国家的行动,连煜和父母只负责技术上的辅助。

当初的北极事件后,大家一直都没找到汪赏。

直到这次开采金矿,他们才在冰层底下发现一个潜水器。潜水器靠着铁索镶嵌在冰山底下,汪赏的尸体就在潜水器内的一个密封冷冻舱中,尸体到现在都没腐烂,她旁边有一把手枪,眉心到后脑被子弹贯穿,血凝固在脸上。

专家过来查看,认定汪赏是畏罪自杀。

连煜看着汪赏的尸体被工作人员从冰底运出来,心情复杂。

之后的时间,连煜在北极待了两个月,后续的开采也不需要她了。连嘉宁依旧作为这次开采计划的总工程师,连煜当然信得过母亲,将这里交给连嘉宁。而她自己,又跑回国内继续搞海运。

之前开的金饰品牌公司如火如荼,金子永远不愁没市场,连煜算是个甩手掌柜,公司的事情都交给邵淮打理。

她继续开着远鹰号跑船,船员还是按照之前的配置,都要女生。竹响和尤舒都跟着她,竹响已经考到大副证书,再熬一年,资历就够当船长了。

邵淮开车送她到港口,目送远鹰号离港才转身,回到停车场,却碰上了连烬。

"怎么现在才来?"邵淮冷淡道。每次连煜出海,连烬都会来送她,这次却晚了。

"公司有事,来晚了。"连烬面对他时,同样的漠然。

两人走了几步,连烬才又开口:"我姐说,下次出海,带我一起去。"

邵淮顿足。他不想让连烬离连煋太近,除了连烬对连煋抱有不轨之心,当年连家爷爷奶奶坠崖一事,也让邵淮有所戒备。

"姐夫,陪我走一趟吧。"连烬突然开口。

两人开着自己的车,连烬在前,邵淮在后跟着他,一路来到墓园。停好车,邵淮继续跟着连烬走,最后在连家爷爷奶奶墓碑前停下。连烬早有准备,带了一些贡品和纸钱,还有两束白菊。

连烬蹲在墓前擦拭墓碑,脸色很淡,还是惯常那副肃冷的模样,须臾才缓慢地转过头看邵淮:"你是不是怀疑是我把两位老人推下悬崖?"

邵淮没说话。

"不是我弄的。"连烬接着道。

沉重气氛像乌云,越积越滞涩厚重,他顿了好久才又说:"我没有杀人,但……我也没有救他们。他们摔下去时,我没有拉他们,甚至没想过任何施救的法子。"

邵淮沉默少许,才道:"他们对你很好。"

连烬动作轻缓地摆弄纸钱:"可是他们对我姐不好。"

连烬回想起爬山的时候,爷爷奶奶看到桂花,说要折下带回家做桂花糕。爷爷爬到栏杆外面,摔了个跟跄,奶奶伸手拉他,也被拖下去,两人挂在年久失修的栏杆边缘。

奶奶喊连烬,让他去找保安。他蹲在桂花树下,有条翠青蛇爬过来,他捏起蛇的尾巴,绕在手腕上玩,对奶奶的叫喊无动于衷。

最后,他只是把手机递给栏杆外的奶奶:"你自己叫人吧,我不知道怎么弄。"

奶奶被他手上的绿蛇弄得面色苍白,浑身暴起寒意,这孩子,太可怕了。

奶奶最后一刻,还是想起了连煋,担心连烬会对连煋做出什么事。在她的认知里,因为她的偏心,姐弟俩不对付,常在家大吵大闹,恨不得杀死对方。

奶奶接过手机,第一个电话先报警求助。第二个电话打给了连煋,让连煋快跑,别在山上待着,话刚说完,手机摔了下去。

"我太小了,拉不动你们,这不是我的错。"连烬还在玩那条翠青蛇,又指向一旁禁止攀爬的警告标牌,"这里都说了,不能攀爬,你们还不听,是你们犯错了,不是我。"

爷爷奶奶终于体力不支,摔下了悬崖。

祭拜完毕,连烬和邵淮一起离开墓园。来到停车场,他再次对邵淮道:"我没有杀人,你也不用担心我会对我姐不利,在我心里,没有人比她更重要。"

邵淮只是点了点头,并不做回应。

连煜下一回果然带连烬出海了,不过只是走东南亚航线,十来天就回来了。

要说能跟在连煜身边最长时间的,还得是商曜。

商曜铁了心要和连煜混在一起,考了海员证和厨师证。他上船可不是像裴敬节那样是来陪连煜打牌的,他是真真实实当起船上的厨师,负责整条船的伙食,连煜也对他好,只要走远洋线都会带上他。

连煜出海偶尔也会带上乔纪年等老朋友,但这次却一个人也不带。

乔纪年在小群里问:你们谁惹她生气了?怎么这回一个人也没带。

这个群是当年连煜还没恢复记忆,还在灯山号上时,乔纪年建的群,当时把邵淮、裴敬节、商曜和连烬都拉进来了,主要是用来审判连煜。

后来,商曜举报了群,但没举报成功,这个群就这么遗留至今。

乔纪年在群里发出消息后,没几秒,裴敬节回话:不知道,反正不是我。

商曜:别在背后议论我家连煜。

连烬:[省略号.jpg]

邵淮:她说她想静静。

连煜这次没带谁出去,回来时,身边却多了个小黄毛。

裴敬节火了,把责任怪到邵淮身上:"你天天就知道防着我们几个,防住什么了?人家小黄毛都骑你脸上来了,你都没发现?"

小黄毛,正是许正肃,是连煜小时候在村里的玩伴,头发是天生黄的,以前和连煜玩得挺好,后来连煜失踪了,邵淮资助他到美国读大学去了。

之前凌汛集团指控连煜挪用公款和窃取机密,邵淮本来想让许正肃帮连煜顶包,但连煜自己去琉球群岛找到了证明清白的文件,让连烬带着文件回国把事情解决了。

许正肃站在甲板上，用十分哀伤的目光扫视周围一圈人，踌躇着道："你们都看着我干吗？"

"你不是在美国读博吗？怎么回来了？"邵淮心平气和地问。

"这不是放假嘛，元元刚好到美国运货，就带我回来玩一趟。"

裴敬节冷哼："她叫你回来，你就回来？"

乔纪年眼神毫不客气地打量许正肃那一头天生黄毛："她是山珍海味吃多了，想尝野菜了，都看上了什么货色这是。"

许正肃也认识邵淮几人，知道这几人都是连煜的"好朋友"，个个都是锦衣玉食的公子哥出身，对比之下，自己恍若个土鳖，无地自容。

竹响搭着尤舒的肩膀，站在甲板另一头，看着邵淮几人围着审判新人。

几人无趣地哼了一声，各自转开脸。

晚上，连煜拉起邵淮的手，悄悄在他那根断过的无名指上套了个东西。邵淮低头看去，是一枚戒指。

"送我的？"他笑问，"是只给我，还是他们也有？"

"肯定只给你啊，你才是我的正牌男友。"

"你记得我是正牌的就好。"邵淮吻住她。

两人在冷风中拥吻，周围一切都化为虚无，仿佛成了茫茫大海。连煜拉着邵淮的手，在海上风雨无阻，一直一直远航。

/ 番外三 /

"想不想和我出海？"连煜突然邀请。

邵淮翻看最近的行程安排，有时间，可他更想和连煜在地面度假。

说实话，他对大海有种难以言状的恐惧，沿海路线还好，但进入大洋深处，总会让他恐慌。哪怕无数次事实告诉他，和连煜出海很安全，跟着连煜远航一定能平安回家。

可辗转反侧中，他还是会东想西想，觉得待在海上总是虚浮，脚踩不到实地。即便无数和连煜出海的人以亲身经历告诉他，和连煜出海是安全的，可他还是会焦虑、会矛盾，可能是年纪上来了，加之连煜以前总在海上玩失踪，这份焦虑日积月累地加剧。

他把连煜抱在腿上吻，试图和她商量："你平时工作整天都在海上，还不腻吗？好不容易休假了，怎么还想出海？"

"出海很好玩呀。"连煜捧着他白瓷一样的脸，对这细嫩毫无瑕疵的皮肤爱不释手。她在海上过得很糙，脸总被晒黑晒脱皮，等回到岸上，看着邵淮精致干净的脸，总爱不释手。

她亲邵淮的脸颊，游离到他薄唇上。邵淮的的确确是长相极为优越的成熟男人，薄唇挺鼻，剑眉锋利，是人群中一眼就能注意到的惹眼帅哥。连煜喜欢他的长相，她就好这口。

她扒开他昂贵的埃及棉质衬衫，头埋进他的胸膛，脸贴在紧致胸肌上。

邵淮很喜欢这种亲昵的肌肤接触，他微微挺身，掌心抚在连煜脑后，指尖轻轻按揉她的头皮："我是想说，既然休假了，是不是该离开一下工作环境，去别的地方看看。"

"你想去哪里？"连煜的脸还埋在他的胸口，说话含糊。

"去滑雪，或是找个度假山庄，我们就好好休息，自己烤点东西吃，钓钓鱼什么的。"他脱下连煜身上松垮的背心，低头吻她裸露的肩头，温热的掌心顺着她的腰背抚摸。

两人在书房的椅子上交叠坐着，肆无忌惮地亲吻，嘴唇不断研磨，发出暧昧的水响声。在一起久了，所有的亲密无间顺其自然，得心应手，丝丝缕缕的快慰在肌肤交磨中伴着甜味传递。

邵淮推开桌上的文件，抱她到桌面让她躺着，俯身亲她，嘴唇贴过她身上的每一寸肌肤。连煜热烈回应他的亲吻，随手拿起桌上的婚纱照看。这婚纱照还是当年她和邵淮第一次订婚时拍的，非常久远的回忆。

邵淮的目光也转到婚纱照上："订婚宴那天，商曜来了，掉了几滴眼泪，你就和他走了。"

连煜放下照片，两只手捧住他的脸："可不怪我。那时候商曜受伤了，我也没办法。"

"不怪你。"他抓住连煜的手，将她的食指含进嘴里轻咬。

"那怪谁？"连煜调皮地问。

邵淮抱起她离开书房，往卧室的方向走："都怪我。"

"怪你什么？"

他嘴唇贴在她耳畔轻笑："怪我不够骚，没能勾住你。"

连煜"哈哈"大笑："说得真对。"

回到卧室，邵淮将她放到床上，压在她身上，密如雨滴的吻不断落在她脸上："怎么样，我们找个度假山庄玩一玩？"

连煜搂住他："好，这次听你的。"

邵淮露出笑，薄唇磨过她的唇，再到她的下巴，停在她的脖子稍许，又落在她的锁骨处，继续向下……

度假山庄是邵淮找的，是他生意场上好友的场地，只招待非富即贵的上层人士。里面温泉、露天泳池、按摩室、桑拿浴室，应有尽有。连煜穿着度假吊带长裙,头上顶着宽大的太阳帽,脚上随便趿一双黑色人字拖,被邵淮牵着走在石子路上。

两人在自动售货柜前买饮料,前方过来五六名俊男靓女,似乎也是来买水。他们和邵淮认识,惊讶邵淮居然带了女孩来度假。连煋常年出海,很多人只对她久仰大名,大家都没怎么见过她,一时没看出这女孩就是连煋。

"邵淮,好久不见,难得见你出来玩。真巧,居然在这儿遇上了,今晚有安排了吗?大家一起热闹热闹啊。"一面容白净的男人道。

邵淮转过身点头:"好呀。"

连煋的太阳帽完全遮住了脸,男人也没看清是她,对邵淮挑眉:"新伴儿?挺不错,你总算想通了,这天底下又不是只有连煋一个女人,她整天到处疯,你也该开始新的感情了。"

邵淮刚想说什么,连煋暗里勾住他的手,示意他先别说话。

男人接着喷声道:"连煋那种人,朝三暮四,小没良心的,和她分开啊,对你也好。"

旁边几人跟着附和:"连煋最近是不是和裴敬节在一起了?前段时间好像是裴敬节和她一起出海了。"

"估计是吧,裴敬节上个星期发了张在海上的照片,还说自己喜欢大海。"

"连煋和裴敬节在一起?她不是和商曜在一起吗?商曜天天说他和连煋在谈恋爱。"

连煋在一旁听得头皮发麻。她有时候出海,裴敬节无聊了,的确会跟着她出去玩。商曜考了海员大厨证,人家是正儿八经跟她跑船工作。她可没和商曜或裴敬节怎么样,她的正牌男友一直是邵淮,怎么这些谣言越传越离谱?

男人拍拍邵淮的肩膀:"祝你幸福,这些年连煋这么折腾你,我们都看不下去了。"

旁边另一人也笑道:"别谈连煋那没良心的了。邵淮,不向我们介绍一下你的新女友?"

邵淮一只手拿饮料,一只手牵着连煋。连煋摘下太阳帽,嘴角勾起笑:"你们好。"

旁边几人深吸一口气,暗自牙疼,怎么又是连煜!再看向邵淮时,众人挤眉弄眼,眼里都露出恨铁不成钢的无可奈何——你到底要在同一个坑里栽倒几次?非得在一棵树上吊死是吧!

"连煜很好,我们会一直在一起。"邵淮保持惯有的体面,稍稍对几人点头,语气温和道,"对了,刚才你们说今晚要热闹热闹是吧。我和连煜都有空,会在这里待好几天,可以约着一起玩。"

几人笑得尴尬:"可以啊,今晚我们要弄户外烧烤,一起来玩吧。"

那男人看向连煜,往自己嘴上拍了拍:"好久不见啊连煜,我这人就是嘴贱,刚才的话你别放心上。"

连煜大大方方地道:"没事,以后可别在背后说我坏话了啊。"

"是是是,我错了,再也不会了,对不起。"

晚上回到房间,连煜趴在床上发呆,邵淮给她拿了衣服过来:"来,换衣服,去和他们吃点烧烤,你就正大光明出去,看谁还敢说闲话。就是一天天见不着人,他们才会觉得你在偷鸡摸狗。"

连煜抬起腿,脚搭在他肩头:"我哪里有偷鸡摸狗,我只摸你而已。"

邵淮握住她的脚,在她光洁的脚背上亲了一口:"只摸我,不摸其他的狗就好。"

出去和邵淮这些生意圈的人混在一起,连煜左右不自在,她想她终归不属于这样的环境。他们说的股票,说的时尚圈,说的圈里人八卦,她一个字也听不懂。

邵淮去拿了杯饮料,回来连煜就不见了。连煜这样不打招呼就消失的行为总让他提心吊胆,他慌忙给她打电话,还好,一打过去她就接了。

"我尿急,回来上卫生间了。"

"你回酒店了?"

"嗯。"

邵淮后脚也跟上来,回到酒店房间。看到连煜趴在床上玩手机,他坐到床边,手搭在她后背上:"跑这么远来上卫生间,看来你也不是很急嘛。"

"很急的。"连煜摸了摸他的脸。

"有多急？"邵淮捞她起来抱在怀里。他很喜欢抱连煜，什么也不做只是抱着，都能让他感到舒服。

"他们太吵了，我急着回来自己待一会儿。"连煜没骨头似的窝在他怀中。

邵淮吻在她侧脸："还是想出海，是吗？"

"嗯。"

"好，都听你的。"

第二天，两人离开度假山庄，连煜活力回归，忙里忙外准备带邵淮出海。邵淮本来以为是要像往常一样跑货船运货，连煜如今常用远鹰号运货，满世界接单子到处跑。

这次，连煜却没带他上远鹰号，而是上了一艘尖底双体帆船，船上没有任何货物，卧室、盥洗室、厨房、储藏间等倒是一应俱全。

"为什么要坐帆船？"邵淮不解地问。

连煜站在横向板上意气风发，一只胳膊搭在他肩头："你不是想度蜜月？我自己开帆船带你横跨太平洋，咱们在海上度蜜月！"

"横跨太平洋？"邵淮不可思议，"就这条帆船？"

他实在犯怵，先前在新闻上看到过有人驾驶帆船横渡太平洋，所有专业人员都不建议这么做，要驾驶帆船横渡太平洋，除了需要经验老练，更多是靠运气。

连煜看他震惊的脸，低头亲他："骗你的。要是我一个人，那我就无所畏惧。现在不是有了你嘛，不会玩那么大的，咱们就沿着我国的海岸线走一圈就行。我都没怎么玩过帆船，这次想试试。"

邵淮紧绷的心弦放松不少，沿着海岸线走还行，要是真横渡太平洋，他怎么也不会让连煜这么玩，太危险了。

两人从南海出发一路北上。这是邵淮第一次接触帆船，连煜可没让他当甩手掌柜。几天下来，连煜教他操作滑轮绳索，教他调整舵叶，让他担任驾驶助理。

晚上，两人躺在露天甲板上看星星，海风在耳边低吟。连煜扭头看他："和我出来玩开心吗？"

邵淮把她拉过来抱住，脸埋进她颈间："很开心，特别开心，终于只有我们两个人了。"

"我就说嘛，和我出来玩，肯定开心！"

悬月挂空，连煜搂着邵淮，迎合他轻柔的吻，眼睛望向辉映月光下鼓起的船帆，这辈子都满足了。

这趟帆船之旅持续了一个月，半路上两人还会上岸玩。到达海岸线最北端，连煜又掉转船头往南开，一直开回南海。旅程结束上岸时，邵淮突然舍不得了，站在甲板上依依不舍："要不咱俩再开到别的地方逛一逛吧？"

"你是不是也迷恋上出海了？"连煜歪头笑着问。

邵淮搂住她亲："我是迷恋你。"

连煜笑容灿烂，指尖抚着他薄红的嘴唇："我也迷恋你。"

全文完